日知文丛

# 我的石头记

石钟扬 著

浙江古籍出版社

图书在版编目（CIP）数据

我的石头记 / 石钟扬著 . -- 杭州：浙江古籍出版社，2023.10
（日知文丛）
ISBN 978-7-5540-2726-4

Ⅰ . ①我… Ⅱ . ①石… Ⅲ . ①散文集—中国—当代 Ⅳ . ① I267

中国国家版本馆 CIP 数据核字（2023）第 183994 号

## 日知文丛
## 我的石头记
石钟扬　著

| 出版发行 | 浙江古籍出版社 |
|---|---|
| | （杭州体育场路 347 号　电话：0571-85068292） |
| 网　　址 | https://zjgj.zjcbcm.com |
| 扉页题签 | 甘家林 |
| 责任编辑 | 沈宗宇 |
| 封面设计 | 吴思璐 |
| 责任校对 | 刘成军 |
| 责任印务 | 楼浩凯 |
| 照　　排 | 浙江大千时代文化传媒有限公司 |
| 印　　刷 | 浙江海虹彩色印务有限公司 |
| 开　　本 | 889mm×1194mm　1/32 |
| 印　　张 | 8.25　插　页　8 |
| 字　　数 | 178 千字 |
| 版　　次 | 2023 年 10 月第 1 版 |
| 印　　次 | 2023 年 10 月第 1 次印刷 |
| 书　　号 | ISBN 978-7-5540-2726-4 |
| 定　　价 | 50.00 元 |

如发现印装质量问题，影响阅读，请与本社市场营销部联系调换。

唐府醉酒记

无奈喜秋道德

尴尬魏晋风流

颂扬先生雨正

唐先田书法

无冕学者孔凡礼

孔凡礼照片

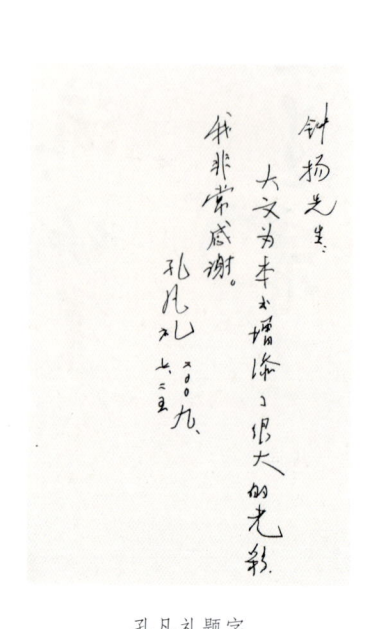

钟扬先生：

大文为本书增添了很大的光彩。

我非常感谢。

孔凡礼 二〇〇九、七、二五

孔凡礼题字

作者与柯文辉（右）合影

《知白守黑》（中国青年出版社2012年版）中的插画

苏位东：书中有画，画中有戏／中国当代甲骨文书法第一人

苏位东画作

徐自学甲骨文书法

言恭达：我挽彩虹写国姿

言恭达书法

——石钟扬暨师友书画选

言恭达题签

梦断蓝桥五十年

慷慨挥毫揽八荒晴
空比翼任翱翔古今
伉俪多才士敢托
章论短长

潘力生书法

灯／天柱山魂

作者与杨政策（左）合影

乌以风照片

拙斋杂存／南冠之歌

《拙斋杂存》书影

汪传琚照片

蛙鼓声中忆叶老 / 「陈研」的先行者

作者与叶尚志（右）合影

作者与任建树（右）合影

哀哉三人行

卞孝萱书法

何满子书法

哀哉三人行

舒芜手稿

舒芜照片

生命的开花

褚钰泉照片

# 目　录

## 心海漫游

秋光壮丽说先田 / 3

唐府醉酒记 / 7

隔空酬韵记 / 12

乐于石楠心海漫游 / 19

他收藏着中国文化史的若干章节 / 29

赵朴初的自度散曲 / 36

无冕学者孔凡礼 / 49

## 生命风景

陪画作美学散步 / 95

吴冠中"生命的风景" / 123

苏位东：书中有画，画中有戏 / 134

中国当代甲骨文书法第一人 / 138

言恭达：我挽彩虹写国姿 / 142

梦断蓝桥五十年 / 152

乾嘉学派的现代版 / 162

## 心灯闪耀

灯 / 169

天柱山魂 / 174

拙斋杂存 / 185

南冠之歌 / 194

蛙鼓声中忆叶老 / 199

春暖花开送陆林 / 205

## 寄语天国

有温度的惦记 / 219

马不停蹄的求索者 / 226

"陈研"的先行者 / 230

三访陶谷新村 / 239

哀哉三人行 / 247

生命的开花 / 252

**人生哪能日日作庄语（代跋） / 257**

心海漫游

# 秋光壮丽说先田

前几天的傍晚收到先田兄寄来的沉甸甸的三册大书，立即在微信上发布"晚间新闻"："今日得书，史上第一部《安徽文学史》。"赢得众多朋友的点赞与喝彩。

作为从安徽走出来的学子，我从事古代文学教学与研究数十年，对安徽文学略有所知。然当我捧读起这部文学史时却仍惊讶不已，宛若置身黄山翡翠谷，目不暇接，美不胜收，没想到安徽文学竟如此丰富多彩。

陈独秀曾有言："文学者，国民最高精神之表现也。"由此引申则知文学史是国民之精神的历史、灵魂的历史。

《安徽文学史》，更能让我们了解安徽的文学形象。皖人自古"敢为天下先"，从先秦的"南音之始"，到建安诗风，到汉乐府《孔雀东南飞》，到《儒林外史》……在中国文学史的谱牒上有着诸多的第一人、第一次，如那天柱奇峰虽常在云雾中，却有不可掩翳之美。

通过这部《安徽文学史》更能了解安徽的文学性格，从先秦时期的老（子）庄（子）到五四时期的陈（独秀）胡（适），皖人总是既理性又激进地挑战着主流文化，让中国文化/文学多元共进、多彩纷呈；如果说老庄在儒道互补的传统文化结构中占据了几乎半壁江山，那么陈胡推行白话文运动则改变了中国千年文化传统的历史走向，让古老的中国终于踏上现代化进程，被视为中国文化/文学史上的"哥白尼革命"。

其实中国文学虽源远流长，而现代意义上的文学史却出现甚晚，迄今不过一百来年历史。国人所撰中国文学史不下千部，除少数专家所撰专史如王国维之《宋元戏曲史》、鲁迅之《中国小说史略》堪称经典之外，多数为陈陈相因、千人一面之物。更有甚者，要么如鲁迅所云徒见史料不见史识，要么虽为权威教材而意识形态化严重（即使如刘大杰20世纪40年代末完成的《中国文学发展史》，本为中国文学史研究渐入佳境的代表作，"文化大革命"中却趋时以"儒法斗争"的线索来贯穿中国文学史，自毁形象），于是20世纪80年代有"重写文学史"的呼吁。

直到1996年前后复旦学人以"人性的发展"为线索所撰《中国文学史》，才一新人耳目，从此诸家纷起，迎来了中国文学史之多元写作时代。地域文学史亦应潮而生，于是也有了第一部《安徽文学史》。作为安徽文学史的开山之作，不仅须"特立独行"，搜集勤、取材精、断制严谨；更要"体贴入微"，对相关作家作品之艺境作出精准评价。皇皇巨著，其首创之功不可没。

而作为此项工程的主编，不仅要有学术勇气，更要有坚实的学术功底。现任两位主编唐先田、陈友冰都是著述等身之"大咖"。相对而言，陈先生长于古代文学尤其是唐诗研究，唐先生长于现当代文学尤其是当代小说之研究。我与两位主编都有过交往，相对而言，与先田交谊更深。

先田是我的同乡（而且都是宿松东乡人，东乡乃富饶之地，读书人相对多些），他长我几岁，是我双重学长，同为宿松中学、安徽大学校友。他高中毕业时（1963）我才初二，他中文系毕业时（1967）我刚高中毕业，我们在校期间并无交集，只是在"宿松文曲星"的传说中拜读过他的处女作《秋光壮丽》（宿中语文组编《习作》1962年10月创刊号）；好像是1969年夏我在"修理地球"时，才与这位学长首遇于杨政策兄的陋室。上大学时我则常在周末与皓明或长华到唐府去打牙祭，兼聆听其高论。

当然我们远非仅为聊友，几十年来先田先生只要有新著都会寄我，我又成为其忠实的读者。先田是个多面手，他送我书中有杂文集《寻找生活主旋律》《红豆集》等，有随笔集《随意集》《追求和谐》等，有文论集《文论长短录》等，有人物传记《鲁彦周评传》，有《中国散文小说简编》《20世纪末中国文学颓废主义思潮》等文学史论（其实他早年还有小说创作《五分与七分》）。而今集中浏览，终对先田先生之学术形象与学术性格有了全新的认知。

他有着创作实践，故在文学评论中更能体会到作家创作之甘辛；他直面生活中的非主旋律，故在文学理论领域寻找文学的主旋律；他对安徽作家多有跟踪考察，尤对鲁彦周、潘军等作家情有独钟（除《鲁彦周评传》外，他还编有《潘军小说论》）；他与安徽几代作家交朋友，尤其在石楠等作家被侵权时挺身而出，仗义执言；他不仅对安徽文学知根知底（他主编了若干安徽文学之汇集），对中国文学尤其是散文小说也有着宏观的了解，因此能掂量出安徽文学在"大中华文化的传承关系和邻近的吴楚文学、齐鲁文学的相互影响，探究安徽文学的发生发展及创新规律，并揭示出安徽文学在中国文学中的地位、作用及对中国文学的独特贡献"。

不积跬步，无以至千里。先田数十年之努力与积累，告诉我们：世界是给有准备的人预设的。于是他水到渠成地成了首部《安徽文学史》之主编。打造一部超百万字的巨著难免有不完善处，自2013年首版之后他们又经过几年的打磨，到2019年又出了修订本。我相信他们会再接再厉，精益求精，使这部《安徽文学史》不断向莲花峰之高度迈进。

先田年过七十，按千年前杜甫的说法为"人生七十古来稀"，按当今时代的划分则还在人生的秋季。这让我想起他的处女作《秋光壮丽》：

> 春天是万物滋生，蓬勃生长的季节；秋天是果实累累，成熟丰收的季节。秋天自然不像春天，但它却像春天一样使人迷恋，使人神往。秋天是秋收秋种的时日，人们将收起丰硕的果实，播下黄金的种子也播下黄金一般闪金的希望。

没想到这处女作竟成为其人生之预言。他对此或始料莫及，却为我之拙作预设了标题，曰"秋光壮丽说先田"。

2020年元月26日（庚子正月初二）
于金陵宝华山房

## 唐府醉酒记

庚子春节"禁足"期间,撰一短文《秋光壮丽说先田》,叙说与先田兄的友情。文章辗转有日见报,疫情却让我拿不到样报。他不玩微信看不到电子版。

先红有招,以短信分段转给他。他留言说:

既道出了一些真实,也有溢美之词,感谢教授。在陋室(打牙祭)讲到了,饮劣酒却未讲到,未知何故?嫌酒不好么?再来定有佳酿。

先田兄是文章里手,自然知道那文是抱着首部《安徽文学史》说事,不敢支蔓;而在唐府饮酒雅事,又岂能忘怀?

1973年10月初某个周末,我与皓明兄应邀首赴唐府喝酒。我酒量不大,酒龄不短,初中时代即踏入酒友行列。"李白斗酒诗百篇"的仙境可望不可即,蒲松龄对酒的定位"扫愁帚,钓诗钩"令我倾心,觉得比"何以解忧,唯有杜康"过瘾。

先田兄邀我喝酒,我乐不可支也。我们上午十点多到达唐府。先田兄亲自下厨,已有几个小菜摆上小方桌,正在油炸花生米,"迎风户半开",过道上都弥漫着香味。

先田善谑,端起酒杯说:"老乡见老乡,不必泪汪汪。没有好酒,不成敬意。"彼时什物都是凭票定量供应,有红芋角酒就是上上席。时有流行段子:"灶底烧红芋角,锅里煮红芋角,杯里喝红芋角（酒）。"接着他又来一句："据说猪触人比牛触人还厉害，千万别拘束。"

我们知道猪不触人牛触人，他用谐音一转，顿成妙语，引得我们哈哈大笑。我要小聪明说："猪已成盘中餐，不会触人了。""那喝吧！"我们应命推杯换盏起来。

席间聊起我上学的故事。我那年9月初好不容易进了安大中文系，入学第一周就在省报上发了篇"批林批孔"的应景文字，没想到竟产生了"轰动效应"，班里同学送我个雅号"老夫子"，只差没将我与"孔老二"绑在一起讨伐。在那特殊年代里，"读书无用论"竟将向学之人推向畏途。

面对我的困惑，先田兄高举酒杯说："如果读书无用，还办大学干什么？"猛碰杯又说："宿松有句土话，书念到你肚子里谁也抢不去。"皓明与先田是本家，年齿也相仿，比我高一届，带薪圆大学梦。他说："先田工作实与文学无缘，但他咬定青山不放松，始终关注着研究着文学，值得我们学习。""学习？见外见外。我前几天到几个老师家转了一圈，在孙洪德老师那里看了你的作文，孙老师很欣赏你的文笔，还说与你合作用'洪钟'为笔名发文章。有此事吧？"

先田问我，我点头举杯。皓明说："是的，我们班同学都喜欢石才子。"两位师兄道义上的点拨，成了我努力学习的精神动力。

好像是喝到半途，先田一老同学李正西杀上阵来，玩起石头剪刀布。皓明反应慢点，结果喝醉了，摊我扶得醉兄归。前几天先田在电话里还笑，皓明好玩，那天怎么就喝醉了呢？

我在唐府也醉过酒。那是1999年秋,我晋升正高,先田兄非常高兴。那职称说是破格晋升,实迟到的幸运,而期间的曲曲折折他也知道,说为此更要举杯庆贺一把。那天中午他按约接我进省委大院,在回家的路上买了只烤鸡,说:"家规,工资上交,稿费自得,来客加菜就用稿费。"我连说:"这样好!"他听出个中消息,反问:"你工资、稿费全交?"我笑而未答。

美云大姐与先田是大学同学,70年代她在城外一家厂里上班,厂休在周三,当年我们大闹唐府时她很少在座。80年代后她调到《江淮论坛》当编辑,编辑部也在省委大院。大姐是淮河的女儿,有女丈夫气。先田兄家近江西湖口,湖口是长江与鄱阳湖交界处,虽泾渭分明,毕竟是江湖缓冲带。一方水土养一方人,先田兄遇万事皆以微笑置之。他夫妇恰为江、淮文化的结合。

那天知道我要来,大姐亲自操刀做了几个菜,我到时她又从浴池捞了几条活鲫鱼现宰现烹,以示隆重。他还让我自作主张约个朋友来陪酒,热闹点。那位朋友是个单位小领导,酒过三巡要退场说下午有个会。美云大姐商量着问:"你主持吗?"朋友说:"不是。"她说:"你不主持,无非坐在后排,不去也无妨,喝吧!"

那位朋友可能真有不可缺席的苦衷,大姐如此挽留,还是要走。大姐霍然站起,将筷子立在菜盘上说:"不勉强,走吧!我今天是请钟扬,他好久没来,想与他多聊聊。"朋友走了,大姐坐下,面带红润喊:"先田,下午别上班了,与钟扬一醉方休!"先田在外是一方诸侯,在家也未必是"妻管炎",但那天他真的很听妻命，频频举杯，我当然不敢怠慢。你来我往，两位"酒仙"竟然将一瓶古井贡干得底朝天。

二人都有醉意了，已过下午两点，先田还是坚持去上班，我则摇摇晃晃踏上归途。"革命小酒天天醉"的不正之风为我们所不屑，但一辈子从未醉过酒的也未必是个好男人。感谢那位朋友，是他的"苦衷"让我们领略到了醉酒的美感，飘然若仙，何其乐也。

岁月荏苒，与先田兄交往弹指间已几十年了，其惠我多多。我每有事相求，他都无条件地鼎力相助。如前几年我策划了两场书画展，一为"迟到的纪念"（纪念陈独秀诞辰130周年），一为"钟情独秀"（以我书陈独秀诗词为主体）。他闻讯立即寄来两幅唐体书法（一曰"苟利国家生死以，岂因祸福避趋之"，一曰"无奈春秋道德，尴尬魏晋风流"），同时以他的号召力让安徽的书画名家陶天月、吴雪、潘军等奉献了作品，为展览添彩。

数十年来他每有新著都会赠送我，让我从中获得教益。而我每有拙著也都请益于他，他的"点赞"是我前进的力量来源。我大二时趁"评红热"，在师友的帮助下，引经据典写了本《红楼梦诗词评注》，虽极其卑陋，我却敝帚自珍。这是我第一次给他送书，"理所当然"，他以酒相酬。

最近一次给他送书，似为2016年夏。头年人民文学出版社再版了拙著《文人陈独秀》，总编刘国辉、责编王一珂都是唯美主义者，这本书的编辑与印制都甚为精美，是我所有著作中最为漂亮的一本。我决意将此书亲送唐府，让他分享我的欢乐。

那天先田兄从包河公园边的那个门迎我，一进门美云大姐就要冒暑出去买菜招待我。先田说："太热了，你身体又不好，就别烧了，我带钟扬到店里去。"

说着他从书架上拎了一瓶茅台，将我带到一个古色古香的酒店，笑嘻嘻地对我说："你点将吧，叫谁来陪酒？"我接受历史的教训，说："不不，要么你点，要么就我俩对饮。""两人喝酒不好玩。"

于是他将著名诗人祝凤鸣及前文联主席王先珂喊来了。满座老乡，相见甚欢。席间凤鸣最年轻，秀发齐肩，一副艺术家的作派，他的成名作《枫香驿》我读过，也很喜欢。酒后我为之写了幅字，曰"祝凤长鸣"。

其实我只是在安大读书与留校期间，与先田兄同居合肥，相聚较易。后来我先去安庆再来南京，与他聚少离多。近年他时有电话召我，奈俗务缠身迈不开步。去年11月底回宿中庆贺母校80华诞，我们倾杯神聊，不亦乐乎。今他有许诺：再来定有佳酿。若作逆向翻译，当为杜甫《春日忆李白》中名句："何时一樽酒，重与细论文？"

2020年4月17日，南京宝华山房

# 隔空酬韵记

庚子之春非同寻常,"新冠君"将我等从"浮生难得半日闲"推入"浮生奈何整日闲",如何打发光阴竟成焦虑。我受村长(南大苗怀明教授,我们戏称他村长,他也认了)著名网文《闭门正是开卷时,人间最乐是读书》之启迪,保持既有生活习惯(读书、整理待出著作)之余,增加了一个隔空雅集的项目。得网络之赐,我们无须"流觞曲水,列坐其次"式的修禊,也不必举办大观园儿女式的结社,一样可以"仰观宇宙之大,俯察品类之盛,可以游目骋怀,足以极视听之娱,信可乐也"。兰亭之雅、大观之境虽不能至,心向往也。

姑举一二,在我为存念,在友为献芹,不亦乐乎。

## 一、寂寞春何在

斜阳将楼宇森林装扮得棱角分明,煞是好看。我在小书房倚窗照了个剪影,没想到闯入前景的是窗台上的一盆小花。仔细端详,她的绿叶舒展得很自在,半个米粒大的苞蕾孕育得很自我,关键是四朵小红花绽放得很自信,令我刮目相看。立即调转镜头将她从局部到整体拍了几张照片,连同窗外剪影一起放在微信朋友圈,立即引起朋友的关注。

南京师范大学吴锦教授点题:"长寿花,健康长寿。"此前我真不知她有这么吉祥的名字。想去冬她一度枯萎,我舍不得弃之,就将其枝头绿芽剪下重新植入花盆,没想她竟如此顽强,且开得这般投缘,果为"长寿花"。吴老师主持学报时没少用拙稿,退休后成了我的亲密网友,他已是八十多的高龄了,我赶快喊:"谢谢吴寿星!"并送上三枝花。

我本不善诗,受长寿花的鼓舞,附庸风雅凑上一则俚句,发于网上:

庚子多不凡,新冠相煎急。

寂寞春何在?窗景透消息。

如果说眼睛是心灵的窗户,那么窗口也可说成房宇的眼睛。庚子苦春,新冠肆虐,从网上见域外朋友在窗口(阳台)高歌曼舞,将那块狭小之地的功能用到极致,国人则主要赖之亲近自然、窥视社情。一个"窥"字见精神,开春之际我将俚句"红梅独放谁堪赏,艳阳高召我窥园"传网上,友朋竞相唱和。今天早上从"金学界"公号读到大连大学王立教授之大作《"偷听"母题》,对"窥"字更感兴趣,于是将那诗之末句改为"倚窗窥消息",既见禁足自囚之无奈,又见于心不甘也。

宜城老友秀峰立即呼应,说末句改得传神。老家之许自然则说:"所改的末句有犯'孤仄'之嫌,实在想改末句,可否把窥字变成探字?这样声律感可能要强一点。"自然是我回乡务农当民办教师时的朋友,我招工走后他投笔从商,却嗜书如命,几乎通读了商务印书馆"汉译世界学术名著丛书",成为小镇上的学问家(宛若九江陈世旭笔下的《小镇上的将军》,

提升了小镇的文明档次)。他那"许家店"并不大,却用哈佛教材培训店员。他在小镇上生意做得不算最大,却是最讲信誉的,逢年过节十里八乡的农民即使排队也愿在许家店买点称心的东西。他在网上发言往往别具一格,我很看重。不过这次我并没有接受他的建议,我回答他:"谢。不过我从不斤斤于格律,好玩即可。"于此有潜台词:王力先生精通汉语诗词格律,并未见有好诗;赵朴初先生自度散曲,打破固有的曲牌,其《某公三哭》一鸣惊人,经久不衰。诗的生命在意境不在格律(此或我不善诗之遁词也)。我进而回答:"探春曾有,窥春似无;有则避之,无则加勉。"

有趣的是,我以俚句抛砖引玉,竟演成网上赛诗会。先有我高中老同学金生说:"吾虽不才,也凑上几句,逗乐。"诗曰:

　　临窗傲世意气扬,娇姿婆娑情无疆。

　　惹得多少眸犀羡,艳丽匀匀吐芬芳。

我与金生高中毕业五十年后才于同学聚会匆匆一见,去年庆母校 80 华诞时才加微信,没想到瘦骨伶仃的他却富诗情,让我惊喜。

再就是重庆江津陈独秀旧居纪念馆的邓铃发来他的诗作:

　　寂寞春何在,诗意露窗台。

　　难言庚子苦,唯有花自开。

江津是陈独秀生命的终点站,一批年轻的朋友非常敬业,把"秀馆"办成了重庆的文化地标之一。邓铃是其中的骨干,馆员们都喊他"邓哥"。秀馆多年每逢"五四"都请铁健先生与我作讲座,每次都是邓哥陪同我们徜徉于江津山水间。在交谈中邓哥自叹笔拙，而我建议他不妨先写点诗。他的诗作印证了我的判断，于是顶上一句："邓哥果然有诗才。"他还我三个笑脸。今年新冠作梗，我们没去江津，只能以网聊作弥补。

上海的诗华兄是安大校友袁教授推荐的朋友，网上相谈甚欢，却不曾谋面，他"一凑热闹"：

花又绽窗台，纯香扑面来。

香凄何日去？祈祷早除灾。

最投入的当数汴梁的子诚，他是河南大学进德教授门下毕业不久的研究生，前年十月在河大开金学会，会余他独自开车让我饱览了开封夜景——一幅带彩的"清明上河图"，遂订忘年交。他网传一首五言诗，以其青春活力几乎颠覆了我们的基调：

万民皆同心，雷火送瘟疾。

奈何苦寻春，红雨粉社稷。

我说："帅哥有才，赞赞！"他回："美滋滋（加一个笑脸）。"我笑称："抛砖引玉成诗会。"他立即接句："群儒对吟声鼎沸。"俨然大观园人物即景联句。看无人接韵，我鼓励子诚："帅哥干脆续补上。"子诚说："老师先接一句。"于是我来了句："云霞涌荡隔空传。"子诚接："师生望月心相连。"我来句："钟山遥期开封日（这句玩了点伎俩，'开封'有表里两义）。"子诚停顿了一下，应对："汴水寄情终有期。"我们联韵时有各路朋友（存明、崔江、先桃、玉琦、王浩等）穿插其间，不觉已到晚上十一点。我告诉子诚联句要大致押韵、避免重字，子诚说："'日'的韵脚太少了（加一低头受教的头像），老师晚安。"我享受了一把好为人师的乐趣。而海峡对岸的美女学者想容不知什么时候追上一句:"谁家落叶惹闲愁?"我奉上"云想衣裳花想容",聊以解颐。

## 二、师友共唱和

拙文《唐府醉酒记》见报后,在朋友圈中溅起些许涟漪,反响最力的是海南电视台的金虎。他不仅是宿松的老乡,也是我当年的学生、如今的书友,他赋诗一首:

半世乡谊情堪笃,一生文友心相知。

壶里醉仙人称羡,皖中佳话美名传。

(读钟扬先生《唐府醉酒记》有感,岁次庚子春,秦金虎。)

金虎以四尺宣大草书之,寄我两份,自然有一幅是转唐府主人先田兄的。给我的那幅我拍照挂在朋友圈,引来不少朋友的点赞。有朋友说金虎的字与老师的很像,其实他的字比我的灵动,何况我也没教过他书法。

先田兄得金虎之书,立即以诗传情:

钟扬师徒可精神,遂使老汉小传名。

当年酒醉英雄汉,如今著作已等身。

(钟扬作文金虎作书,师徒二人逗乐老汉矣,因有打油。)

先田兄是多面手,文论、杂文、散文我都拜读过,唯独没见过他的诗。此诗虽曰"打油",仍很风趣。次日他又专写了一诗评金虎的书法,形象入神,既见其诗风,又见其对书法之在行:

金虎果然如惊虎,风驰电掣干将舞。

提腕运气笔有神,枯爽飞白墨无阻。

> 缘起皆因杜康兄，涵蕴实乃长江风。
>
> 琼崖万里木棉树，孤山钟山两玲珑。
>
> （观乡友秦金虎书法打油，钟扬先生教正。）

金虎仅多年前与先田有一面之缘，没想到先田会如此高看他的书法。我转告先田说，金虎见大作欢喜若狂。先田回话："夸张了哟。"我答："诗家无不夸与张，我只两头传和达。"先田又来一则四句头：

> 教授可获导演奖，绝非传达事一桩。
>
> 缘起虽属杜康兄，也在教授掌控中。

我被逼上梁山，也只得还他一则俚句：

> 松兹文曲醒启明，皖国风流写汗青。
>
> 秋光壮丽师徒羡，渊缘岂独杜康情。

得唐诗后，金虎当然能看懂先田对其书法艺境的期待，他仍书兴大发，笔走龙蛇连书三幅六尺对开作品，顺丰快递隔日就送我门上。我留一幅，另两幅转先田与他堂姐秦丽珠，秦丽珠夫妇是先田学友且都在省府上班，当年金虎就是在堂姐家见到先田的，久无往来，这次恰以书作重新联系上，喜出望外。先田也连连致电表示："多谢金虎美意，多谢你师徒二人！"

由一篇短文带出一段唱和佳话，有点趣味吧？

可见诗并非只存在于虚渺的远方，即使庚子苦春我们身边也有诗在，关键如马翁所云要有一双审美的眼睛去发现美去发掘诗。不管你艺术造诣如何，只要你有将生活艺术化的追求，在新冠灾难面前你就有强大的精神免疫力，你就有可能把自己的生活打造得有滋有味，从而诗意地栖居在大地上。

《西厢记》隔墙酬韵"隔花阴，人远天涯近"之意境，在网络时代竟变为指上风光。区区短文不妨命名为"隔空酬韵记"。

2020年5月2日夜于南京宝华山房

# 乐于石楠心海漫游

## 一、蛙鼓声中品美文

"清明时节家家雨,青草池塘处处蛙。"这在此时此刻于我竟非遥远的诗境,而是生态实况。我在故乡老屋灯下读石楠大姐的散文集《心海漫游》,窗外响起蛙声一片。蛙鼓声中读美文,好不惬意!好久没有如此读书了。老母清明前骨折,我独自回乡护理。好在母亲是左手骨折,不太严重,我洗衣烧饭之外,唯以读书疗寂(这里一无电视,二无电脑,三无微信)。从清明至今二十多天,除撰了两篇应急文字,就在读《心海漫游》,与大姐作心灵对话。全书读了两遍,有的篇章读了三四遍。大姐小说我读得较认真,也写过若干评说文字;而对其散文,则是第一次如此精读细读。

大姐以小说尤其是传记小说名世,但她说散文写作才是她的至爱。此话令我感动,我的专业是小说研究,我的阅读兴趣却曾经在散文,中学时代最爱读的是《古文观止》和隋树森的《古代散文》。"文化大革命"回乡务农期间除读《红楼梦》《斯巴达克斯》和高尔基成长三部曲等少数小说,读得最多的是当代作家的散文。盖因劳动紧张,无暇读大部头小说,再说当时也难得弄到大部头小说读。好在我"文化大革命"前买了一批散文集,正好打发时间。刘白羽的《长江三日》之宏大叙事有气派,然其过于亢奋的激情令人厌倦;杨朔的《荔枝蜜》虽是苦中觅蜜,毕竟掩盖了人间疮痍;秦牧的《艺海拾贝》令人目不暇接,好读不好学;杜宣笔下的域外风情虽令人好奇,毕竟隔山隔水。唯吴伯箫的《记一辆纺车》之类作品,虽也无非革命题材,却写得平易近人,叙事如清风徐来,水波不兴,乍看平常,却越读越有味,如食秋果经得起咀嚼,能收润物无声之效。新时期的散文我关注甚少,仅读了点二余的散文。余光中的散文诗味太重,少了点人间烟火,尽管精美,难以上口上心;余秋雨的散文炫才煽情太甚,尽管他拥有一批少年读者,但总觉难以入心入肺。相形之下,我怀念吴伯箫以及吴伯箫式平易近人的散文。可惜我当年的散文集经岁月淘洗,早已荡然无存。

石楠大姐的散文,弥补了我的阅读空档。她的散文,与吴伯箫散文风味庶几近之,尽管两者题材迥异,而且大姐未必读过吴伯箫的散文。我只是以我的阅读经历,悬拟而已。

## 二、对生命的礼赞

《心海漫游》,是大姐的寻美历程。她向梦中的故乡寻美,向山水寻美,向域外寻美,向生活寻美,向苦难寻美,向草木寻美,向古今中外名著寻美……有一颗爱美的心灵,在世间万事万物中都能发现美。红薯、栗子本是山乡常见之物,但在作者梦中、笔下竟别有一番美丽:"白露风起,浑身是刺的栗球开始漾起笑靥。起初是笑不露齿,可它们经不住秋风的挑逗,要不了多久就咧开了大嘴,露出一嘴饱满的栗子,在它大笑的时候,那些被秋阳爱抚成栗色的果子就从天而降,像下冰雹那样砸在地上,我们争相捡拾。那是秋风送给我们儿时的礼物,永远珍藏在我的心头。"我们知道,在贫穷的逼迫下,作者的童年是凄楚、寂寞的,生存是严峻的考验,在那"瓜菜代"的日子里,山栗就是美味,就是大自然的恩赐,难怪她将这份记忆终生珍藏心头。

成家之初,在难以见到阳光的阴湿小院里种上两棵花木,尤其是种上丝瓜:"丝瓜为了寻求阳光,它游丝样的触角,像一只攀缘的手,没几天,就爬上了树冠,沿着它攀爬的路径,开出一串串明黄色的花,像一队高擎着的火把,照亮了阴湿的院子。"这是热爱生活的人在培育美。在热爱生活的人眼中,花草皆有灵性:蔷薇花开满枝头,"像粉红的瀑布那样从架上汹涌而下,醉倒了我,也醉倒了我一家,还有朋友和路人","风雪还在肆虐,勇敢的迎春就挥起金色的长鞭,驱赶起风雪严寒,为春开路"。病痛中"儿子送来一个大鱼缸,我们生活里一下多了二十多条可爱的小生命":

> 我静观它们:它们的鳍薄如蝉翼,它们的尾巴有如妙曼的轻纱。它们的舞,别有风情,没有做作,没有矫饰,很率性,舞得花雨缤纷、波起浪涌、满池生辉,很有现代舞的奔放韵味。它们大多时候很安静,悠悠地沉浮,似绅士样从容,如淑女般典雅,波澜不惊。求偶季节,它们显得躁动,偶尔追逐。开始是一条两条雄鱼游近仪态万方、快要做母亲的雌鱼,不停地殷勤示好,又舔又亲,母鱼不

堪打扰，就逃就奔，雄鱼紧追不舍，立时就跟上一群，水花四溅，大有翻江倒海之势。它们就是水中的鲜花，无忧无虑地开放在我的面前，它们又似绝妙的舞蹈家，它们的表演给了我心灵的爱抚和美的享受。在品享美的过程中，我烦躁不安的心变得宁静了，我的病痛也在不知不觉中慢慢离开了我，快乐又回到我的身上。我又能读书和写作了。

我也养过观赏鱼儿，也在西湖花港观过鱼，却从来没有观察得如此精细、如此富有情趣。观鱼治病，或为大姐的一大发明。将死鱼安葬在桂花树下，希望它零落成泥更护花，既是对生命的珍爱，更是对生命的礼赞。

出游是大姐的至爱。她每出游前都做足案头工作，神游在先，走出去就更能观赏美、感受美，在自然与人类创造的美中浸润心灵、丰富学养。大姐是从山里走出来的人，特别爱山。虽在城市生活几十年，心里仍装着山、想着山，一有机会就去亲近山。她有幸几乎走遍了三山五岳，更常与天柱山、黄山的山神说悄悄话。她第一次是"怀着少女与她的白马王子相会般的激动心情"去登天柱山的。在天柱山，她不仅抽到了带来好运的谶诗，还见到自己的精神具象："这长在天柱山石缝里的中华石楠，仅靠石缝里那点泥土，却长得奇伟粗壮，枝繁叶茂。一定是天柱山给予了它特殊的慈爱，也肯定是这座神山给了它特别的泽惠，它才长得如此茁壮高大！"更重要的是，她在大自然的奇观与先贤创造的绝妙艺术面前找到自己的坐标位置。峨眉高耸云天的楠木、乐山大佛下的冲天波涛、布达拉宫金顶上的恢宏天空，让她陡感"自己的渺小"。"会当凌绝顶"，非为"一览众山小"

而是"一览唯我小"。欧游,"从希腊的奥林匹亚到雅典的神庙,从古罗马建筑、意大利的文艺复兴到与之相媲美的印象派绘画艺术,我在这条辉煌的艺术长河中流连,竟觉不到自己的存在了"。

> 艺术大师和先贤们就是那横陈在我面前的莽莽昆仑,仰首难望其顶的珠穆朗玛峰,觉得自己不过是山下的一粒看不见的微尘,一滴水珠的湿痕,不需微风,无须时日,就会去无影,逝无痕。我能有什么理由以为能舞文弄墨沾沾自喜,自以为是?

大姐如是说,这恰是她寻美历程所呈现的人格美。

## 三、作家的精神自传

《心海漫游》更是大姐的精神自传。"心田散步""履痕留香""书前书后""灵泉碎珠""耕耘感思"等组散文,从"梦回故乡"写到"为寻美去旅游",从"我歌唱苦难"写到"感悟苦难",写到"我为苦难者立传",堪称其本传。大姐从苦难中走来,苦难曾是她生活的基调。少年失学,青年失恋,一顶"地主女儿"的帽子更让她长期生活在"唯成分论"的傲慢与偏见中……但她没有被苦难压倒,而是以苦难为师,化苦难为动力,在苦难中奋起。她也因而对苦难有特殊的感情:"没有艰难险阻,没有坎坷磨难,就不能算是完美的人生!一旦灾难或苦难降临到我们,我们也不用悲伤,只要有勇气同它较量,就能把它化作财富!一个生活强者是不畏惧磨难的。"在苦难中,读书成了她的至爱,写作成了她的宿命,由写"报屁股"上的

"豆腐块"到"石记豆腐作坊",到长篇传记小说《张玉良传》一鸣惊人。她却并没因此走出苦难,而是陷入新的苦难,中伤扑面而来,甚至在由这部小说改编的电影上,她的署名权都一度被剥夺。忌恨成功者、剿杀成功者,是某些人劣根性的表现;优败劣胜,"高尚是高尚者的墓志铭,卑鄙是卑鄙者的通行证",是没有停演过的悲剧!

好在大姐仍未被新的苦难压倒,而是从此立志为苦难者立传。她笔下的人物无论是传记文学的传主还是小说的主人公,无不经历过人生的坎坷和磨难,可是他们都没在苦难面前气馁、沉沦。厄运之神只能败在有志者的抗争下,人生只能在求索中闪烁光辉;即使终生追求而未达到既定目标,也能在求索中留下深深的履痕——这就是石楠歌唱苦难的声音。她将"生于忧患,死于安乐"的古训运用到了极致。

大姐堪称文坛劳动模范。经三十余年不停顿的劳作,她已创作出版《画魂——潘玉良传》《寒柳——柳如是传》《舒秀文传》《从尼姑庵走上红地毯》《另类才女苏雪林》《刘海粟传》《亚明传》《张恨水传》等19部长篇传记小说,《生为女人》《漂亮妹妹》等4部长篇小说,还有中篇及散文集几部,另有《石楠文集》(14卷)。其中《画魂——潘玉良传》海内外有16个版本,印数高达700万册。著作总字数已过千万,版本60多种,堪称著作大亨。曾获10余个省级以上的文学奖项,及被评为"当代十大优秀传记文学作家"之一。我曾以大姐之书名串成一段小文写成扇面赠大姐,曰:

大姐生为女人,却秉阳刚之气。以生花妙笔为玉良画魂,替寒柳写心，感天动地，一鸣惊人。从此，多少漂亮妹妹与另类才女爱的赞歌，或红颜恨之咏叹调，传遍大江南北；而艺术叛徒之百年风流，恨水不成冰的世纪传奇，也因您而风靡世界。无论有几多不愿说的故事羁绊，你都目不斜视，一往直前。你本是那顶破石板也开花的千年红，努力从昨天吸取诗情，且时刻关注着今日社会之真相，让万千读者从你荡气回肠的文字中，获得迈向明天的智慧和热量。

至此，大姐算是功成名就了。但她完全摆脱苦难了么？须知写作既是脑力劳动也是体力劳动。她多次带病拼搏，如写《画魂——潘玉良传》时，查出眼底陈旧性黄疸病变、视神经疲劳症和眼压高，有失明的危险，终靠穴位按摩保全眼功能。长期的劳作更令她多病缠身。读她《我的本命年——与病魔抗争》，我才知道大姐身体状况。她说："数十年来，疾病一直与我相伴，心脏左前支传导阻滞、类风湿关节炎、胆囊炎、慢性结肠炎、高血糖、腰椎间盘突出、痛风。"2010年秋她又患糜烂性胃炎，吃了很多药，就是不见好转，被迫暂停笔耕而静养。说是静养，她却仍在不停地读书。这一年她读了日本的《源氏物语》《世界尽头和冷酷仙境》，读了蒋子龙《农民帝国》、毕飞宇《推拿》、裘山山《春草》、周大新《湖光山色》、潘向黎《穿心莲》、赵玫《八月末》、胡晓明《王元化画传》、叶永烈《傅雷画传》，还有两位安庆女作家的长篇小说。读书成了她与疾病较量的办法，成了她享受语言盛宴的途径，成了她照彻灵魂、认识他人长处和自己缺失的透视。于是她又敲键为苦难者立传。这次她告别了传记小说写作，而开始虚构型小说创作——女性三部曲。

"我可以自由地虚构人物、虚构情节，让我的人物来表达我的心声、我的情感、我的想象、我的爱、我的恨、我的憧憬、我对美的向往歌颂、我对丑恶的控诉和鞭挞。"——大姐如是倾诉，并以此作为谢幕的礼物贡献给喜欢她的读者。大姐奔八了，"不准备再写长书，有所感时写点短文，借以慰藉最后的生命"。好潇洒的谢幕。不过作家的谢幕词未必靠得住，因为他们兴奋起来往往管不住自己，管不住手中的笔（或键盘）。

而"花丛撷香""灯下赏花""艺廊观画""德馨亭"这四组散文，从健在的文友写到故去的师友，写到奶奶和父亲，是大姐广义的交游录，堪称其外传。大姐从奶奶的温存、父亲的"暴栗"中收获了诸多美德。在《我的奶奶》中写了这样一个细节：有一回，"我"让地上的一块石头绊了一跤，就怪那石头，赖在地上不起来，用头去碰那块石头。姑姑把"我"拉回屋里，"我"又跑回来用头去碰；姑姑又把"我"抱回去，"我"又跑回来与那块石头较量，头上撞起了包，包被撞破了皮，流出了血，还是拉不回去。母亲骂，父亲打，"我"仍然不依不饶，赖在地上不起来，头在石头上像鸡啄米似的。奶奶没骂没打"我"，她拿来把锄头，把那块石头挖掉了，"我"才罢休。

她说："奶奶造就了我的个性，我的性格中有很多东西都与奶奶的疼爱分不开。比如只要我认定的事，我都会坚持下去，任何困难都不会动摇我的恒心和毅力。"比如早起的习惯、助人即自助的心态、感恩的情怀……

对在她的文学路艰难起步之际为她举过灯的鲁彦周、谢蔚明、冯英子、江流、沈培新等师友，大姐都有心怀感激的文字。

她将诗人陈所巨的浪漫爱情故事写得楚楚动人，将以书为命、以词为魂、以猫为伴的女词人丁宁与猫的传奇写得凄美感人。古来多义犬的故事，这里却写了义猫的传奇：通人性的猫会给主人让座、捶背，在那饥荒年代，那大黄猫竟能捕鱼救主：

> 它第一回（从逍遥津）捕到鱼是一天夜里，她正似睡非睡，突然感觉到蚊帐在动，她就拉亮灯，撩开帐门，大黄就蹲在她床前，它的面前躺着一条足有一斤重的鲫鱼，它的一只脚压着鱼身，鱼尾巴还在不停地拍打着地呢。她的眼睛一下潮了，一把抱起了它。她把鱼放进一只木桶里用水养着。大黄从她怀里溜下来又出去了，那晚它一连捕回来三条鱼，它竟然知道把鱼放进桶里，不再来叫她。在那种一条鱼就可以救活一条命的时候，她不敢独享这些鱼，很多邻人都吃过大黄捕的鱼。

猫越通人性，就越显出老词人的孤独与无助。可惜石楠与之初识竟成永诀，我们无法听到女词人更多苦难的故事。

## 四、快乐：从感恩到举灯

无论是寻美历程，还是精神自传，"心海漫游"的主旋律是《我为什么快乐》和《感恩是一种美好情感》。"一个不知道自己是谁的人，一个没有任何责任要负的人，一个没有人需要他的人，能快乐吗？付出就是快乐，有人需要你就是快乐！"——这是大姐的快乐观，由此可以知道她为什么快乐，为什么吃苦不怕苦，为什么身经苦难却乐为苦难者放歌，为苦难者立传。"感恩是我们人类共有的一种美好情感，与宗教信仰无关，但与良知、良心、善良和思想境界有关。我还认为它是滋润心灵的甘露，一个知恩感恩的人，会是一个心地光明的好人。常怀感恩之心，不仅会使我们的身心有更多的愉悦，还有助于我们的身心健康，让我们的生活更美更和谐。"——这是大姐的感恩观，由此可以知道她为什么对苍天、对亲朋、对师友、对编辑、对读者、对芳邻……常怀感恩之心。饥肠辘辘年代吃了同学的一块豆腐，六十多年后仍"忘不掉她和那块豆腐，她当时说话的声音、样子和那块豆腐的色香味，就像深刻在石板上的画那样，永不磨灭地留在我心中"。她在《难忘那块豆腐》中如是说。正因为常怀感恩之心，她才转而乐于助人，乐于渡人。她虽多病缠身，尤因眼疾不堪多看，还是给诸多文友热情作序，即使是中学娃娃的习作她也悉心评点。

在文学薪火相传的道路上，大姐也义不容辞地充当了举灯人。读大姐的"心海漫游"，我与大姐同乐。

2015 年 4 月 29 日写毕于扬子江畔之老岸村

# 他收藏着中国文化史的若干章节

前段时间收到北京方继孝先生的新书《笺墨记缘：我的收藏三十年》（文津出版社 2020 年版）。他用软笔在衬页上题词："书写这些人和事的时候，时光似在倒流，场景似在回放。石钟扬先生存正。方继孝二〇二〇年五月八日。"竖写且有启首印与名氏印，顿添雅趣，也让我感到"时光似在倒流"，我们友谊"场景似在回放"。

## 一、结缘

我与方君结缘于陈独秀研究。2006 年 6 月方君在北京图书馆出版社（今国家图书馆出版社）影印出版了《陈独秀先生遗稿》这一惊世之作，收录陈先生在南京狱中与流落江津时所撰《甲戌随笔》等著作。这些珍宝皆方君藏品，首次披露，令人神往。南京大学的吴永坤先生是该书的审定者，原说要送我一本。然不知哪个环节出了问题，吴先生到手只两套样书（原据说有十套），他送图书馆一套，自留的那套许我尽情使用。我爱不释手，且想拥有，于是花超书价的钱从中间人那里买了一套。大概是 2009 年秋我们筹办纪念陈独秀诞辰 130 周年书画展时，方君知道此事，在电话里大为感慨："他拿的是折扣价，干嘛赚钱？退他，我送你一套！"我说："不必不必，你样书也不多。"他说："我读过你的《文人陈独秀》，我们还是同道，需要什么直说。"我说："有这话就够了，够朋友。"

我们果然成了朋友。2009年底我在先锋书店买到了方君的《旧墨三记》，其间不仅收有民国名流、五四学生领袖，还有曾经的著名"右派"尤其是"文化大革命"中冤死的吴晗、邓拓等人的墨迹与往事。图文并茂，关键是这些墨迹都是方君的藏品，那些往事都是他从墨迹中发掘出来的。诚如孙郁序云："收藏家的价值，就是提供了历史的边边角角，一些碎片却连接着一个整体的历史。"令我等"听得见无数远去的灵魂的歌哭"。更渴望读到其《一记》《二记》。《三记》是2007年出版的，那两记更早，网上一书难求。于是我在电话中试探性地向方君求助，没想到很快就得到赠书。他在《旧墨记》扉页上有题词：

是书出版后，获2006年度26种"中国最美书"之列，一年后市面已鲜见该书。敝宅仅存三本，书友常向余索，始终未敢应允，恐知音良友赏脸之时无以奉呈也。书奉钟扬仁兄存正。弟继孝。

题词以软笔竖书且有启首与名氏印，宛若一幅书法作品。方君意犹未尽，于边上加署："方继孝二〇一〇年春于北京。"《旧墨二记》扉页也有题词：

《旧墨记》面世后，反响很好，国图出版社干脆与余签订长期出版协议，并命名为"旧墨记"系书。十年耕耘已出版六记，七记亦已杀青。惜出版社给样书甚少，二记寓中仅存一毛（边）一筒（本），今将筒本送钟扬兄。

方继孝 二〇一〇年二月八日

字里行间透着真诚，令我感动。到2012年5月方君已将其四、五、六记陆续赠我。2012年10月23日（重阳），他在《旧墨四记》扉页上补记："赠书钟扬兄时尚未谋面，今秋钟扬兄到京，聚谈甚欢有相见恨晚之感，过几日（我）因会议来南京小聚，补记数语。"

## 二、相聚

人间缘分甚怪异。我与方君神交几年没见面，2012年秋，峰回路转，一周之内两次相聚。10月中旬我偕友到北京查资料，10月16日方君邀我们到复兴路天赐酒庄小酌（席间还有几位出版界的朋友），酒后去他府上参观"双序斋"——他偶从人民文学出版社所弃废纸堆中意外获得茅盾手书《鼓吹集》序两页、巴金手书《新生》序一页，因而将其书房命名为"双序斋"，人文社的弥松颐先生为之题额。我笑他攀附"三希堂"，他忙说岂敢岂敢。"双序斋"像个袖珍美术馆，墙上挂有闻一多的油画，柜内呈有林徽因手制的瓦当……琳琅满目，任你欣赏。他一脸灿烂地在旁偶作解说。

更引人入胜的是与书房相邻的藏宝室，它的面积比书房小，仅十多个平方，一张单人床与一张长条书桌靠着东西墙放置，似故意用它们的简陋来烘托那西北墙拐的百宝箱。这是一个近两米高一米见方银灰色的保险柜，没有传说中的那么神秘，他没念叨"芝麻芝麻"就打开了。他夫人冷冷地瞅了一眼就无声地走出了现场。方君收藏的主打项目为近现代名人文稿、手札。

这保险柜里存了一万多件名人手迹，我最感兴趣的当然是陈独秀手迹。方君一件件从柜中拿出，供我赏叹。

"这是《甲戌随笔》，六十八个筒子页，每页约五百字，共约六万字，是陈先生现存最完整的文稿。甲戌即民国二十三年，也就是1934年，这年他入南京狱已两年。"方君展开《甲戌随笔》解说着。我的朋友在旁惊叹："在牢房写的书，这小字真好。"方君接着说："那年他被判八年徒刑，尘埃落定，心宽手畅，才洋洋洒洒写出这六万余言的大作。""啥内容？"朋友情不自禁地问。方君从容作答："说是随笔，实以训诂之法考证《百家姓》之外的稀见姓氏，不少为少数民族的。是他《小学识字教本》之外的一部重要的学术著作。""在牢房做学术？"朋友惊讶。"是呀，他一门心思以监狱为实验室啊。"方君的解释引来朋友深深的感慨："奇才、鬼才！"我们在且惊且叹中拜读了陈独秀先生不少手迹。2012年很幸运，我分别在方府、台湾大学、中国社会科学院近代史研究所欣赏到陈独秀诸多手迹，并写就拙著《江上几峰青：寻找手迹中的陈独秀》。

2013年圣诞，学校举办了"钟情独秀——石钟扬教授及师友书画联展"，作为我即将退休的告别仪式。方兄甚为给力，贡献了两件作品。一为他的印谱，他有跋云："钟扬兄七月十日来京，余请饭于天赐庄。席间石兄告我云，学校拟为其办一告别讲台之书画展，并嘱余将斋中所用之印制一印谱，另写一与之篇幅相同的跋以为书展添彩。遵嘱吾将宅中所存之印选出十余方，为长沙罗光磊、郑州李刚田诸君所刻。钟扬兄存赏。癸巳冬，继孝［印］。"一为转赠的一幅上海作家王小鹰之山水图，亦有跋云："王小鹰，沪上女作家，学画于沪上山水画家王康乐先生。王康乐乃黄宾虹先生弟子。双序斋存小鹰山水画二，今赠一幅予钟扬兄，不知可为兄之告别讲台书画展'添彩'否。癸巳年十一月二九日方继孝于北京。"

回放之镜头承载着方兄之深情厚谊，足见方兄乃性情中人，仗义、可交，令我感动、惜缘。

## 三、见证

《笺墨记缘》讲了方兄收藏30年中的25个故事，见证了"1980年以来中国私人收藏市场的交易真相与成长"，其大体经历了三个阶段：由零担而地摊（店铺）而拍卖。零担之阶段，货源主要是流落在废品收购站或垃圾处理站的劫余，小商小贩窥得商机，先知先觉的收藏家靠人脉与信息就能买到真货；地摊（店铺）阶段最典型的是北京的潘家园，已有了"书估"（书商），要获得藏品则靠眼力与运气；拍卖阶段水深，想得手除了要有资本可能还得要点别的什么。方兄是"文化大革命"后第一批踏入收藏界的先觉者之一，其有灵心有慧眼，够朋友又善交朋友，故时有意外收获，于是有"买椟还珠"，在"尿素"袋里觅得"双序"，在"书估"脚下巧取钱穆手迹等传奇故事。他在自序中不无得意地说："近几年文人'笺墨'，越来越受藏家青睐，但凡有些名气的文人笺墨，动辄几千、几万；名气大者如陈独秀、李大钊、朱自清、郁达夫、徐志摩、李叔同等的手迹，在拍场已高达几十万、上百万人民币了。而以寥寥数百元，搬回一只口袋，内装茅盾、巴金、王任叔、周立波等文学巨匠的书札、书稿，以数千元购藏'文字改革'第一批旧档，以二三十万元买回陈梦家先生旧存的几百通友朋书信的美事，已成天方夜谭了。"

中国收藏界，有人为稻粱谋，有人为投资增值，有人纯为清玩，皆属正常行为（至于以文物为贿品"洗黑钱"，则另当别论）。相对而言，我更欣赏以至敬佩方继孝不断将自己训练成学者型的收藏家。鲁迅说中国历史有正史、野史之分，他更看重野史。王国维说史料有地上、地下之分，他更看重出土文物。应该说方兄等私人收藏家不遗余力地抢救文物、文献，整理并研究文物、文献，正是在修补历史。诚如陈子善所言："（方兄）他们懂得这些历尽沧海桑田、巨劫奇变得以幸存的文人墨宝是天下公器，不敢私秘，提供出来是为了引起学界文坛的关注。某位文化名人的评价因此而改变，某段文学史或学术史的表述因此而重写，都是完全可能的。"（《从〈碎锦零笺〉说起》）是的，《陈独秀先生遗稿》的整理出版，让陈独秀作为文化领袖尤其是"学养深厚的语言文字学家"的形象再现人间；末代皇帝溥仪亲笔批注的《我的前半生》的整理出版，一举澄清了此书著作权之公案；陈梦家书信中的往事得到解读，让人们对集诗人、古文字学家、文物（尤其青铜器与明代家具）鉴赏家的陈梦家刮目相看，更为他在"文化大革命"中冤愤自杀而感到痛惜；《撂地儿：40位天桥老艺人的沉浮命运》《旧墨记：世纪学人的墨迹与往事》系列修复或改写了中国现代文化史的若干章节，"历史的灵光与碎片，照亮了一个个认知的盲区，像是请来无数老人，谈着昔年之影，不禁生出种种幽情"（孙郁《关于〈旧墨四记〉》）……难怪陈子善有慨于"当今学术界与收藏界的沟通很不够"，由此发问："搞历史的能不重视考古挖掘吗？"

方兄还撰有《书信的收藏与鉴赏》《品赏书简：名人信札收藏十五讲》，以金针度人。他还不断以自己的藏品举办专题展览。尤其可贵的是，当朋友在研究和著述中有需要，他都会慷慨提供相关资料。天下为公，不敢私秘，何其可贵。我多年前即动念编辑出版独秀的手迹，方兄知之，即诺以无条件提供帮助，他一冲动差点要赠我独秀真迹。

方兄何许人也？其乃典型京哥儿，有燕赵之豪爽。其实他也是文都桐城方氏后裔，血液里流淌着桐城人氏之精明。"天上有九头鸟，地下有湖北佬，三个湖北佬，抵不上一个桐城佬。"这是安庆口碑对桐城精明的表述。方兄乃北国侠气与桐城精明的有机结合体，期待他有更多精致而厚重的著作问世，供读者分享（我亦有份也）。

2020 年 6 月 9 日于金陵宝华山房

# 赵朴初的自度散曲

在中国当代诗坛，赵朴初是位独具风采的诗家。他以入世的身份做出世的事业，以出世的精神做入世的文章。他的诗作，美刺并举，前者量大，后者质优，讽刺类作品中的《某公三哭》等，堪称诗苑经典。

赵朴初于诗、词、曲皆精，其中尤以曲最为传神。他笔下之曲，非一般意义上的散曲，而是一种既规范又自由的"自度散曲"，既有传统散曲之韵味，又具新体诗之洒脱。我则视之为一种新的格律诗。本文不打算全面论述赵朴初之诗艺，仅讨论其"自度散曲"在新诗格律化道路上的意义。

我曾在安庆唯一的高校执教二十年，真切地感受到赵朴初于安庆是个深刻的文化存在。从迎江寺到状元府碑林处处有他的题字，太史第更有他家世及其生平事迹陈列。我楼下的叶老师是赵老的远房亲戚，客厅悬挂着赵书条幅；常与我散步的江老师是赵老的侄女婿，跟孙其峰学国画，赵老为之书写了"江郎画不俗"的诗章。赵老晚年自号片石，诗集也命名"片石集"，在对扬州片石山房等名胜的题咏中也念念不忘片石，实与其对母亲的情感分不开。赵母陈仲瑄笔名拜石，在1947年的土地改革运动中含冤去世。朴老数十年不忍还乡，晚年回归故里，设"拜石"奖学金，一以助学一以纪念母亲。赵氏家族有词曲创作传统，赵母有《冰玉影》传奇，朴老晚年为之题签作序。我有幸获读。其六世祖赵文楷乃清嘉庆状元，亦有《菊花新梦稿》，我1986年得其油印本，点校并撰文《一个状元郎所撰之传奇》（刊《黄梅戏艺术》1987年第2期），曾将之寄朴老（私心想以此获得朴老之墨宝）。

至此，我发现朴老诗学之家族根基（状元郎自然是八股高手，但八股"代圣立言"与传奇之代言体有相通处，只是所代者不同）。赵朴老之"自度散曲"既有先天源头又有其后天独创，两者相融，故写来得心应手，使之成为中国诗坛一独特之风景线。由于有了这段因缘，再读朴老"自度散曲"则别有心得。2004年秋在合肥稻香楼参加纪念赵朴初的学术研讨会时，我曾以"中国新诗格律化的独特尝试"为题作了发言。此文同时刊于《江淮论坛》杂志。

## 一、新诗格律化的探索者

一部文学史，实则是一部艺术形式的发展史，也是一部艺术形式的新陈代谢史。中国学界"一代有一代之文学"的命题，到五四新文化运动则变为一种划时代的现实。而五四新文化运动首得风气之先的则是白话诗的大胆尝试。

中国新诗早期尝试，大抵经历了"从旧式诗、词、曲里脱胎出来"到"欧化"的历史。因而早期之新诗多为"词化新诗"或"曲化新诗"，直到被胡适称为"新诗中的第一首杰作"——周作人的《小河》出现，才以"欧化"道路，彻底抛弃旧诗词格律的镣铐，而追求自然美的节奏。胡适自己的《尝试集》虽在美国意象派诗歌的影响下，力求把"诗的散文化"与"诗的白话化"统一起来，以获得"诗体的大解放"，被文学史家称之为"胡适之体"，但其中"真白话的新诗"为数并不多。陈子展早就说："其实《尝试集》的真价值，不在建立新诗的规范，不在与人以陶醉于其欣赏的快感，而在与人以放胆创造的勇气。"（《最近三十年中国文学史》）

1921年，"胡适之体"新诗基本站稳脚跟，就立即面临着新的内部危机与新的内在要求。这年6月，周作人就提出"诗的改造，到现在实在只能说到了一半，语体诗的真正长处，还不曾有人将他完全的表示出来"，因此"革新的人非有十分坚持的力，不能到底胜利"。而此时郭沫若以"诗的本质专在抒情"的诗歌观，向早期白话诗"不重想象"的平实化倾向挑战。但郭沫若《女神》式的"绝端的自由、绝端的自主"的狂歌，又无确定形式供人效法。因而又有以闻一多、徐志摩为代表的新月派诗人，在"理性节制情感"的美学原则下进行着新诗"格律化"——"带着铁镣跳舞"的尝试。

从此，自由化与格律化的对立统一问题，一直伴随着中国新诗的发展。1958年"新民歌"诱发过一次"新诗歌的发展问题"的大讨论，"文化大革命"后期又因毛泽东《给陈毅同志谈诗的一封信》的发表再次引发争议。

作为诗人，赵朴初的创作虽以古体诗词为主，却一直关注着中国新诗的发展，并"由学古而渐想到创新，希望能在我国新诗歌的创建中起一点'探路人'，'摸索者'的作用"，其志可嘉。

赵朴初在创作实践中,较早遇到"诗歌中的内容与形式之间就出现了圆凿方枘,互不相入"的问题。这迫使他去思索,使他看到"清朝末年已经有人注意及此,想作一点革新的尝试,可是矛盾实在太大,纵然削足,终难适履。五四以后,有人又提出了语体新诗主张,打算索性抛弃旧形式,从根本上彻底改革我国诗歌。不少人曾为此从各方面付出过可贵的劳动"。对于方兴未艾的新诗运动,赵朴初又看到:"诗与文究竟不同,诗歌与口语差别更大。要做到既是全新的,又是大家熟习的;既是现代的,又是适合民族口味的;既是通俗易懂的,又是经过琢磨锻炼的:确实不是一件容易事。"——应该说这几个"既"与"又",既是赵朴初对中国新诗困境的宏观评价,又表明了他的新诗审美理想与追求。由此出发,他说:"因之在五四后的新文学中,诗歌的成就,较之其他领域,如散文、小说、戏剧等等,总觉得差着一筹。"既而结合自己的创作实践,说:"我由于个人爱好,对于所谓新旧这两种诗体都曾做过若干尝试,而结果则都不大理想。新事物、新情感、新思想,是否可以入诗?如果可以,应当如何写?旧形式是否还可以用?如果可用,应当如何用?这些都是常在脑里盘旋的问题。"这些问题又深刻地影响着赵朴初对新诗可行形式的自觉探索。

## 二、"自度散曲"的美学原则

"可惊、可喜、可歌、可泣的人和事,不断在内心中引起了强烈的激情,愈来愈觉得非倾吐出来不可。要倾吐出来,就必然要接触到诗歌语言的形式问题，而这一问题则是颇不简单的。"从这段话中可看出赵朴初对诗歌的艺术形式是何等的重视。他创作、探索的结果，是倾向于从传统诗歌中寻找打开新诗格局的途径。20世纪70年代出版的《片石集》中，赵朴初有长篇谈诗的《前言》，堪称其诗歌美学宣言。

赵朴初具体细微分析了传统诗、词艺术形式之得失之后，表示对曲情有独钟。在《片石集》的前言中指出，曲与词一样来自民歌，后来与音乐和舞蹈相结合，成为我国古典戏剧的主流，占据我国舞台七八百年之久，从19世纪起，它才逐渐退出舞台，因而也就脱离音乐舞蹈，和词一样成为仅供案头欣赏（最多是朗诵）的一种文学品种了（所谓昆曲，起于晚明，已不能代表曲的全部面貌）。

赵朴初进而说，作为诗歌品种，曲有四大优点。第一，它兴起较晚，脱离群众的时间也不太长，因而比较接近现代人的情感与语言，具有较大的吸引力，可以从更广泛的范围吸取各种新的词汇乃至表达方法，而不至过于扞格。

其次，由于它是应用于舞台的，须如实地刻画各个社会阶层的人情世态，逼真地模拟各种人物的神气、口吻，因之可以更自由地使用各种表现手法，而不受正统教条的束缚。例如，所谓尖新、刻露、俚俗、泼辣等等风格，在诗与词的创作中是被视为瑕疵、引为禁忌的，在曲的创作中却不仅被容许，还被认为"本色当行"，这确是一个不小的解放。

第三，曲不仅在句型上突破了诗的整齐单调（仅指典型的五、七言），并且突破了词的字数限制（可自由使用衬字），甚至在语调上也相当灵活，突破了词牌的句数限制，许多曲调的句数可以顺着旋律的往复而自由伸缩增减。作者长说短说，多说少说，所向随意。

第四，曲除了供演出使用的剧曲外，还有专供阅读的散曲。散曲又可分为独立的小令和数调组合而成的套数。小令可以是单章，也可以是联章；套数可长可短，可以异调组合，也可以同调叠用（以"前腔"或"幺篇"表示）。作者可以随自己的方便，或作速写式的即兴小品，或适应各种题材，各种时地的需要。

当然，赵朴初也看到了问题的另一方面，即曲也有特殊的限制，即所谓"曲律"，有一些"律"甚至严过诗与词，如南曲与北曲的牌子不能混用，同为南曲或北曲，不同宫调不能混用等。但这一切都由配乐而起，为了便于歌唱不能不如此。如果只是把曲视作一种诗体，不再演唱，不再配乐，"律"的问题也就自然消失了，只须照顾到一般平仄，使读来顺口，听来入耳，似乎就通得过了。经过如此透彻的分析，赵朴初认为，曲作为我国的一种传统诗歌形式，对于创立我国的新诗歌，还是颇有可为的。

在摸索中实践，在实践中摸索。赵朴初在创作中渐渐又萌发奇想：既然不再为配乐而写曲，既然撇开了种种为合乐而制定的传统曲律，那么又何必一定要沿用传统曲牌呢？于是他尝试着自定调式、自定调名，姑且名之曰"自度曲"。"自度"一词也来自古人，不过古人的"自度"指的是自己制腔、自己作词，而赵朴初则只作词不制腔。他说："自己并非音乐家，只是一名为新诗歌探索道路的工作者而已。"至于这种无律之曲、非曲之曲,是否也可以叫做一种新体诗呢?赵朴初说:"自己没有任何把握,只好留待人民和时间来作鉴定。"我则认为这就是一种新的格律诗,或叫格律化的新诗。

为使自己创作的"自度散曲"——这种新体诗的艺术形式切实可行,赵朴初就其"平仄"与"韵脚"两个技术性问题,作了非常切合实际的设计与解说。这真可谓菩萨心肠与诗人情操相结合的产物,普渡诗航。

## 三、"自度散曲"的精彩实践

赵朴初创作"自度散曲",有一个从偶然到自觉探索的过程。1959年在一次出国途中,他偶尔带了一本元人散曲选集《太平乐府》,供飞机上浏览。在西伯利亚上空,随手写了几首小令,描写当时的景物与心情,这是他写曲的开始。回国不久,先后有建党节与十周年国庆,于是他又尝试用曲的形式来参与庆祝。此后他又多次尝试用曲对世情世相乃至世界风云咏叹或讽谕。美刺俱佳,证明曲这种诗体是可登大雅之堂的。他进而摆脱传统曲牌,尝试着自定调式、自定调名,自觉创造出这种无律之曲——自命名为"自度曲"的格律化新诗。

我手边仅有赵朴初之《片石集》,以年代为序,收其自1950年12月至1977年10月的作品189首,其中有曲20题33首。《片石集》中有《观演〈蔡文姬〉剧有作三首》,正好是诗、词、曲各一首,所咏皆为郭沫若新编历史剧《蔡文姬》:

### 1. 竹枝

黥头削足语堪哀,不道成书有女回。了却伯喈千古恨,九原应感郭公才。

### 2. 鹧鸪天

玉珮明珰望俨然,骊歌肠断草原天。忍抛稚子三千里,换得胡笳十八篇。　　家再破,梦初圆,中郎志业几分传?和亲肯遣王姬嫁,毕竟唐文汉武贤。

### 3. 快活三带过朝天子四换头

左贤王拔剑砍地,镇日作女哭儿啼。进门来惨惨凄凄,出门去寻寻觅觅。千里,万里,处处是伤心地。胡笳做弄蔡文姬。

愁绪哀弦难理。遣使何为?赎身何意?我道曹公差矣!谓中郎有遗书,有女儿能诵记,只消得寄个纸笔。睦邻大计,更要将心比他意。

常通声气,频传消息,何如认个亲戚?和吐蕃的唐太宗,和乌孙的汉武帝,都比你,有主意。

众所周知,郭沫若的《蔡文姬》,是其循毛泽东《浪淘沙·北戴河》"东临碣石有遗篇,魏武挥鞭"之词意,将"替曹操翻案"的观念变为舞台形象的作品,不无曲意逢迎之嫌。即使是温文尔雅的赵朴初,1959年7月当郭沫若正在《蔡文姬》刚搬上舞台的兴头上时,也忍不住以形象的语言表示了一点"不同见解"。其诗含而不露,其词略带讽喻,其曲则痛快淋漓地将郭沫若幽默了一番。曹操促成文姬归汉的最大理由是请她代父蔡伯喈续书,以点缀文治之业绩。而赵朴初在曲中则谓:"我道曹公差矣！谓中郎有遗书，有女儿能诵记，只消得寄个纸笔。"让蔡文姬写来即可，何必让她归汉，既造成新的妻离子散，又不利于睦邻大计；既有违人性，又有碍国策。但赵氏所作，并非论文，而是艺文，幽默风趣，富有穿透力。与其同题诗、词相比较，可谓"诗庄词媚曲更洒脱"。曲于赵氏是随手拈来、点染成趣，其艺术魅力远非其诗其词所能比拟。由此及彼，通览《片石集》，其中曲所占比例虽仅六分之一，但其影响与传播，则远胜其他作品。

在各种诗体中，"曲是最能容纳那种嬉笑怒骂、痛快淋漓、泼辣尖锐的风格的"，赵氏深知此道。他的"自度散曲"虽美刺并举，但真正传神的还是讽刺类的作品。此类作品，最有名的有"文化大革命"前的《某公三哭》和"文化大革命"中的《反听曲》（三首）。

《某公三哭》，拟用原苏联总书记尼·赫鲁晓夫之口吻哭灵，"一哭西尼"——饮弹身亡的美国总统肯尼迪；"二哭东尼"——不幸逝世的印度总理尼赫鲁；"三哭自己"——不幸下台的赫鲁晓夫。这些都是当年的重大国际事件，赵氏以曲跟踪报导，三"曲"分别写于1963年1月、1964年5月、1964年11月，1965年2月1日发表于《人民日报》，轰传一时，曾得毛泽东之激赏。据说毛泽东《念奴娇·鸟儿问答》"不见前年秋月朗，订了三家条约。还有吃的，土豆烧熟了，再加牛肉"云云，就是受赵氏影响所作。雄视千古的毛泽东如此青睐一个当代诗家，除朴初先生外可能再难找到第二例。如今事过境迁，而赵朴初那维妙维肖、幽默风趣的《某公三哭》却仍让人记忆犹新、诵之上口,这就是文字的魅力、新格律诗的魅力。赵朴初所拟曲牌也别具一格,且与内容相适配。如"一哭西尼"所拟曲牌为【秃厮儿带过哭相思】,"二哭西尼"所拟曲牌为【哭皇天带过乌夜啼】,"三哭自己"所拟曲牌为【哭穷途】。限于篇幅,仅引"三哭自己"于兹:

孤好比白帝城里的刘先帝,哭老二,哭老三,如今轮到哭自己。上帝啊!俺费了多少心机,才爬上这把交椅。忍叫我一筋斗翻进阴沟里。哎哟啊咦!辜负了成百吨黄金、一锦囊妙计。许多事儿还没有来得及:西柏林的交易、十二月的会议、太太的妇联主席、姑爷的农业书记。实指望,卖一批,捞一批,算盘儿错不了千分一。那料到,光头儿顶不住羊毫笔,土豆儿垫不满沙锅底,伙伴儿演出了逼宫戏。这真是从哪儿说起,从哪儿啊说起!泪眼儿望着取下像的官墙,嘶声儿喊着新当家的老弟。说起也希奇,接二连三出问题。四顾知心余几个?谁知同命有三尼?一声霹雳惊天地,蘑菇云升起红戈壁。俺算是休矣啊休矣,咱们本是同根,何苦相煎太急?分明是招牌换记,硬说我寡人有疾。货色儿卖的还不是旧东西?俺这里尚存一息,心有灵犀。同志们啊!还望努力加餐,加餐努力,指挥棒儿全靠你、你、你。要到底,没有我的、我的主义。

通篇全用中国人熟习的典故、词汇,写邻家的故事,令人读来一点不隔,活灵活现,宛如发生在自己身边的事,既幽默,又发人深思。不管今天你如何评价赫鲁晓夫(乃至"三尼"),这《某公三哭》的审美价值也仍在。

"文化大革命"中的《反听曲》三首,写于1971年9月间,当时就以手抄本的形式流传天下。我这里引用的是当年流传的版本,与《片石集》中发表的稍有差异,细心的读者若作一对比,将不难发现手抄本更加原汁原味。

### 反听曲之一

听话听反话,不会当傻瓜。可爱唤作可憎,孤人唤作冤家。夜里演戏叫做旦,叫做净的,却原满脸大黑花。圣明王爷,偏偏称孤道寡,你说他是谦虚还是自夸。君不见"小、小、小、小的老百姓",却是大、大、大、大的野心家。

### 反听曲之二

听话听反话,一点也不差。"高举红旗",却原来是黑幡高挂。"四个伟大",变成四番谋杀。"公产主义",原来是子孙万世家天下。看他耍出了多少戏法。

"千年出一个",烧香拜菩萨。"句句是真理",念经一大挂。抬高自己是真,拥护领袖是假。管他是真是假,马克思主义,马赫主义,都姓马。

### 反听曲之三

大喊共讨共诛的英雄,原来是最大最大的坏蛋、野心家。未料到照妖镜下,终于现出了青面獠牙。落得个仓皇逃命,落得个折戟沉沙,落得个焦狗肉送入蒙古喇嘛。正剩下白惨惨的阴魂,紧跟赫光头去也。这真是"代价最小最小,胜利最大最大",是吗?

从"文化大革命"中走过来的人们,一眼就可以看出这三首《反听曲》是针对林彪事件的。作者以其人之道还治其人之身,作品中引号中的语言是"文化大革命"中人人耳熟能详的林彪、陈伯达们的精彩话语。这些造神运动中的话语曾一度蒙住了天下多少人之耳目,一旦真相大白,则令天下人为之一惊——谎言的魔力竟如此巨大。赵朴初冷眼旁观,以极为通俗的语言,给中国人民传播了一个伟大智慧,识破谎言的智慧:听话听反话,不会当傻瓜;听话听反话,一点也不差!令人没齿难忘、受惠终生。

赵朴初循此逻辑,在新撰《反听曲之三》与《故宫惊梦——江青取经(观故宫博物院慈禧罪行展览后作)》等作中,对江青也进行了淋漓尽致的讽刺。这里仅引一节《朝天子》:

> 慈禧,慈禧,您实际是女皇帝。莫怪咱们一见便投机,是惺惺惯把惺惺惜。您请洋人画像驻红颜,我请洋人著书卖机密,先后遥遥去泰西。管他娘,笑兮,骂兮,咱们俩,反正万古千秋矣!

宛如一幅江青与慈禧"绝代双骄"之合影,绘声绘色、入木三分,令人叹为观止,远非一般新诗与传统散曲可比拟。

## 四、"自度散曲"的历史定位

中国新诗产生伊始,胡适以"曲化新诗""词化新诗"尝试者,尚未脱其母体的胎印。胡适曾自我反省云:"我现在回头看我这五年来的诗,很像一个缠过脚后放大了的妇人回头看他一年一年的放脚鞋样,虽然一年放大一年,年年的鞋样上总还带着缠脚时代的血腥气。"如今赵朴初的"自度散曲",决非当初

"曲化新诗"的历史轮回，他将自度散曲用得出神入化，他的作品潇洒自如，已经成为一种非常成熟的格律化的新诗。这种格律化的新诗，既无传统格律诗的僵滞，又无自由新诗之涣散，既自由又有法度，从根本上克服了新诗难以朗朗上口、难以记诵的缺陷，基本实现了赵朴初自己的诗歌美学追求，确为中国新诗格律化的独特尝试与特殊贡献。这是他深厚的诗学根基与五四新文化运动精神相结合的产物，是他从佛教经文与民间文学吸取营养的产物，也是他长期站在世俗社会的边缘，眼观时代风云，既以慈悲为怀又嫉恶如仇，所磨砺出来的特殊诗怀与诗体，是其仁心与佛心的精彩的诗化表达。

赵朴初的诗怀与诗体，非常人所能模拟步武，但他的诗歌美学原则与诗体探索精神，实为一份珍贵的文化资源，值得我们去借鉴，去研究，去发扬。

2003年10月24日于南京清江花苑

# 无冕学者孔凡礼

## 引言

职称之类的冠冕，如今似乎已成为一些人安身立命的根本所在。然而也有些真正的学者只是与学术共同着生命，而无暇去顾及那些身外之物。年近八十的孔凡礼先生，就是这样一个真正的学者，他著述等身却没有任何职称，他坐拥书城却仅有容膝之地，他绩近大师却迂得可歌可泣……

我是在20世纪之末，因一个偶然的机缘结识了孔凡礼先生的，他的成就与处境都令我震惊，因此写了篇小文抒发了上述感慨。随着时间的推移，我们之间情谊日笃，他不断有佳著赐我，我对他也有了更多的了解。每次捧读他的新作，我所获得的远不止是治学方法的启迪，他的治学精神与人格魅力深深地感染了我。于是我情不自禁地放下手边的事，再次提笔写写这位孔凡礼先生，让更多的朋友从中汲取人生的智慧。

孔凡礼先生有他自信的一面，更有憨厚的一面。他曾在家乡的一所高校讲台上，以浓重的乡音欣喜地对师生们说："我这个人，有一点特殊性：一方面，我是北京市一所普通中学的普普通通的教师；另一面，我又是有着多方面学术成就的致力于古典文学尤其是宋代文史研究的学者。这种情况,在北京市不多见,在当代中国也许是个特例。……我为《全宋诗》《全宋词》这两部代表一个时代学术水平的总集,做出了别人不可替代的独特贡献。或许可以说,有我的参与,这两部书就显得更有光彩;如果没有我的参与,这两部书可能就要黯淡一点。……"这充满自信的叙说,给师生们传递了一种精神、一种信念、一种力量,使师生心头蔚起一片灿烂的彩霞。他的自信中不乏憨厚色彩,而憨厚使他的自信更为凝重。但他再自信,也不愿别人称他为"大师"。其实孔门第一名人孔子,虽为万世师表也只是个"素王"——无冕之王。凡礼先生步武前贤而成无冕学者,也算是文脉相通吧。

## 一、以陆游研究作为治学的突破口

孔凡礼1952年从安徽太湖来到北京,刚近而立之年。作为首善之区的北京,对他理当有种种诱惑。但他看重的是北京作为中国文化中心的地位。他不求名,不求利,却又不满足仅仅当好一个中学语文老师,于是暗下决心,利用首都的文化资源,为祖国的文化建设贡献一份力量。大学毕业后多年为生活而奔波,没有好好读书,如今生活安定了,家小又都在太湖乡间,他只身在北京,课余有的是精力与时间,当然想发奋读书,有所作为。

书海茫茫,路在何方?孔凡礼经历了一波三折的艰苦探索,才找到他自己最佳的治学之路。

孔凡礼先曾试着写过散文，继而三次通读鲁迅著作，想研究鲁迅，再则趁1954年"评红热"将《红楼梦》的脂本与程乙本做比较，将《红楼梦》与《堂吉诃德》作比较，对《水浒传》《儒林外史》也下过苦功，终因难有创见而忍痛作罢。

痛苦的探索与冷峻的分析之后，迎来了1956年全国"向科学进军"的热潮，再次点燃了孔凡礼学术研究的热情。偶尔从图书馆借得一部刚刚由科学出版社出版的陈友琴所编《白居易评述资料汇编》，阅读之余，如同进入禅宗"顿悟"的境界，他惊喜地发现：致力于古典文学研究尽管是八仙过海，各显神通，但大体有两派，要么以理论辞章取胜，要么以考据资料见长。前者要有理论修养，兼有一定的灵气；后者有一分证据说一分话，功底深厚才能左右逢源——这就是传统称为乾嘉朴学的治学方法。而他自己只能紧步乾嘉"后尘"，从一点一滴的资料搜集工作做起来，然后再图冶炼升华。他自我打量以其文言文的写读能力，仿陈友琴的方法做唐代以后大作家的评述资料汇编是能胜任的。北京图书馆（今国家图书馆）、科学院图书馆藏书丰富，为读者敞开大门，只要肯下功夫，广泛阅读，这项工程就是切实可行的。尽管，在那崇尚"阶级分析"的时代，这种研究非但不时髦，反倒是聪明人弃之不顾的畏途。而变畏途为通途，恰恰是智者的选择。于是孔凡礼先对唐、宋两代作家做了一番估量，李白、杜甫、苏轼分量太大，不是短时间所能完成的，几经权衡，他机智地选定被官方认定为爱国诗人的陆游为这项工程的突破口。用传统朴学方法来研究爱国诗人，在缝隙中求生存，在当时尚能获得社会的认可。

1957年3月，孔凡礼从北京东单的中国书店买回一部"万有文库"本《陆放翁集》，反复研读，从而摸索出"两全两账"的治学方法。

"两全"就是全面研读陆游全部著作，全面搜集陆游生平的相关史料。陆游的全部著作是研究陆游的第一手资料，应放在首要位置，充分使用。他以清人赵翼、钱大昕的《陆放翁年谱》为线索，以陆游同时代人的著作为重点，进而阅读他所能见到的南宋和元人的相关著作，佐以史书、金石、方志和类书，务求其全。

"两账"：一是《陆游交旧录》，凡与陆游有交往的长辈（旧）、同辈或晚辈（交），每人立一个户头，见于陆游著作的注明所在的卷次、页码，散见其他书籍的分清主次，或全录或摘录。用同样的方法编《陆游家世叙录》作为附录。这样，实际上就编辑了一部详细的陆游交游索引。一是《陆游编年录》，将陆游著作与相关各书中有关陆游生平的所有资料，按时间先后逐年录入；暂不能编年的，放在相应年份；连相应年份也不能确定的，另行汇集在一块，等待有新的发现时，再放进编年录中。这样，实际上写成了陆游年谱长编。

梁启超在《清代学术概论》中对乾嘉朴学的学术规范总结有十条之多，尤其他所讲的这种治学方法的精神效应更令人神往："用此种研究方法以治学，能使吾辈心细，读书得间；能使吾辈忠实，不欺饰；能使吾辈独立，不雷同；能使吾辈虚受，不敢执一自是。"孔凡礼深深得益于这种治学方法，而他的"两全两账"法，把乾嘉朴学更加简便化、民间化，使之更易于操作，堪称乾嘉学派的现代版。

孔凡礼的"两账"纵横交错,巨细不漏,这样他就对陆游作品滚瓜烂熟,全盘了然于心,从而不仅有利于知人论世,更能在归纳整理中发现问题,确立攻坚对象,从而时有意外收获。如他先对明人毛晋所辑《放翁佚稿》中的一首诗产生怀疑,其诗题为"成材将还盱江幕以诗四章为贶次韵其二以识别岁在改元孟夏二十有六日书于卧龙方丈之西壁"。首先是邓成材这个人,陆游作品中从来没有提到过;其次是这诗的第一句为"漂泊干戈到粤山",粤山指广东,而陆游一生没有到过广东。他由此判断这首诗不是陆游的,进而考察发现这首诗见于宋人李纲《梁溪先生文集》卷二十八,题为"次韵奉酬邓成材判官二首"。几乎是同时,他在读宋人邓肃《栟榈先生集》时,又惊讶地发现卷一《和邓成材五绝》被毛晋误作陆游诗,辑入《放翁佚稿》,题为"寄邓志宏五首"。毛晋所辑《放翁佚稿》是毛氏汲古阁刊本《陆放翁集》的附录,自明末以来三百多年辗转相传,从来没有人对其中作品的著作权提出过异议。孔凡礼却以这些诗为起点,进一步考证发现《放翁佚稿》卷下都不是陆游的作品,写成《陆游佚著辑存》,澄清了三百年来的疑案。不过,这篇考证文章,到二十年后才收进中华书局版《陆游集》第五册附录。

再如陆游青年时代撰写的笔记《家世旧闻》,是研究陆游家世与宋史的珍贵资料,南宋李焘《续资治通鉴长编》注文、明代《永乐大典》有引录,并为明代《文渊阁书目》所著录。清代毛扆(毛晋之子)、近代缪荃孙都想刻印,都没有如愿。再往后就少有人提及,学界认为它已失传。1957 年 11 月 6 日,孔凡礼按习惯到北京西单商场的旧书摊访书，偶尔看到天津著名藏书家李盛铎（木斋）的《李木斋藏书目录》，其中就有《家世旧闻》。当时李的藏书已归北京大学。第二天，他手持北京第三中学的介绍信（国内通例，看善本书要持单位介绍信）到北大图书馆，一打听，得知李木斋藏书现在北大南校门附近的民主楼。图书管理员热情地接待了这位稀客，不到十分钟，孔凡礼就见到了这部秘籍。他拿出随身携带的练习簿立即抄了起来。中午他到北大附近一家小饭店，花二角八分钱吃了半斤炒饼，边吃边看抄文，美不可言。全书近两万字，一天没有抄完，第二天接着抄，中餐还是吃炒饼，喝了两大碗开水，如饮醇醪。不久，他又在北京图书馆见到了《家世旧闻》的明代穴砚斋抄本，就做了仔细校勘。校勘时他小心谨慎到虔诚的程度，甚至可以说带有几分庄严，因为这样的精抄本实在太难得了。他一字一句地核对，唯恐有遗漏。隔一段时间又借出核对一次。隔一段时间就会有新鲜感，有利于发现问题。就这样，他一共核对了三次，以保证准确无讹。他深感幸运，他是《家世旧闻》明穴砚斋抄本的发现者，甚至可以说，他是1949年后此书唯一的读者。他的朋友齐治平专门从事陆游研究，有《陆游传论》行世。见到孔凡礼的抄本后，大为惊诧，立即要去看原书，但那时图书馆新馆正在建造，旧馆藏书已入箱待迁新馆，没有看成。不久，齐先生遭到车祸，含恨去世。淮阴师专教授于北山撰有《陆游年谱》，功力很深，生前也没见到这本秘籍，年谱中不免留下了许多遗憾。孔凡礼既为自己的发现而惊喜，又感慨这部秘籍静静地躺在北京图书馆多少年竟无人问津，于是有诗寄怀："玉椟藏珠八百年，放翁犹有未刊篇。汴京九叶传天下，五国凄凉叹必然。"更令人感慨的是，这稀世之珍直到1993年12月才作为"唐宋史料笔记丛书"之一出版，从此为世人、为学界所共享。

关于陆游的卒年，学界久无定论。1957年夏季的一天，孔凡礼在课后漫步北京西四牌楼东大街，在地摊上发现陆游的学生苏泂的《泠然斋集》（"四库全书珍本别集"本）。这本书，孔虽曾在北京图书馆翻阅过，但总因在馆看书时间有限，过于匆忙，未及细读。现既在地摊上见到，就立即买下，回家一遍又一遍地翻阅，直到第三遍读到卷六的《金陵杂兴二百首》，眼睛一亮，有首诗跳入眼帘：

三山掺别是前年，除夕还家翁已仙。少小知怜今老矣，每因得句辄潸然。

三山是陆游在山阴的居地。苏泂从小师事陆游，陆游致仕还乡后，苏常常到三山去看望老师，老师"留我坐终日，诲我忘其疲"。这首诗不就是苏泂回忆、哀悼他老师陆游吗？孔凡礼读着想着，不禁狂喜：联系陆游嘉定二年（1209）所写《自笑》原注"腊月五日，汤沐按摩几半月"，这首诗不就是陆游死于宋宁宗嘉定二年腊月五日之后除夕之前的最有力证据吗？可惜此诗以往的陆游研究者从未注意到。于是孔氏以苏诗为主要依据结合其他史料，写了《陆放翁的卒年》的短文，寄《光明日报》的《文学遗产》专刊，很快于1958年2月9日发表出来。这是孔氏学术研究的处女作，没有想到它能一锤定音，从此陆游卒于嘉定二年说被学界奉为定论。

## 二、得钱锺书鼓励与结缘中华书局

1957年8月间，在报刊亭见新出版的《文学研究》（1957年第1期）上载有钱锺书的《宋代诗文短论》（十篇），其中有一篇论陆游，他立即买了一本。捧读着钱锺书的美文，孔凡礼产生了就陆游研究向钱锺书求教的念头。8月下旬，孔凡礼试探性给钱先生写了封信，信中提了"陆游《剑南诗稿》卷一第一首诗《别曾学士》究竟作于何时"等三个问题，向钱先生求教。对每个问题，孔凡礼都根据已知文献，提出自己研究的初步结论和疑问，然后请钱先生定夺。

1957年9月1日，孔凡礼收到钱先生长达千言的复信，大喜过望。钱先生在信中肯定了他对陆游《送仲高兄宫学秩满赴行在》一诗写作时间的推断，同时精辟地从《别曾学士》一诗的遣词用语论证这首诗作于绍兴二十五年（1155），即陆游三十一岁时。在说明《剑南诗稿》以《别曾学士》为开卷的道理时，钱先生由此及彼，举出黄庭坚《山谷内集》、陈师道《后山诗集》的开卷诗为例，作出了有普遍意义的提示，把这个问题提到一个新的高度。钱先生还着重指出，考察作家某段时间的思想倾向，对论证作品写作时间是有重要意义。而这恰恰是孔凡礼曾经有所忽视或暂时功力不逮的地方。

学术泰斗钱锺书的关怀与点拨，对刚刚迈进治学之门的孔凡礼无疑是极大的鼓励，他加速了陆游研究的进度。终于1959年上半年编成《陆放翁评述资料汇编》，并陆续写出《陆游著述辨伪》《陆游交游录》《陆游家世叙录》等系列考证文章。

1959年8月3日上午，孔凡礼携带着《陆游评述资料汇编》书稿，到中国科学院文学研究所拜访陈友琴，试图了解科学出版社的行情。陈友琴热情接待了孔凡礼，并告诉他这类书稿现在宜交中华书局出版，当即给中华书局编辑俞筱尧写信介绍引荐。当天下午两点多钟，一场暴雨过后，孔凡礼带着书稿，穿过北京东城东总布胡同，走进一座并列挂有四个出版社牌子的院落，趟过积水，走到一个小跨院前举目四望，这小跨院就是中华书局编辑部。

这一年的12月中旬，孔凡礼在北京三中宿舍——一间矮小潮湿的屋子里迎来了中华书局的编辑赵诚。赵诚带来了喜讯，中华书局决定采用孔凡礼的《陆游评述资料汇编》，并说，在孔送稿后不久，北京第六中学的历史教师齐治平（后任北京师院历史系教授）也送去了同样内容的书稿，中华书局有意把两部书稿合在一起出版（以孔为主，齐为副），现来征求孔的意见。他立即爽快地答应了。

中华书局决定将《陆游评述资料汇编》纳入"古典文学研究资料"丛书出版，改名为"古典文学研究资料汇编·陆游卷"。

与中华书局结缘，直接影响着孔凡礼的人生态度与治学道路。

### 三、超前停薪留职带来的乐和苦

1959年8月3日下午，孔凡礼将书稿交到中华书局。当天晚上按学校安排到北戴河疗养，12月5日回校。1960年2月，他将妻子周君及10岁的儿子接到北京蜗居，住了50天，这给他带来无限温馨。但念及公婆年迈乡居无人照料，妻子又带着儿子，依依不舍地还乡了。谁知妻子回家不久就病倒，到6月竟撒手人寰，时年38岁。而这年孔凡礼仅36岁，这一变故对他来说，无异晴天霹雳。

周君逝世后有朋友劝孔凡礼重新组建个家庭。按他的条件重组个家庭并不难，他也曾偶尔有过这个念头，却终于没有付诸行动。一方面是他始终沉浸在对周君的思念中，"广场携手几徘徊，伫望城楼合影来。三十九年成一梦，只留此照照灵台"，孔凡礼梦寐相对的只有周君赴京探亲时的合照。在他的心目中，周君是一个不识字的林黛玉，他多么希望周君再现，可是在现实生活中已经找不到那么贤淑的女子了。另一方面他已痴迷于学术研究，终日忙于教学，忙于读书，忙于研究，顾不上正常的个人生活。续弦与治学本不矛盾，但当时的孔凡礼执拗地认为两者不可兼得，没有家眷或许可以多做点学问上的事，就这样他走进了华容道。宋代有林和靖处士隐居西湖孤山，以梅为妻；当代则有孔凡礼先生独居京华，以书为侣。在痛失爱妻之后，孔凡礼决心只身在京华大干一场，做出一番事业，以酬爱妻亡灵。

然而，天有不测风云。就在周君逝世不久，孔凡礼竟被病魔击倒，因患传染病住院两周。1961年他又因煤气中毒住院，1962年再次因过滤性病毒住院二十多天。接二连三的病痛折磨，使身体本不强壮的孔凡礼越来越虚弱，以致连年上不了课堂，只能做点教学辅助工作。他于心不安，于是主动提出停薪留职。停薪留职是改革开放以后才逐渐普遍的事，20世纪60年代提出停薪留职，无疑是惊世骇俗的壮举。学校领导和同事却无不被他的行为所震惊，于是纷纷劝他打消这个念头。谁知孔凡礼另有一番逻辑：天生我才必有用，既不能在课堂发挥作用，倒不如停薪留职去寻找更能发挥自己才能的地方。他决心已定，九头牛也拉不回，1962年11月正式递上停薪留职报告，12月获批。

停薪留职后的孔凡礼像只自由的鸟儿，径向图书馆飞去。从1963年到1965年9月间，除1963年夏大病一场，耽误了几个月外，孔凡礼几乎每天都自带干粮，起早摸黑，整天泡在北京图书馆。

当时的北京图书馆尤其是善本阅览室，通常是静悄悄的，有时只两三个人，有时只他一个人在那里寻寻觅觅，连针掉在地上都能听见。这里远离社会上喧嚣的阶级斗争，宛如陶渊明笔下的桃花源。比起那些在阶级斗争中消耗生命的人们，孔凡礼将此视为神仙生活。中国的读书人得到这种享受的恐怕不多。他曾以诗一般的语言描写这段读书生活：

> 北京图书馆是书的海洋。我在这广阔无垠的海洋中航行。突然，前方出现了山峦，隐隐约约可以看到亭台楼阁。我漫步山上，奇花异草、珍禽异兽，大抵是人们所未见，我尽情领略，流连忘返。我想这大约是古代传说中的仙山吧。

幸运的是，当时北京图书馆由国内第一流的版本专家赵万里担任善本室主任。赵先生对这位特别读者很关注，偶有亲切交谈，了解他的研究方向。那时看一般善本书比较容易，但看宋版书还是不容易的事。为研究需要，只要孔提出要看的宋版书，赵先生都会网开一面予以批准。一回回从善本书库里拿出楠木匣子，打开匣子，清香四溢，孔凡礼轻抚着书卷，沉浸在无比的幸福里。他从这里汲取了丰富的营养，如从宋绍兴原刊本《圣宋五百家播芳大全文粹》中辑得几十篇苏轼佚文，和不见于《宋诗纪事》《宋诗纪事补遗》的宋诗作者数十人。这些宝贵资料，后来分别成了《苏轼佚文汇编》《宋诗纪事续补》的重要内容。

多少沉睡在图书馆里的文化遗珍，数百年来被人们所遗忘，却被这位锲而不舍的探索者发现而得以重见天日。他曾不无自豪的说："善本室的个别典藏，是通过我走向世界的。"

不过，孔凡礼在停薪留职的日子里，也不能光靠吃书过日子。一向节俭的他平日从牙缝里省下500多元钱，这就是他救命的积蓄。更令他难以忘怀的是，中华书局的朋友赵元珠、沈玉成等在他生病期间不断到医院看望，等到他出院后又邀请他参与李白、杜甫的资料搜集工作，并由宋代文史专家王仲闻指定查阅宋代《舆地纪胜》《南宋群贤小集》等书。不久又由沈玉成介绍参加了北京大学游国恩先生主持的《楚辞长编》的资料搜集工作，每月由中华书局发放生活补贴40元。1962年11月，中华书局终于出版了他与齐治平共同署名的《古典文学研究资料汇编·陆游卷》，他获1400元稿费。《陆游卷》出版之后在学界反响不错，中华书局又约他继续搜集陆游资料，准备出版《陆游卷》的补编。他写的有关陆游的考证文章，中华书局主办的《文史》也乐于刊登。1963年10月，《文史》第三辑发表了他的长文《陆放翁佚著辑存和考目》，同期还发了他的一篇《读书小札》。编辑沈玉成大约怕太显眼，大笔一挥将短文改署为"李凡"。这成了他写文章唯一的一次用笔名。有朋友见了问他，这"李凡"与那因批判俞平伯《红楼梦研究》而被毛泽东称赞的"小人物"

李希凡有什么联系，孔凡礼说明原委，朋友不禁哈哈大笑。

正因为有中华书局在精神与物质上充当支柱，孔凡礼才能在停薪留职的日子里诗意地生活在书的海洋里。否则，他也不会痴迷或愚蠢到连每月89元5角的工资都不拿。

但是，北京图书馆毕竟不是真的桃花源，中华书局毕竟也无法替孔凡礼完全挡住"阶级斗争"风雨。随着"阶级斗争"形势日趋紧张，孔凡礼受中华书局委托替游国恩搜集《楚辞》研究资料的工作于1965年9月告停，书局每月的40元酬金也同时停发，孔凡礼立即陷入了困境。

为了继续进行自己所醉心的学术事业，孔凡礼只得变卖家产以图生存。但说起家产，实在寒酸。

他唯一像样的家产，是早年同文书局那刻有书名的组合木柜套装的《二十四史》。以书为命的孔凡礼忍痛将那《二十四史》变卖掉，得300元钱维系生计。尽管孔凡礼节省成癖，有一个鸡蛋分两顿吃的过法，而今即使"齑盐三顿清如水"，也维持不了多长时间。他想到去捡破烂营生，但那样一来时间耗不起，二来也有碍观瞻。走投无路，他只得为五斗米折腰，求助于北京三中。因为当初毕竟是停薪留职，留了点后路。

几经交涉，几经波折，直到1972年孔凡礼才重新走上讲台，从此结束他的停薪留职生涯。

1976年上半年的一天，他突然接到中华书局的挂号邮件。"烽火连三月，家书抵万金"，他惊喜不已，觉得它远胜家书，以为是天外飞鸿。据了据邮件，厚厚的、沉沉的，好像是稿子。但他还不敢相信，难道中华书局的业务已经恢复，古代文学研究的春天又要来临？难道他的美梦又要变成现实了？怀着极为复杂的心情，他打开了邮件，一看果然是有关陆游的稿件。厚厚的一叠，是他多年所写《陆放翁佚著辑存和考目》的抄件，还附有他的《陆放翁佚稿续辑》一文。书局怕他没有存稿，请人重新抄写了一份。里面附有程毅中同志的一封信，信中说新版《陆游集》即将出版，请他校订补充那篇文章，作为附录。于是他循着信中所示新址——王府井大街36号，找到了阔别十多年的中华书局，见到了责任编辑程毅中。不久，他按要求完成了稿件，这就是《陆游集》第五册附录的《陆放翁佚著辑存》一文。他原想以此为契机做点什么，问程毅中，程说没有什么可做，他那火热的心立即冷却下来。后来才知道，"文化大革命"中无法安排出版计划，《陆游集》的出版是中华书局抓了一个空子争取来的。在那动乱的岁月，出本好书是何等的艰难啊！

## 四、新的学术生涯：整理苏轼诗文集

"四人帮"粉碎后的第一个春天，孔凡礼在《光明日报》上惊喜地看到一则关于古籍整理的简讯，立即想到中国古籍整理的重镇——中华书局去看看，想做点什么。其实中华书局并没有忘记这位治学特别严谨的老朋友。就在这个春天，刘尚荣就转达中华书局的意思，希望他担当起整理苏轼著作的任务；并说，鉴于苏轼著作多，诗文集分开整理，先诗后文，作为"中国古典文学基本丛书"中的两种出版，这是国务院古籍整理出版规划领导小组制定的"八五计划""九年规划"中的重点项目。这实在大大超出他的意料。把这么重要的任务交给他，当然是中华书局对他的莫大信任。

他知道这项任务极为艰巨。第一，苏轼是北宋时代的文学巨匠、唐宋八大家之一、峨眉三苏的中坚，诗文浩如烟海，内容纷纭复杂。第二，仅就标点而言，苏轼诗文不像李杜诗集、韩柳文集那样有过句读本可供借鉴。这种项目通常需要组织一个班子，集体攻坚，而今由他独力承担，该是何等艰巨！但艰巨正是锻炼自己、提高自己的好机会。况且，他素来喜爱苏轼作品，自己就拥有"万有文库"本《苏东坡集》、"四部丛刊初编"影元刊本缩印《集注分类东坡诗》、冯应榴《苏文忠诗合注》，"文化大革命"前他在北京图书馆读书期间也搜集了一些苏轼的相关资料，准备搞《苏轼资料汇编》，这些对整理苏轼诗文集有一定的好处。

不过，他还知道当时整理古籍没有稿酬，只有三十套样书相赠。对此，他全不计较。只凭对祖国文化的满腔热情和高度的事业心，孔凡礼义无反顾地承担起这项重任。1977年3月底，孔凡礼开始点校《苏轼诗集》。一开始他就想如何才能使经过点校整理的《苏轼诗集》具有鲜明的特色和长久的生命力，成为研究我国古典文学的必不可少的读物。经过一段时间的探索，决定首先从汇校上下功夫。

他使用的校本有宋刊本十一种，元、明、清刊本各二种。还有包括金石碑帖在内的其他大量有重要参考价值的资料。宋刊本十一种中，价值最高而又最难得的是每半叶十行的《东坡集》《东坡后集》和影印宋景定补刊的施元之、顾禧《注东坡先生诗》三十四卷本。这些是前辈研究苏诗的学者梦寐以求而不可得的稀世珍宝，有的藏在日本及美国。当时与海外的文化交流，远不能与今日相比拟，但刘尚荣在中华书局强有力的支持下，辗转得到了这几种珍宝。为利用这些有利条件贡献出一部精美的苏轼诗集，他恨不得一口汲取西江水。三夏，蜗居小屋内暑气逼人，他挥汗如雨，手不停披。三冬，他回太湖老家过春节，在那间堆满柴草、光线阴暗的百年老屋里，呵冻挥毫。他在跟时间拔河，真是分秒必争，"适伴东坡忘客至"，就是他校书的写照。

校勘古籍是异常艰难的工作。往往是开始工作时精力充沛，校着校着精力不济，该校的地方就漏掉了。有时贪图校勘速度，欲速不达，也会出现漏校现象。这样，一校以后，觉得需要再校一次。二校以后，还不放心，于是决定三校。有的地方还要四校、五校。有时花几天时间，只校出三五处异文，他仍视为不小的收获，心里甜滋滋的。自己拥有的和中华书局提供的版本，在北京陋室或在太湖老屋伏案精校都好办，最让他为难的是北京图书馆收藏的孤本，如宋黄善夫家塾刊《王状元集百家注分类东坡先生诗》二十五卷、宋刊《东坡先生和陶渊明诗》等。"文化大革命"前，他拿着中学的介绍信，就能领取北京图书馆善本室或中国科学院图书馆的阅览证。"文化大革命"后，这些单位不向中学开放，他必须从中华书局开介绍信才能进北图，而且凭一张介绍信只能看一种或少数几种书。

这样，孔凡礼以清王文诰《苏文忠公诗编注集成》为底本校勘苏诗，全部苏诗，他读了四五十遍，写下了七千多条校勘记，囊括了现存苏诗十七个版本的全部异文。孔本《苏轼诗集》

信息量大，资料详赡，校订精审，收诗最多，成为苏诗研究史上难得的精品。

皇皇大观的《苏轼诗集》刚刚脱手，孔凡礼又转而整理起《苏轼文集》。历史上第一部苏轼文集是明万历年间茅维刊行的《苏文忠公全集》，这个文集后改名为"东坡先生全集"，多次刊行。在辗转刊行中有他集互见的篇目，有重复的篇目，讹、脱、衍、异文较诗集严重得多。他以茅本为底本，分类收录现存全部的苏轼散文和韵文，用九种宋刊、明刻善本通校，用金石碑帖、宋人别集、方志年谱等参校，用《宋大诏令集》《历代名臣奏议》等备考，还参酌利用前贤的校订成果。总之将传统的本校、对校、他校、理校诸法综合运用，录存大量有参考意义的异文，解决底本的某些衍倒及写作时间的疑难，对重出疑伪也有明确交代。孔本《苏轼文集》堪称苏集定本。

《苏轼文集》前人从来没有全面校勘过，其工作量远较整理苏诗艰巨。此外，还有比苏诗更多的考疑、辑佚工作要做。

孔凡礼以六七年之功，翻阅了宋代和宋以后各类著作三四百种，从其中一百一十多种书中辑得苏轼佚文四百多篇，编成《苏轼佚文汇编》，附于苏轼文集之后。辑佚虽不能说像是"大海捞针"，可也不是一枪就能打一只鸟。所需要的是对苏文全盘了然于心，而处处做有心人，首先是从苏轼同时代作家作品中找线索，再充分利用类书、金石碑帖和地方志，才有可能有意外收获。

孔凡礼乐此不倦，把辑佚的过程视为一首美妙的诗章。

孔凡礼的一个学生郭小栓，毕业后在首都博物馆工作。

1981年冬季的一天，郭给孔老师一张参观历代碑刻展览的入场券，展览是北京市文物商店举办的，在宋代碑帖中展出了苏轼给文同（与可）书简的一部分。孔准确地记得《苏轼文集》的底本《苏文忠公全集》中只收了三篇苏轼书简，而眼前展出的三篇，仿佛不在其中。于是他拿出随身携带的小本本，隔着玻璃柜，一字一字地抄下来。回家一对，果然不见于底本。他大喜过望。第二天他带着纸笔和老朋友翁荣溥先生一起去了博物馆，通过郭小栓，经反复请求，博物馆领导终于同意在博物馆内抄录苏帖全文。馆方给了他们三个小时，并由郭小栓找一个地方，师生俩动手抄了起来，苏字有行有草，一时辨认不清的字就依样画葫芦。后又听说博物馆里有位研究碑帖的秦公先生，摄下了苏帖全文。孔凡礼从郭小栓那里获知秦公住城南潘家巷。1982年夏日，孔去拜访秦，见他住在大杂院中的一间小屋里，却处之泰然，他也十分喜爱东坡诗文书法，于是两人有了共同语言。孔提出借他所拍摄的东坡帖胶卷用一周，秦慨然同意。借回胶卷，孔仔细核对辨认，从而辑出苏轼书简二十多篇。经考证，这是《西楼帖》，汪应辰刻于宋孝宗乾道四年（1168），共三十卷，久佚，清初出现十卷，宣统年间（1909—1911）影印行世。这次展出的则是残卷的另一部分，源出原刻本。没有想到，这些经历八百多年风风雨雨的珍品，又能重见天日。孔凡礼何等高兴，他陶醉在诗一样的美妙境界中。

清初卞永誉《式古堂书画汇考·书》卷十收有苏轼给友人"公弼郎中"的一封短简。这个"公弼"是谁？孔凡礼遍查苏轼全部著作、同时代人著作及地方志等，都没能搞清楚。苏轼此简作于宋神宗熙宁八年（1075），苏轼当时在密州（今山东诸城）。1994年10月11日，孔与中国人民大学教授朱靖华、诸城市博物馆任日新结伴到九仙山中寻访苏轼遗迹。攀山途中，孔谈到石刻题名等话题，任日新若有所思，拿出一个普查文物的记录本，其中记有距九仙山十余里的大石棚题名碑，其中有一则为："诸士言公弼，中立子达，壬寅四月同游。"孔凡礼不由得老夫聊发少年狂，大呼："不虚此行！"原来"公弼"是诸士言的字。壬寅乃宋仁宗嘉祐七年（1062），距离熙宁八年（1075）不过十三年。再查《苏轼文集》卷六十二《密州请皋长老疏》提到"诸郎中"，此"公弼"即诸士言无疑。大约可以说，如果孔凡礼不到这深山来考察，"公弼"是谁的公案，也许就永远无法揭开。因为任日新虽抄下了这个题名碑文，却并不知这个题石与苏轼有何联系，大石棚太峻峭，一般人视为畏途，将来即或有路可通，也未必有人熟悉苏轼交游达到孔的程度，而去仔细考察这个题石碑文。那天，孔凡礼以71岁之躯，攀山越岭，的确极累极累，但心里非常愉快。"不入虎穴，焉得虎子"，他吃了大苦，却破一大谜，不由得诗兴大作：

  几费功夫踏铁鞋，九仙深处豁然开。

  千年石刻分明在，笑与任翁醉一回。

他与任日新等相约回到诸城后要举杯共醉。

李之仪（端叔）与苏轼关系密切，而李的晚辈周紫芝又与李关系密切。周不及见苏轼，但周可能从李或李一辈人中了解到苏轼的故事，转而对苏轼有所评述。于是孔凡礼细心阅读周的《太仓稊米集》，果然从中发现不少关于苏轼的资料，特别是卷七《夜读艾子书其尾》一诗,更为珍惜。他以这首诗为主要依据,撰成《〈艾子〉是苏轼的作品》一文,发表于《文学遗产》1985年第3期。《艾子》是否是苏轼所作?自宋以来为谜案,从孔文之后遂成定论。学术界以为这是苏轼研究史上一重大贡献,这不仅考定了《艾子》的著作权,更为苏轼寓言研究开辟出一片新天地。

就这样锐意穷搜,孔凡礼在续《苏轼佚文汇编》之后,又增《苏轼佚文汇编拾遗》二卷,再补佚文一百余篇,是近百年来苏文拾遗补缺的最大成果。

说起勤于思索,孔凡礼还从启功先生那里得到过有益的启示。《苏轼诗集》卷十九《予以事系御史台狱狱吏稍见侵自度不能堪》中有句:"与君世世为兄弟,又结来生未了因。"启功说"世世"与"来生"不对仗,应是"今世"。根据启功的提示,孔从宋景定补刊施元之、顾禧《注东坡先生诗》找到了依据,因改"世世"为"今世"。

经过多年毫不懈怠的艰苦实践,孔凡礼点校的功力与功夫都有长足进展,到点校《苏轼文集》时,就顺利多了。孔凡礼将这不断实践、不断总结提高的过程,比作航行在河道中,经过反复勘察,能隐约地感到暗礁险滩在哪里,从而为扫除这些障碍做出努力,避免后患。

由孔凡礼点校整理的《苏轼诗集》(8册,164多万字)、《苏轼文集》(6册,180多万字),作为国家"八五"计划、"九年规划"重点图书项目成果,由中华书局分别于1982年、1987年出版,被海内外学界视为近百年来苏轼研究最有价值的成果,功在当代，利在千秋。

## 五、为取得学术研究的自由，甘当无冕学者

苏轼诗文集不仅为孔凡礼赢得了学术荣誉，而且改变了他的生活道路。

整理苏轼诗文集之初，中华书局派责编刘尚荣专门到北京三中去通融，不久又送去一套收有孔凡礼文章的《陆游集》，争取学校领导理解并支持国家的古籍整理工程。学校领导也应诺了。孔凡礼本可以利用这个条件，在学校少担点教学任务，相对集中精力去弄他的苏集，以求两全其美。但他以苏诗"火急著书千古事"为座右铭，始终以一种紧迫感、一种庄严的使命感去从事这项神圣事业，恨不得生出三头六臂才能够应对。1979年11月，孔凡礼考虑自己已近花甲，教学、科研难以两全，为了尽善尽美地完成整理苏轼诗文集的工作，他在提工资与评职称的前夕，毅然提出提前退休。须知"文化大革命"以来十几年全国没提过工资，没评过职称，多少人企盼着这口水喝。更何况当时的中国长期不办退休，直到20世纪80年代底退休制度才走上正轨。孔不提出提前退休，他还能在教师岗位上坐享其成十年，十年将会带来什么，实不言而喻。然沧海横流方显英雄本色。孔凡礼或许还称不上英雄，他并不轻视教学工作，而且长期被学生尊为名师，但他认为自己更适合做学术研究，提前退休可争取更多自由有效的时间，才能将他所钟爱的学术事业做得更好。于是他义无反顾地选择提前退休，甘当一个低薪的无冕学者。1979年12月学校批准了他的申请报告。1980

年1月1日他正式办理了退休手续。有学者说："孔先生是个痴迷的人，为了苏轼的事，竟然自动摔掉铁饭碗，使不才如我钦佩之至，也吓得直哆嗦。"孔凡礼则认为他又一次赎回了自由之身，开始了人生的第二个春天，真正进入他学术研究的黄金阶段。也就是说，孔凡礼在学术上的惊人成就、他等身的著述主要是在他退休以后完成的。

其实作为无冕学者的孔凡礼，并不是没有加冕的机会，而他却一而再、再而三地勇敢地放弃了那些机会。就在孔凡礼提出退休的前夕，中华书局请他正式调入当编辑。

中华书局是藏龙卧虎之地，终于有机会成为这个亦师亦友的编辑队伍中的一员，理当看作求之不得的喜事。但孔凡礼当时正在点校苏轼诗文集，需要投入大量的精力，若调到中华书局势必就得以编辑工作为主，难有时间从从容容来完成这项工程。两者不可兼得，孔凡礼婉言辞谢了中华书局的好意。

1982年，孔凡礼从明抄本《诗渊》和传世《永乐大典》中辑出宋末爱国诗人汪元量的一百多首散佚诗词，同时还发现一些有关汪元量生平的珍贵资料。他在此基础上写成《关于汪元量的家世、生年和著述》一文，刊于《文学遗产》1982年第2期。这篇文章，被国务院古籍整理出版规划小组组长李一氓看重。6月28日下午，李一氓在中联部约见了孔凡礼。此前孔凡礼只知道李一氓是个能诗善书的老革命家，没想到他对汪元量研究这么有兴趣。亲切交谈之后，李一氓委托孔整理汪元量的作品。李一氓进会客室时腋下挟着一函书，入座后将书递给了孔。孔欣喜地看到这是清康熙年间汪森所藏《湖山类稿》抄本及汪森所辑《湖山外稿》（也是抄本，出自《水云集》）。此书李一氓多年以来珍藏在身边，现供他整理汪集用。李一氓的这份信任令孔感激不已。

整理汪元量的《湖山类稿》有两法：一是不打乱原本的编次，把新发现的作品补进去；二是打乱原本的编次，进行编年。第一法易，第二法难。孔凡礼知难而进，决定以第二法整理。孔凡礼立即将这一设想付诸实践，广泛地考察宋元两代相关史书、别集、笔记及地方志，很快完成了《湖山类稿》的整理稿，并附有《汪元量事迹编年》一文。李一氓审定后很满意，反复推敲后定名为"增订湖山类稿"，并亲笔签署送中华书局出版。

不久，李派秘书与孔商量，调他到国务院古籍办工作。这在一般人看来又是天赐良机，且不说一个中学教师有李老这棵大树遮风挡雨，单是在北京有套像样的房子，对一个寒酸的书生来说，该有多大的诱惑力，和住宅相联系的岗位与职称如此重要，孔凡礼却唯恐应聘了会少了能自由支配的时间，影响他的主体工程，他只说了一句"我现在忙"就把这项美差给回掉了。他当时在忙什么呢？就是忙于点校苏轼文集，而汪元量文集整理是忙中偷空赶出来的。其实，以国务院古籍办工作人员的身份从事古籍整理，在中国会有意想不到的方便。所有这些，孔凡礼当时都没有想到，他所做的只是以坚如磐石的决心去好好点校苏轼文集。

对于孔凡礼的这种种出人意外的选择，有人说他"迂"，有人说他"痴"。不过，也有知己者说，"迂"也是一种境界、一种痴迷忘我的境界。甚至有学者如北大教授白化文转借书痴冯小青的名诗"冷雨敲窗不可听，挑灯阅读牡丹亭。人间更有痴于我，岂独伤心是小青"来评说他。我不知道人间书痴有几个档次，反正孔凡礼在学者眼中属于"更痴""更迂"之列。

刘再复有句名言："没有特殊的生活方式，就没有特殊的科研成果。"孔凡礼的逻辑是，只有大胆舍弃，才能找到发挥自己才能的最佳位置，才能真正地实现自己的人生价值。

## 六、更上一层楼：编撰三苏年谱

后来的实践证明，孔凡礼的痛苦选择换来的确实是学术研究的极大自由与超前辉煌。

早在1977年点校苏轼诗文集之初，孔凡礼就注意到从北宋以来就不断有学者为苏轼编年谱，初步统计有百种之多，甚为壮观，它们汇集了许多珍贵史料，各逞所长。然而那众多年谱多有缺漏与讹错现象，即使人们公认较好的年谱——清代王文诰的《苏文忠公诗编注集成总案》，其中臆测、疏漏、错谬之处也很多。为推进苏轼研究的深入发展，亟待有部科学完备的苏谱出现。孔凡礼于隐隐中觉得这一历史使命责无旁贷地落在自己肩头上，于是他在点校苏轼诗文集时同步编起了《苏轼年谱》。

基本路子还是他当初研究陆游总结出来的"两全两账"法。先编《苏轼交游录》，当初《陆游交游录》涉及六百多人，已够复杂了，而苏轼的交游面更广，涉及一千三百多人，按人头立户，逐一记下各自的名、字、号、谥、生卒年、籍贯、科第、传记出处、与苏轼的特殊关系，并按姓氏笔画作了索引，便于检索。

同时编《苏轼编年录》，对苏轼生命的六十六年，逐年乃至逐月逐日排列他的事迹。经过排列，初步理出头绪，分清真伪、正误，提出一些深层次问题进行思索与考察。

为了这纵横两账，孔凡礼以近十年之功，遍览《宋史》《续资治通鉴长编》《宋文鉴》《宋会要辑稿》《宋诗纪事》以及宋、金、元诸多方志、类书、笔记、碑帖、总集、别集六百多种，其中不乏世所罕见的珍籍孤本。到1988年编成200多万字的《苏轼年谱长编》。然后经两次全局性的梳理归类，去粗取精，剔伪存真的评审考订，到1994年整理成130多万字的初稿。此后，再度删繁就简，精益求精。局部增删与改动是随时都有，直到二校还在不停地改动着。终以百万字成书。

这部历时二十年四易其稿的《苏轼年谱》，以"信而全"著称：信是指引用史料准确可靠，读者、学者可以放心地使用；全是说占有资料全面，细大不捐，竭泽而渔，一网打尽。因而它能纠正历代久负盛名的苏轼年谱的种种失误，也能纠正《苏轼诗集》《苏轼文集》的疏漏，并再度补充苏轼佚作百余篇。孔氏有很高的写作技巧与驾驭资料的能力，提纲挈领，点面结合，文笔生动，引人入胜。这样，孔编《苏轼年谱》篇幅虽大，但仍简于王文诰《苏轼总案》，而系事则详于王编。考订之精，可谓超过前此所有的苏轼年谱。

孔编《苏轼年谱》1998年2月一经中华书局出版，立即在学界引起了强烈反响。有的学者称它为自成体系、超越古今的新型年谱。有的学者誉之为20世纪写得最好的一部年谱。

从点校苏轼诗文集，到编撰《苏轼年谱》，在孔凡礼学术研究历程上无疑是一次重大飞跃与升华，显示了他令人刮目相看的学术研究能力。

1996年初，当孔编《苏轼年谱》正在中华书局付排时，孔凡礼立即着手编撰《苏辙年谱》。苏辙是苏洵幼子、苏轼之弟，不仅与其父兄一样在文学史上享有盛名，而且位至副相。与苏轼相比，自宋至今研究苏辙的著述较少，作为苏辙研究的必备书《栾城后集·颍滨遗老传》、《宋史·苏辙传》、南宋孙汝听《苏颍滨年表》、今人曾枣庄《苏辙年谱》都或多或少有疏失与缺憾。而孔编《苏轼年谱》对他与苏辙的交往也不可能有文必录，只能择其要而记之。而苏辙的交游仅苏轼的十分之二三，经历也相对单纯些。如编《苏辙年谱》，就可以把他们兄弟间的交往不受限制地全部记录下来。从这个意义上讲，编《苏辙年谱》既是研究苏辙的必要，又是苏轼年谱的延伸和补充，对苏轼研究仍有重要意义。

历时四年，到2000年元月，孔凡礼用书200多种（其中如灵岩寺石刻拓本等，是难得的珍贵资料）撰成50万字的《苏辙年谱》。书稿交由学苑出版社付排，历经五校，每一校都有新资料加入，2001年6月出版。

苏辙作为文学家，继欧阳修之后，与兄轼一起成为文坛领袖，曾经团结了以"苏门四学士"为代表的大批作家诗人，共同创造了北宋文学的辉煌。苏辙作为政治家，终身忙于政务，勤于王事，特别是在"元祐党争"中扮演了重要角色，他曾会聚一群达官显贵，与政敌抗争，虽然最终败下阵来，却也在历史上产生过重要影响。《苏辙年谱》旨在为文学家苏辙立传，却又无法回避他曾积极参与过的政治角斗。必须在二者之间找到恰如其分的契合点，以求不偏不倚、全面周到，否则无从下笔。孔编《苏辙年谱》成功破解了这道难题，不仅勾勒出文学家苏辙的人生历程与诗文创作的轨迹，而且查清了政治家苏辙在关键时刻的几次精彩表演。

如元丰二年（1079）七月纪事，编者根据《孔氏谈苑》等资料，揭示了苏辙从驸马都尉王诜处获得御史台弹劾苏轼的绝密情报后，心急如焚，当即派遣仆役，快马加鞭赶往湖州，向苏轼通风报信，令苏轼就逮时与妻子诀别稍得从容。这都显示出中年的苏辙在政治斗争中的明智与果断。又如孔编《苏辙年谱》援引的苏辙在元祐年间（1086—1094）的一系列奏章（包括多篇佚文），又让读者觉察到"洛蜀党争"中，蜀党出头露面的精神领袖虽是苏轼，埋头苦干又卓有成效的中坚其实是苏辙。他攻击政敌，抓住要害，联名上疏，不达目的，誓不罢休，这又展现出晚年苏辙的老辣与党争的残酷。

《苏轼年谱》《苏辙年谱》相辉相映。前谱略者，后谱详之；前谱缺者，后谱补之；前谱误者，后谱正之。分而观之，各成佳制；合而观之，珠联璧合。苏氏兄弟的年谱完工之际，孔凡礼即着手编撰苏氏兄弟父亲苏洵的年谱。苏洵年谱甫成，尚未来得及出版，他又应北京古籍出版社之邀，编撰三苏年谱。换一个聪明的畅销书写手，或许可用玩变形金刚的方式，将前三谱重新组合一番，交付出版社。因为这次是出版社先付定金，要孔老赏脸将书稿交给他们，不愁他们不出版。不过，若那样，孔老就不成其为孔老了。孔老是在前三谱的基础上，又耗了四年时间，对三苏的生平、交游、著述以及他们之间的故事再次进行了全面考察，从头重新写了一部《三苏年谱》。《三苏年谱》吸收前三部年谱的长处，而省去了前三部中若干重复部分，更增补了许多前人未知未用的新资料，又有许多新的发现和独到见解，同时也订正了前谱中的若干疏失。

孔编《三苏年谱》2004年10月由北京古籍出版社出版，共220万字，精装四册。一经出版，好评如潮。有学者称之为"迄今为止三苏行实研究的最高成果"。

然而，孔凡礼学术成就远不止此。

## 七、向着宋代文史研究的全方位推进

孔凡礼在宋代文史研究中，以陆游为起点，以三苏为重点，扩展到为范成大、晁补之、朱淑真、辛弃疾、汪元量、郭祥正等一批宋代作家编年谱，又从这批作家发展到对整个宋代文史的关注，一路凯歌，屡有惊人的发现，屡有惊人的成就。

其中，编年类除《范成大年谱》（35万字，齐鲁书社1985年版）、《汪元量事迹编年》（附《增订湖山类稿》）等各有新发现之外，最突出的是对宋代作家郭祥正的研究。郭祥正本是北宋时代诗坛新星（时人称之为"李白后身"），苏轼挚友，王安石新法的积极支持者，有人希望郭成为继欧阳修之后的诗坛盟主；他去世后，家乡的人民塑了他的像，安放在今安徽当涂青山的李白祠中，配祀李白。孔凡礼有诗咏之："都官惊叹谪仙生，方叔长歌请主盟。潦倒姑溪遗岁月，诗人容有不能平。"

然而这个郭祥正却长期受到人们的误解，纪昀主编的《四库全书总目提要》甚至责之为"小人"。受此影响学界长期对郭几乎没有评论文字，各种宋诗选本也不选他的诗。这是为什么？1983年安徽黄山书社请孔凡礼为家乡的古籍整理出点力。孔选择点校郭祥正的《青山集》。他深入到北京图书馆、中国科学院图书馆，搜求有关郭的资料，竟有重大发现。

其一，《四库提要》说郭"上书误颂（王）安石，反为安石所挤，坐是偃蹇以终"的依据是《宋史》卷四四四《郭祥正传》。《宋史》郭传是据王偁《东都事略》卷一一五《郭祥正传》写的。而王偁的依据又是魏泰《东轩笔录》卷六中一则关于郭的纪事。《东轩笔录》是笔记，有传闻因素，南宋著名历史学家李焘曾提出过质疑。王未经考订，就搬用魏泰笔记，把传闻当成了事实。《宋史》沿袭。

其二，《四库提要》说郭《青山集》续集中《熙宁口号》为反王安石诗，也是一个误会。宋本和影宋本《青山集》都没有《续集》。四库全书本《青山集》中有《续集》七卷（其中第一、二卷散见道光本正集中），清道光九年刊本《青山集》有《续集》五卷，而此五卷作品全是郭同时代人孔平仲的。孔的作品原收在《清江三孔集》的《朝散集》中，而孔恰是强烈反对新法与王安石的。

这样就真相大白了。原来《四库提要》的撰稿人，既未考察《宋史》郭传的失误，也未考订《青山集》续集的真伪，错把孔诗当郭诗，然后将真正支持王安石新法的郭祥正大骂一通，岂不冤枉？

在辑佚类，除《范成大佚著辑存》（13万字，中华书局1983年版，被誉为"近百年宋代文史著作"的六大辑佚成果之一）、《辛稼轩诗词辑佚》（《文史》第九辑）为个案研究外，孔凡礼最突出的功绩在宋代诗词作家作品的辑佚。

孔凡礼依靠非凡的勤奋与博闻强识，炼就了一双见宝就发亮的慧眼，发现了许多长期淹没在历史尘埃下的瑰宝。除上述《西楼帖》残卷、《家世旧闻》等等之外，更令人震撼的是，他在搜寻苏轼佚文的过程中，从北京图书馆善本室意外发现明抄本《诗渊》25册。此前邓广铭在编撰《辛稼轩年谱》《辛稼轩佚著辑存》时已用到明抄本《诗渊》，并从中辑得辛弃疾佚诗若干。辛弃疾是陆游的朋友。邓广铭的书常置孔凡礼的案头，几乎天天翻阅。邓先生对《诗渊》的简介，引起孔的极大注意，牢记于心。但邓所见《诗渊》仅第一至九册，尔后《全宋词》的编者循邓书线索也只见到《诗渊》的第一至九册。1977年孔氏到北图看书，发现《诗渊》25册，多出16册，他心花怒放，立即判断其中一定有奇珍异宝。细细翻阅，果真如此。《诗渊》与《永乐大典》成书年代差不多，保存从魏晋六朝到明朝初年大量没有专集问世、社会地位低微、声闻不彰的作家作品，其间宋代的尤其多。它收诗五万多首，其中十分之二三不见于古今刊印的古籍，更不见于官修大型类书《永乐大典》；收词近千首，其中大部不见于《全宋词》《全金元词》。孔凡礼从中一举辑得《全宋词》失收的词作400多首，经精细考校，编成《全宋词补辑》。此书1980年一经中华书局出版，立即轰动中国词界。香港《大公报》1982年3月即有专文评述。唐圭璋《全宋词》

增补本，1965年由中华书局出版，收1334位作家的近两万首词。孔凡礼的补辑，收《全宋词》遗漏的140多位作家的430多首词，其中近百位词人是孔凡礼的新发现，"为研究宋词提供了新的极有参考价值的资料"，是近百年宋代文史著作辑佚最显著的成果之一，怎叫词学界不为之震动？1999年孔氏的补辑汇入中华书局新版《全宋词》（简体横排增补本），署名为"唐圭璋编纂、王仲闻参订、孔凡礼补辑"，高度评价和肯定了孔氏搜辑、考辨之功。

孔凡礼的研究引起了北图下属的书目文献出版社的关注，他们终于1984年影印出版了《诗渊》。孔凡礼应邀撰写了题为"明抄本《诗渊》是新近发现的孤本文学巨籍"的前言，清晰考证了它的来龙去脉，充分肯定了它的文献价值。

孔凡礼在搜集考察宋代诗人事迹的过程中，发现清人厉鹗《宋诗纪事》、陆心源《宋诗纪事补遗》并不完备，他先从明抄本《诗渊》中多有所获，再从中华书局影印的《永乐大典》中辑得宋人佚集一百多种。现存《永乐大典》是辑佚的渊薮，孔氏做了专题研究，写出了《见于〈永乐大典〉的若干宋集考》等四篇论文，此外还从数百种地方志（包括《舆地纪胜》等）与谱牒中各有所获。日积月累，集腋成裘。经二十多个春秋的不懈努力，终于编成了一部30卷80万字的《宋诗纪事续补》，较厉、陆前编增收宋代诗人1700人。1987年，北京大学出版社出版后，立即引起学界的广泛关注。在辑录续补这类资料之初，孔凡礼就曾隐隐约约地想到将来或者可以为辑集有宋一代诗做一点贡献。估计国内有这种念头的学者不在少数，但真正付诸行动的可能只有孔氏一人。他的续补完成之日，《全宋诗》的编纂工作果然以北京大学古文献研究所为基地而启动了，他的愿望得以实现，他感到很荣幸。此后他又编成《宋诗纪事续补拾遗》约20万字，再增收宋代诗家近600人（稿存北大古文献研究所）。这两书，为《全宋诗》编纂提供了珍贵资料，他为这项彪炳千秋的文化工程付出独特的、他人无法替代的辛劳与贡献。孔凡礼甘为他人做嫁衣裳的"自我牺牲"精神，赢得中国最高学府的学者们的尊敬，他因此两次被邀请到北大给古文献专业的师生讲学，并荣入《全宋诗》编委会——成为这个顶级编委会中唯一的一位中学退休教师。

从20世纪90年代起，孔凡礼又受中华书局与其他出版社的委托，先后点校整理宋人笔记20多种，计有100多万字。他仍然兢兢业业地搜寻最佳底本，遍访异本，最大限度地保存稀有版本的文字，几乎每一部笔记的点校都有自己的发现。宋代洪迈的《容斋随笔》因受毛泽东的青睐，近二十年来为不少的出版社所出版，几乎成了畅销书。孔凡礼以具有代表性的上海古籍出版社本为例，指出它在校点上有众多疏失，许多珍贵版本都未使用，因以北图藏本为底本清理了《容斋随笔》的25种版本，汇校而后重新标点，使它以崭新面貌问世。

孔凡礼的学术研究重点在宋代文史，但也不完全株守在宋代，他时有越界行为。如金元之际的大作家元好问，原有《诗文自警》十卷，早已失传。孔凡礼做了辑佚工作，写成论文，发表在山西人民出版社出版的《元好问全集》中。他有一部30万字的《元好问资料汇编》的书稿存中华书局待刊，还有几十万字的元代文学研究资料堆放在他的书房，还未来得及全部整理。

孔凡礼在完成他的重大项目之外，还撰写了学术论文数百篇，分别编入《孔凡礼古典文学论文集》《宋代文史丛考》《孔凡礼文存》。

## 八、无冕学者的学术地位与影响

孔凡礼虽为无冕学者，但他确实是富有真才实学，而又德高望重，饮誉海内外的宋代文史研究专家。

李一氓在《古籍整理的几个新问题》（《人民日报》1986年7月25日）中表彰了孔凡礼整理古籍的突出贡献：

> 孔凡礼的《增订湖山类稿》，不为汪元量的《汪水云诗》或《湖山类稿》所限制，从《诗渊》和《永乐大典》新辑得元量诗词，用编年的方法，用原集打散整编为五卷，起自德祐二年离杭以前，止于至元二十五年南归以后。书后附《汪元量事迹编年》，和汪元量作品互为发明。迄今为止，可算是汪元量诗词集的最丰富、最有科学性的一个整理本，成为研究宋元史和宋元文学史的要籍。

赵朴初也是由一部具体作品的整理，见出孔凡礼的学术功力与成就。他1994年5月15日有信致孔：

凡礼乡仁兄同志：

> 承赠《郭祥正集》，拜读尊传序文、点校凡例及郭集内容，具见博学明辨，光显前贤，嘉惠后学，无任钦佩。

弟病住医院逾年，渐见康复，但人事纷繁，甚难摆脱，自惭少暇寡闻，虽届耋年，于学问毫无进益。常思觅一机缘，得向诸乡贤请教耳。

专此。顺颂

撰安

赵朴初拜伏 五·一五

孔凡礼不仅在国内学术界有着崇高的声誉，在国际上也有巨大影响。孔校本《苏轼诗集》出版后，日本首席汉学家小川环树教授"深表敬佩"，因为孔校本涵盖了日本某些寺院秘而不宣的诸多苏集珍本善本所独有的异文。在日本由小川环树主编的《东坡全集注》全面转录采用孔凡礼的校订成果，已出九本。日本武章库川女子大学教授丰福健二多次到北京访问孔凡礼，他的《苏东坡文艺评论集》（木耳社 1989 年版）与《苏东坡诗话集》（朋友书店 1993 年版），都是节选孔校本的卷六十六至七十一"题跋"部分篇章翻译成日文出版的，由此开创了"中国古典文学基本丛书"走向世界的先河。1993 年 8 月，孔凡礼为丰福健二的《苏东坡诗话集》作了篇短序：

丰福健二先生把《苏轼文集》题跋中论诗文的部分翻译成日文，我很同意和支持。其工作是十分有意义的。我祝愿丰福健二先生在介绍、研究苏东坡的作品上取得更大的成就。

美国西华盛顿州立大学东亚文化研究中心主任唐凯琳教授（Kathleen Tomlonvic，Ph.D）2000 年夏在河北栾城的第十二届"苏轼国际学术研讨会"拜见了孔凡礼，并陪同孔先生返京。

到京后又通过刘尚荣在中华书局约见孔先生,向他讨教有关苏轼、苏辙生平著述的若干问题。会谈留影后,唐执意要叫出租车亲自护送孔先生回家,孔先生谢绝。唐便恭敬地搀扶着孔先生直送到901车站。一位黄头发蓝眼睛而风度翩翩的女教授,毕恭毕敬地搀扶着朴实如农夫的中国老汉款步前行,顿成京城一景。美国马里兰大学萨进德教授(Stuart. H. Sargent)编《苏诗逐字索引》(电子版),也是以中华书局出版的孔校本《苏轼诗集》为底本。对此,孔老先生也掩不住有几分得意,有诗为证:"三书不径走全球,风雨磋磨廿四秋。漫笑穷经迂世叟,村居一统自优游。"

说到孔老在国内外的学术地位与影响,不得不提"庆贺孔凡礼先生从事学术活动四十五周年暨八旬华诞"的盛会。目下各界举行的百年庆典不少,也有的如钱锺书所讥,是以不明不白的钱,请些不三不四的人,来说不咸不淡的话。此类庆典不开可也。相对而言,人们更看重民间的学术庆典,因为那些多是出于真情流露,而没有互相利用与弄姿作秀。在民间庆典中,来自各方的志士能人热情礼赞了这位无冕学者。

中华书局总经理代表中华书局宣读的贺信,可能也不带官方色彩,他们对孔凡礼的学术成就更知情,评价自然也更到位:

> 1958年国务院古籍整理出版规划小组成立,中华书局成为从事古籍整理和相关学术著作出版的专业出版社。1959年8月3日,孔凡礼先生就带着他的《陆放翁评述资料汇编》等三部稿子走进了中华书局。从这一天开始,孔先生就成了中华书局一名最忠实最勤奋最敬业的作者。孔

先生的学术活动从一开始就深深扎根在中华书局的古籍整理出版业务上。四十多年来，风雨同舟，甘苦与共，互相扶持，相得益彰。孔先生为中华书局古籍整理出版业务的发展壮大，做出了引人注目的重要贡献，概括地说，孔先生的著作、整理的专书达26种，940多万字，绝大多数都在中华书局出版的。凡大部头的分量重的，例如《苏轼诗集》《苏轼文集》《苏轼年谱》《古典文学研究资料汇编·陆游卷》等，也都是在中华书局出版的。仅最近的2002年，孔先生在中华书局出版的史料笔记就有15种之多（合订四册）。几十年来，书局的领导班子换了不知多少届，编辑部里陆续添了不知多少新面孔，孔先生却始终坚定不移地为古籍整理出版事业做着添砖加瓦、修桥补路的艰苦工作。其合作时间之长、承担任务之重、贡献著作之多、配合理解之深，堪称出版史上不可多得的一段佳话。

## 九、"四平居士"的精神境界

孔凡礼是个实干家。在事业上，他是个成功者，甚至可以说是出乎意料地成功。而这一切成绩，却主要是在他退休以后取得的。这在中国学术界或许是个例外。

每谈及自己的成功，憨厚无文的孔凡礼总念念不忘他与中华书局的缘分，念念不忘北京图书馆所提供的优越的治学环境。说到起决定作用的内因，往往只简简单单的三个字：一曰"胆"，二曰"识"，三曰"勤"，如此而已。其实这三字真言中有着丰富的精神内涵。

一曰"胆"。他20世纪60年代超前选择停薪留职，70年代提前选择退休，80年代几度放弃桂冠，都属于常人难以承担的牺牲。这个文弱书生竟以超人的胆略和牺牲，争取到了常人所难以获得的学术研究的自由空间。孔氏徜徉其中，其乐融融。至于他人说他迂，说他痴，说他傻，似乎都不干他的事。

二曰"识"。才、学、识，是学者必备的素质，其中识尤为重要。无见无识，可能皓首穷经而难以明经。学者"识"之一在于寻找自己的能力所及和社会需要的切合点，寻找一个理想的用武之地。"识"之二为确定具有长远意义的研究选题，不能急功近利。"识"之三为要有发现问题和解决问题的能力。三"识"皆备，是成功的一半。

三曰"勤"。说孔凡礼有超人的见识与能力，并不意味着他真的智慧超群。孔凡礼曾说："余计个人青年时智商约为中等之下，中年时可达中等，然略偏下，今早逾古稀，与同龄人相比，约为中略偏上，尚不及中上。"在社会生活方面，孔氏自认为实在很笨。他之所以还能从事学术研究，还能著书立说，实在是因为有超人的勤奋。"勤能补拙""勤能益智"，不仅是孔凡礼的口头禅，更是他的生命体验，他总是依靠非凡的勤奋，滴水穿石，创造奇迹。

他从数十年学术研究中体会到"勤"就意味着不断发现稍纵即逝的机遇与第一手资料。他对自己研究的每一个专题资料都要求信而全。为此他总是地毯式地检阅相关书籍，对一些蕴含丰富的书籍，力求吃透，用苏轼"八面受敌法"分门别类地发掘其中有用资料。如南宋王象之的《舆地纪胜》共22册，孔氏至少通检了不下五十遍。无论是研究陆游，还是苏轼，还是范成大等，他都一遍一遍地读，每读一遍都有新收获。现存《永乐大典》是辑佚的渊薮，中华书局影印的《永乐大典》202册，孔氏起码通检了二十遍，从中发现了宋人佚集一百多种，并写了系列考证文字，做彻底发掘。

孔氏进而说，"勤"的最高境界是"忘我"。只要看看孔著序跋的落款中有"除日"，有"病院"，就可知道他勤奋到了何等忘我境界。如他选评《北梦琐言》前言下有附记："1998年3月27日至8月24日，我在病院中度过。在病痛的煎熬中，我完成了本书的大部分评语。本书是我那段艰难时日的见证，我对它有一种特殊的感情。"其实在这几个月住院期间，他还编校了《孔凡礼古典文学论文集》，完成了皇皇巨著《苏轼年谱》的校订。这哪叫住院养病，简直是变医院为书斋了。这年孔老75岁，他有诗记那特殊生活："老命拚将发古珍，一朝二竖肆威嗔。东城病室窗前月，慰我支离十六旬。"

更有甚者，孔凡礼1998年大病以前，中华书局邀请他点校整理洪迈的《容斋随笔》。经两次大手术，出院后不久，中华书局又重申前约。这回他确实是"老命拚将发古珍"。这年冬天，这位刚刚出院的75岁老人冒着寒风，从北京大兴的农村到北京图书馆善本部（以及北大图书馆、中科院图书馆）去查校《容斋随笔》的善本并试图理清它自宋至今的版本流传情况。那是何等忘我的跋涉啊！从大兴村舍到大兴黄村901路车站，要走四十分钟。乘901路公交车到六里桥北里下车，爬上几十层的水泥砖梯，到达平地直奔北京西站广场302车站，换乘302

路公交车，到达北京图书馆。正常情况这行程要三个小时，早晨六点不到就起来，九点半才能到北图。他每天在善本室看书、看胶卷约三个小时，然后到北图读者餐厅吃点饭，找个地方闭目养一会神，再开始下午的工作，这样，到家往往是满天星斗。不说看书，仅来回路上六七个小时的颠簸，对精力的消耗就巨大，一趟下来他总要尽可能积蓄一点体力再去。这样，一个星期去两三次。经过半年多时间的苦斗，他终于理清了《容斋随笔》版本的头绪，并有一些重要发现。有人说，这哪叫勤奋，这应叫拼命，或玩命啊！

孔凡礼是个清贫的"千万富翁"。"千万富翁"是指他著述的字数，清贫指他的生活经济状况。但他待人却极其慷慨，动辄给家乡的图书馆、给母校太湖中学图书馆捐献价值上千元的著作。他每有新著，都不惜成本地送给四方学人。他晚年破例应聘为安庆唯一的高校古籍所的客座教授，偶尔回来开个讲座，拿点讲课费也是理所当然的事，他却认为到母校讲学是一种义务，不应拿钱，于是将课酬悉数拿出，买了二十四史等典籍奉送古籍所。他这奇特的逻辑，颇让常人觉得不可思议。

孔凡礼是辑佚探秘的能手，多少珍奇资料被他那勤劳而幸运的双手发掘。但他认为学问乃天下之公器，从不像老葛朗台那样垄断资料，近一二十年来，不断有国内外的青年学子写信向他求教，他都一一热情作答，据其所需，即使是从未发表过的珍贵资料也会慨然相寄，显示出一个忠厚长者的高风亮节。

孔凡礼这位忠厚长者也曾受到别人不怎么忠厚的对待。

学术界都承认孔凡礼为《全宋诗》工程做了他人无可替代

的贡献。1987年3月18日在中华书局创建75周年的庆祝会上，北京大学的一位教授顺便给他一份《全宋诗》编委会聘书。荣任《全宋诗》编委本来是令人高兴的事，但孔凡礼认为这么隆重的事，顺手递上的方式不合起码的礼仪，于是以北大事先未言及此事为由，断然拒收，维护了自己的人格尊严。过了两个月，北大派专人登门送上聘书。以礼待之，则以礼受之。不久，北京大学出版社出版了他的《宋诗纪事续补》，这表明他的学术成就终于得到了中国最高学府的承认，他终于以实力取胜。他当然非常高兴，没多久他又送上《宋诗纪事续补拾遗》，无私无偿地供《全宋诗》编委会使用。

遇有不平事，孔凡礼总是设身处地地替他人设想。宽于待人、严于律己是他的处世原则。

为写这篇传记，我与孔老不断有书信往来。总结自己数十年的治学道路，他的心态一直很平静，更准确地说或许是平静之中掺有一丝丝的苦涩。他在一封长信的末尾说：

> 几十年中，我先住在"东倒西歪"的两间东屋，后来又住进"骄阳飞汗雨"的斗室，然后又住进荒鸡夜唱的村舍。在这样的环境中，我出版了四十种书，发表了三百篇文章，还有一部存稿，字数共约在一千三百万。……人们亲手把教授的桂冠要戴在我头上，我婉谢了；有人要给我房子，我婉谢了；我过着四十五年的单身生活，为了弘扬中华优秀文化，我献出了一切。我鞠躬尽瘁，问心无愧。
>
> 这杯本来是清醇甘美的酒，在进入八十岁以后喝起来，却越来越苦涩。有谁能知道其中的真味呢？只有我自己。

我只有慢慢地喝着，细细地品味着，因为这酒是我亲自酿造出来的。

当我问及他治学中最遗憾的事时，他的回答竟然让我潸然泪下。他说："我多次幻想拥有一间窗明几净的书房，两侧排列着书柜，按经史子集分开，我徜徉其中。如果具备此条件，我的成果可能还要多一些。"转而他又说："其实，这也不是遗憾，因为这是不可能实现的。我在这方面知足。"知足者长乐，仿佛倒是在安慰我似的。进而他又反复说了一个不可抗拒的遗憾，自己年龄太大，时间永远不够支配，还有许多工程等着他去做。"我现在要是68岁，那该多好啊！"这就是这位永不知疲倦的老先生发自内心的生命呼唤。

无冕学者的孔凡礼作为当代中国的一个特例，他步步为营的治学之道，显然对浮躁成灾的中国学界是个严重挑战与有力反拨。"高明者多独断之学，沉潜者尚考索之功。"孔老自然属于沉潜者。但我倒觉得他若留点余力，从"汉学派"向"宋学派"略作倾斜，二者交融，在他辉煌的晚年写出一两部全面论述苏轼，或三苏，或宋代文学带规律性的专著，显然能说出些坊间种种同类著述无可比拟的高论。孔凡礼现有种种著述的叙论以及新近出版的他与刘尚荣合作的《苏轼诗选》等都显示了他具有高屋建瓴、在朴质中见深意的学术功力。只要待之以时，他一定能完成这一历史性的进击。说到待之以时，我也会仰天长啸：孔老现在要是68岁，那该多好啊！如今他已年逾80，我在此作这番遐想，对老先生可能是一种苛求，甚至倒显出我石某的不厚道。

孔凡礼从小读圣贤书，对孔子的忠恕之道情有独钟，并与日俱增地信奉恕道，认为自觉地做到"恕"，要有很高的境界与很宽广的胸怀。2003年4月26日，孔凡礼借祝贺诸城文化学会成立之机高度评价孔子："孔子早已属于世界，在世界文化名人中，孔子居于前列。他的很多重要思想，已经融进我们这个伟大民族的血液中，成为我们的民族性格和民族精神，他提倡'仁者爱人'，主张宽容，提倡'己所不欲，勿施于人'，已经成为当今世界的一股洪流，全世界都沐浴着他的恩惠。他提倡中庸，认为'过犹不及'，在我们国家历史发展的关键时期，在处理重大问题时，产生了极其重要的作用。"（见2003年5月5日《诸城日报》）孔凡礼终于说出了他久藏心底的话，由此也可见他灵魂的底色。孔凡礼晚年与同乡前辈佛教领袖赵朴初诗词酬唱较多，深得赵朴老的青睐。受赵朴老的影响，在儒学底色上染有些许佛学色彩（其实他的研究对象三苏也无不如此），这就是孔凡礼特有的精神结构。常人无不视他为"苦行僧"，他却有个鲜为人知的别号"四平居士"。自译为：平平静静、平平淡淡、平平常常、平平和和。他说这是他的生活之道，也是健康之道。遇到非常高兴的事，他不过分激动；遇到不顺心的事，他也不会动怒。他说激动与发怒都容易伤身，"心理变化总是有的，但能自我控制，这已经成为习惯了。读点书，写点文章，是我的劳动，也和吃饭一样是生活的必需，都是很愉快的"。我们共同的朋友柯文辉为孔老的书斋（其实他哪有什么书斋）取了个富有诗意的名字——"燃寂斋"。不知老柯的意思是指孔老在燃烧寂寞呢，还是说他在寂寞中燃烧？孔老却愿在他那"四平"心态中笔耕不辍，为弘扬中华优秀传统文化而默默地奉献着。

此文不短，辍笔之际一个巨大的问号在我脑海里盘旋：中国还会出现像孔凡礼这样的无冕学者吗？

这个问题似乎只能留待历史来回答。

2005 年 5 月 14 日写毕于秦淮河畔

# 生命风景

# 陪画作美学散步

清明后的一天,我应约到金陵美术馆与美髯公柯文辉见面。美术馆在夫子庙边的"老门东",这是南京新打造的一个仿古街区。

这天是旅美画家吴毅艺术大展的开幕式。吴毅是刘海粟的学生,柯文辉曾为海翁助手多年,这份缘让他从北京专程赶来。巨幅山水画背景上的展标为"低调的奢华"。当奢华能低调,自成艺境。

柯先生要在既定仪式中去扮演自己的角色。我正好在大厅看画。吴毅山水笔墨苍劲,气势夺人。细看每幅画下有柯文辉的释文,少则几十字,多则几百字,皆是美文,让画展在诗情画意中相得益彰。我第一次见到这种形式的画展,于是欣喜地重新一幅幅地看画读文,读文看画。唯可惜释文是印在32开的胶板上,字太小话太多,除我之外,观众中似无关注者。

薄暮时分,在送柯先生回状元楼大酒店的路上,我们携手边走边聊。说到释文,他说那是在高烧三日中写成的,原为出画册用,早知道要上墙,不如少写两句,点到为止。

吴画有海翁的影子,他大幅山水国画竟有海翁油画山水之厚重,了不起;他的字则比海翁弱多了。这是我的观后感。柯先生说,海翁书法以气胜,吴哪有那股豪气,顶不上去,气象当然不一样。"留得丈夫豪气在,无言一笑任温寒",即柯赠海翁之佳句。

几年不见,先生之美髯更飘逸了。先生悲天悯人,听他独白式的谈吐,是一种艺术享受。按惯例,到了状元楼我们会畅怀一谈甚至通宵达旦。但先生毕竟八十有四了,这次还有女公子保驾护航。她是军人出身,对父亲会客会餐会议三不介入,只尽守护之职。我与先生进屋,她问安倒茶后立即外出,将空间留给我们。这更让我知道不宜深扰。几次起身,都被先生按住,直到十点要赶地铁末班车,他才在膝头为赠书签名,送我下楼。我一步一回头,直到望不见他胸前的"瀑布"才大步踏上归程。

## 一、知白守黑看山水

柯先生赠书中,《知白守黑:刘知白山水清音,柯文辉观画独白》(中国青年出版社 2012 年版),从形式到内容都是我前所未见的。审美的陌生感,诱我先睹为快。

"山水清音"实即没骨山水(不用颜色,甚至无线条,仅以水墨为之)。恽南田(1633—1690)以降仅有没骨花卉,没骨能为山水造像么?似乏先例。且从《知白守黑》的第一幅看起,这是幅碗口大的团扇。次页即老柯的观画独白:

> 如果说你和艺术共有过一个家,而支起这个家的也是一棵顶天立地的老树。画中的老树,遭雷劈电烧、冰雹摧残、风雪咒骂,活气从枝枝叶叶喷出,体现顽强乐天、藐视打击、富于承受考验的骨力,顶起大片的空白,以负重自豪。

独白已溢出画面,旨在礼赞那顶天立地的老树精神。他继而说:"这树是人精神的化身。……比起鲁迅笔下的过客,略多一丝文静与耐力。"

这确为一幅小品,一树为主体,树前一平房,树后一抹山影,以淡墨敷之,乍看像儿童简笔画。沿下端弧线的一行苍老题词"独树老夫家,如莲老人写"和一枚"如莲老人"朱印提醒你我,此画出自老画家刘知白(如莲老人)之手。刘知白(1915—2003),安徽凤阳人,晚年定居贵阳,长老柯20岁。如莲老人不会没有大画,老柯偏爱他的小画:"画大而空,不如小而真,力量内充,同样可以扛鼎。"

更有趣的是,他劈头一句就是"如果说你和艺术共有过一个家",一下将你我拽上,与他同行,去欣赏艺术:"艺术只有你看不透、讲不出、听不到,而又能感觉到她确切存在的时候最有力量。"在你我看不透、讲不出、听不到的时候,且听老柯如何独白。

第一幅是"这一组画的序幕"。这一组画由101幅团扇组成,老柯将逐一解读。全书247页,除去101个单页团扇,剩下136页的文字全是他的独白(是他2天15小时录音的整理稿)。他在这十几万的文字里讲了些什么呢?且听第二幅:

> 这两座山峰在云上伸出头来,像两朵素净的白莲。我想起他的号:如莲老人。这两朵莲花,两座山峰,像父子,像朋友,也像伴侣,在漫长道路上,互相扶持行走,互相依赖着,互相温暖着。
>
> 两座山在无声对话中,说出了自己的遭遇,合成了一体。

两间茅屋是两座山的家吗?也是,也不是。那个露出帆来的船,它装载的是什么呢?是山和屋的思想吗?是这些树的倾诉或祝愿,是先生对他们的感慨吗?也是,也不是。

中国人喜欢以禅来比喻画,以谈禅的方式来读画。我想,说得清楚说不清楚的均不是禅。在清楚与不清楚之间,通过墨色的帷幕,让我们掀起一角向深层探险,找出笔墨语言后面一个很沉重的删节号。她不要我们看透。一览无余有什么价值?

原来读画即读人,欣赏的乐趣在灵魂探险。尽管你未必真的能参透有意味的山、屋、树们的思想内涵,美在过程。

第三幅画的是一条山脉怀抱着很多的山,每座山都像酒杯覆盖在地上。是不是神仙们在那儿喝醉了酒,东倒西歪地都腾云而去,只留下了巨杯?

如莲老人在那山水一隅以浅墨勾勒了一个谛听"群峰在运动中喷射出来的交响曲"的孤独者。一般人对此可能视而不见,他却成了老柯解读的重头戏:

> 用庄子的话来说,他是独与天地精神往来的高士,山水在他心里,跟凡人和光同尘。他在山水之间,与山水一体,是一个零件,而非附加的赘物。此人背着手,走得很沉稳、缓慢。他在告诉我们:他思想,所以他存在。

十万青山,当众孤立。"我思,故我在。"人为万物之灵,就灵在有思想,不仅自己有思想,还将思想赋予万物,让万物也灵光起来。这就有了艺术,有了有思想的山水,有了第一幅那"沉思的老树的精灵"(黄子平语)。没思想则是行尸走肉。

有了思想的力量，这画虽小，"却有强烈的动势，千里奔腾，铺陈在我们面前，笔法更是乱石铺街，非常自由、随意，乱而不乱，有秩序地升降沉浮，内涵颇为宏肆，能震疼我们的心灵，挤出不甘渺小又只能渺小的挣扎，与画的呼吸挽手同行"。

画画、看画是人类独有的享受。"审美是发现艺术的艺术"（第77则独白），"用诗人的眼睛去看世界，世界则有诗；用散文的眼睛去看，世界全是散文"（第92则独白）。老柯如是说。那么，我们来看第四幅吧：

> 山中时而有风，时而有雨，有灿烂的阳光，也有冰雹和大雪。这里画的是暴风雨的前奏，还是暴风雨的尾声呢？这里的闪电，似乎还在抽动，这些大小的灰色的豆豆，一点不单调。就中国画来讲，有它自己的章法，你要仔细去辨认，它们又在承担着不同的任务。异中有同，同不掩异。这样境界就变得壮阔。
>
> 遗憾的是山间的房子略微大了，减去四分之三，画的容量就更大……
>
> 这些流云，又是人的思绪，是山的思绪，是借云的喉舌倾吐人的内心独白。
>
> 云还在流，山也在流；其实云没有动，山没有动，是我的心在动。

"画比纸大，那画就好。"（第9则独白）读画呢？老柯杜撰一个名词，叫"目谈"（第31则独白）。"目谈"往往溢出画面。读画如读诗，"诗无达诂"又力求达诂，不免要多说几句。我是一幅一幅地与画"目谈"，又一篇一篇地读老柯的"目谈"记。他的心在动，我的心也在动。

读者朋友当然也会心动，乃至发问：这是美术评论么？

当你读毕这"周而复始的101"的画与文，你获得的不仅是不同寻常的审美享受，更能清晰地看到如莲老人这"沉思的老树的精灵"完整的精神画传。这种从审美对象出发，精心打造的审美文字，不是美术评论又是什么？

但这份观画独白又确与某些从概念到概念、新名词轰炸类的文字有别，不敢说某些只懂概念不懂艺术不知所云的大佬是"废话专家"，只能说老柯的说画文字，在中国艺坛确实别具一格。画家刘华明则称之为"美术散文"，说"其中有评论家说不出的散文，散文家讲不清楚的美术"（《陪画散步》，百花文艺出版社2012年版，第381页）。柯文辉本是作家，戏曲、小说、诗歌、散文十八般"文艺"（非"武艺"）都在行。《知白守黑》中101篇观画独白，实为101篇散文，可独立阅读。当然若将刘画视为柯文之配画，不免有喧宾夺主之嫌。因为柯文终是解说刘画是如何"知白守黑"的，他还是围绕那些团扇码字的，用他的话说叫"陪画散步"。

## 二、有褒有贬说画境

《陪画散步》是柯文辉"美术散文"的结集，关良为之题词："说理透彻，情文并茂。"

这里涉及的艺术品类五花八门，有雕塑（甚至盆景），有金石（甚至剪纸），有摄影（甚至广告），有装帧（甚至美术字）……

几乎每个领域都有他独特的审美判断。

我更感兴趣的是,他是怎么陪着中国画与油画散步的?如果《知白守黑》展现的是小桥流水式阴柔之美,那么在《陪画散步》中我们先来领略一番大江东去式的阳刚之美吧。

先看黄宾虹(1865—1955)。老柯说,若把几百年来中国的山水画家比作黄岳层峦,宾虹老人便是莲花峰。黄老的一生是一首史诗,是中国绘画遗产的总结者,他以不可多得的条件,对历代各派名家的艺术都钻研过,加以综合、蒸馏、变化,由晴朗润秀、野逸萧荒到"明一而现万千"的苍黑浑涵,犹如蜜蜂,尝尽百花酿新蜜,然后达润含春雨、干裂秋风的随心所欲境地,从而又成为革新中国画的开拓者:

> 黄老用墨,当代罕匹。浓墨、淡墨、破墨、泼墨、积墨、焦墨、宿墨,在他笔下形成数以千计的色阶,干湿深浅,挥洒自如,"墨中含笔笔含墨","水墨能生顷刻花"……他研究过宋画的缺陷,提出以开朗破晦暝,并不一味重苍黑。说到开朗,"妙悟实若虚",留白是大学问。无色之色实为大色。他画得黑和满是造险破险。"连江雨点初沉白","繁枝缀白明如霞",他希望人注意到白的运用要像大自然一样,瞬息万变。

次看萧龙士(1889—1990)。"这位内心充实、恬淡、无病、无忧、无拘、无敷衍的人世神仙,空谷香草,淮海苍松,是霄壤间的奇观,史册罕见,举世少匹。他刚刚庆过百岁大庆,砚田依旧腴沃,灵感时敲心扉……偶尔见他提着仿佛是玩具,至今仍不需使用的手杖,在深巷或柳影中散步,四分像老农,六分像乡村退休的老夫子"（第110页）。

这就是柯文辉笔下的萧老。他说萧老绘画与授徒都强调神情趣形并重："媚则讨人喜欢，不如求拙，拙则去俗，才谓真正艺术。要在笔墨上下功夫。笔墨二字，一生研究不尽。"萧老笔墨功夫体现在重而不浊、丽而不妖、淡而不薄、黑而不恶、简而不略、粗而不霸、草而不率、细而不弱、轻而不浮、艳而不俗。（第119页）

刘海粟称萧龙士90高龄后所作墨兰"遒举更胜昔年，墨韵四溢，张吾素壁，觉其须髯飞动，香风回荡于几案间"（第120页）。

再看朱屺瞻（1892—1996）。与自谦"八十学无成，秉烛心未已"的黄老、萧老相似，朱老自认"走向理想境地，再画一百年也太短"（第128页）。朱老国画油画兼工，与师古不泥、不为技术而技术的萧黄二老稍异的是，朱老另辟蹊径：临儿童画以保持童心童趣。

老柯善写故事，总是在故事中展现画家之历程、人格与艺境。他写了朱老两次作画的场面。一是1981年大暑，当年上海美专健在的五位老神仙刘海粟、屺老、关良、王个簃、唐云，雅集于锦江饭店，各作一画为校友会美展集资。"屺老九十高龄，请先开笔。"海老提议。"校长驰誉国内外，我是学生！"屺老说得诚恳。海老以年龄为序的倡议被一致赞同，屺老起立鞠躬后兀立案前，抱臂出神，三分钟后才伸出食指在六尺大纸上比划两下，鹰扬鹘落，彩墨溅飞，浩气四塞。半小时后《兰石图》写毕，围观者无不拍手称绝，屺老连说七句："瞎拓！"老柯

朱屺瞻作品

顿时兴起，现赋《瞎拓歌》献与屺老，"瞎拓瞎拓，横七竖八""有意无意，破法生法"云云，写尽屺老"拙雅老辣"之艺术风格。（第123页）

在拙雅中见老辣，应得力于他临摹童画。于是有另一作画场面。1979年，屺老与画童黄河（老友黄永厚长子）同时在上海虹口公园开画展，当时他穷得无钱裱画，几张大画悬空挂在展板上，一直拖到水泥地。却对比邻的童画赞不绝口："看（见）黄河画的奔马么？多么活，多有天趣啊！"或许受童画天趣的感染，次日老人当场画了一张尺方的《芋艿》。对这幅画老柯的描叙也独出心裁："用色斑斓响亮。"（第122页）

老柯说画往往妙喻连连，如说了庐的作品以茶为喻是淡茶，以酒为喻是花雕，以花为喻是空谷幽兰，以书为喻是小品随笔，以鸟为喻是深山舞鹤（第339页）。每一喻都有解说与取舍，使你从不同角度立体而形象地欣赏作品。唯色彩可"亮"与"不亮"，怎么会"响"与"不响"呢？"响亮"乃状声词，以此言画，是将视觉形象转化为听觉形象，这样才会有"用色斑斓响亮"的艺术效果。他甚至说"画自身能发言"，不会发言的画为"哑画"（此亦其"杜撰"之词），"哑画没有生命力"。（第399页）这有如"红杏枝头春意闹"云云缘于"通感"（或"感觉挪移"）。关于通感，钱锺书曾说道："在日常经验里，视觉、听觉、触觉、嗅觉、味觉往往可以彼此打通或交通，眼、耳、舌、鼻、身各个官能的领域可以不分界限。颜色似乎会有温度，声音似乎会有形象，冷暖似乎会有重量，气味似乎会有锋芒。"老柯熟练地运用了通感理论，却不去亲近其概念。

老柯阅人无数阅画无数。他对众多名家非名家、名作非名作都有其独到的评说。他深知："用清一色的好话来评论一位画家的创作，未必是对朋友的爱护。"（第395页）"捧过了头则是变相的咒骂。"（第336页）难能可贵的是他对不少名家名作有极为在行又极为善意的批评，乃至严厉批评。

弘一是中国近代"最像人的人"，他的学生丰子恺（1898—1975）则被誉为"最像艺术家的艺术家"。老柯在盛赞子恺翁"一看便懂、百读（看）不厌、余韵不尽"的漫画之余，说："站在碑学帖学传统的立场看，丰老书法不以功力见长。"（第132页）2008年清明所撰《缘缘亭记》赞词中竟有一句："惜未尽才。"惋惜之情，溢于碑外。

曾为鲁迅、茅盾、巴金等画过书衣的钱君匋（1907—1998），素有"钱封面"之雅称，诗书画印皆有建树，尤精于印。"二十世纪印史，若选前六十年二十家，先生有落选之虞；后四十载选十家，先生当仁不让"，老柯这样为之定位，又评说道："草书初取于髯翁（于右任）风骨，明末诸家筋脉血肉，酣畅恣肆，唯稍欠拙厚浑辣，虽便于眉宇传情，不必为之讳。古稀后淡化于氏及明人影响，晋韵宋意，涉猎渐多。愚意建议先生压缩战线，放弃装帧、刻印，闭门谢客，主攻书法，并选大石刻边款为一书，总结独创甘苦。但社会活动过多，潜力未尽，终归憾事。"（第433页）

对敦煌艺术之功臣常书鸿（1904—1994），老柯有云："常书鸿老先生像爱护自己的眼睛一样地爱护着敦煌的每一个石窟、每一张壁画、每一件作品。但是，他老人家自己的绘画里面，怎么也找不出一点儿敦煌精神乃至乳汁的残痕。因为他本人是个留学生，用西方的结构、透视关系来看敦煌的壁画，所以他无法吸收敦煌遗产的精华。我希望这样的悲剧在下一代不要重复。"（第415页）

刘知白以"软绵绵的不屈服精神"，得孤独的滋润，成为"大时代一个小小的奇迹"（八百年前的崔白，是凤阳第一个大画家；八百年后的刘知白，生于凤阳，走出凤阳，他也照耀了凤阳）。老柯不惜以专著来解读他。在《陪画散步》中，他冷静地说："刘知白这个人高于其画。人，相对完成了自己的修炼；画则没有完成，风格仅仅是初现佳处，血和底气还欠旺盛，若天假以年，还有潜力可挖。他是头朝内倒在（艺术）殿堂门槛上，还有一只脚留在门外，这才让我悲痛。"（第262页）

"怎么画有时候比画什么更重要"（第301页），老柯有时竟为画家献计献策，共商某幅画该怎么画。

俞云阶（1917—1992）为巴金老人造像（油画），画中人的衣着、发式、眼镜、形态，我们在上海或其他城市都可以遇到，而那沉思的神气、坚忍的自省与谦诚，又是巴金式的，为他人所不全具备。不是凌空的仙树、琼岛的琪花，是中、青年人亲亲热热的长者，老年人信赖的兄弟，孩子们眼中一个可爱的小老头儿，会写书的老爷爷！"此后云阶兄还作了很多画，但已只是余波，真正意义的句号是打在巴老的写真上。"

然老柯说：

> 这画也有不足之处：一是作家年龄、健康、接触事物深广等主客观因素，画家难以全部把握，（于是）形对神

的凸现还有某些侧面略输饱和。二是画中人的躯干受画布高度的限制而略嫌短了。三是上下身的气韵不尽畅达。

对老柯的质疑，画家心悦诚服：一、你看到画的局限，显然反映了我自己的透视力与表现力的不足，对人性的剖析，未能清除"高大全"的残余。二、实不相瞒，上身是巴老自己，我怕老人家久坐过累，下半身是让我的孩子穿着与巴老颜色样式都一样的裤子做替身画成的，所以气质方面与上体不尽协调，你居然看出来，让我又高兴又不安。我虽已将70岁了，默写能力还欠缺，抓人的特征还未能统观全局，在次要部分往往抄袭模特儿，不能破格创造。我要克服进入创作后的不自由状态，完成传神造境的最后冲刺！（第223—224页）

老柯对章桂征（1939—　）的装帧艺术很看重，有专文言之，但对他所作《马贼的妻子》书衣有异议：

> 书家写字重法，画家作书重趣，而书法方面功夫，对绘画不啻如虎添翼……《马贼的妻子》书面上的五匹马、五个人，造型非不简练、生动，但若桂征兄在篆隶书方面底子更厚一些，将会取得更好的艺术效果。
>
> 中国汉唐两代艺术家，在画像石、壁画、雕刻上对马的表现，达到世界最高水平，值得后辈画家去研究、借鉴。目前的五匹皆取走式，不是奔势，动感稍弱。人在驰马时极少直坐，势必前俯，立在鞍上。我想，如果只画一匹马，置于左上角，书名则稍稍下降；人马若处于左下角，则书名升高半寸，留下更多空白，可能会更加发扬桂征兄的洗练风格。书脊上的字若全用白色，将更醒目。如果觉得单

枪匹马力度不够，封底下面添上一行人马，画得小些，也可以补救。这样说法，班门弄斧，无意否定这帧佳作。与一般书面比较，（其）仍当列入上乘。（第395页）

他对路璋（1939—　）油画《押日本俘虏》的建议，更是别出心裁。他建议将那气壮山河的押解战俘的山东大汉，换成一个极平常的大嫂。同为游击队员，但她在战场上断了一条腿，拄着拐杖，背儿携子，朴实可亲。对被俘日军的表情也做了更丰富的探索，以高的"魔"来衬托更高的"道"，表现日寇害怕的绝不是一个人、一把枪，而是一个前仆后继的英雄民族，唤起人们对战争的回忆与警惕。（第3页）

如此这般，既非吹毛求疵为难画家，也非居高临下教训画家，而是与画家平起平坐，促膝交谈，行家说行话。路璋果然从善如流，对照原作，琢磨再三，而后重画一幅，艺境则更上一层楼。

当艺坛与"表扬与自我表扬相结合"的世风接轨，艺术评论几乎沦为"吹捧与自我吹捧相结合"的时候，柯氏另类艺术评论却真的弥足珍贵。

## 三、审美贵在发现美

**审美贵在发现。** 马翁有言：

> 正如只有音乐才能唤醒人的音乐感觉，对于不懂音乐的耳朵，最美的音乐也没有意义，就不是它的对象，因为我的对象只能是我的本质的表现。（马克思《1844年经济学哲学手稿》）

同理，对于不懂绘画的眼睛，最美的绘画也没有意义。艺术家"按照美的规律来创造"，评论家则应按照美的规律去评论美去发现美。

且看柯氏是如何发现美的。他在《力的追求》中描叙了无名画家柯纯青（应是他的同宗）的三幅国画。

《李白月夜醉江图》（作于 1920 年）摹写李白病危，不甘辗转于病榻，吩咐二童儿扶他来到江边，最后一次欣赏月涌大江流……捉月神话完全生活化、凡人化。人战胜了神，悲剧氛围真切可感。

《霸王别姬》构图也独具匠心。虞美人已死，项羽用黑大氅覆盖其遗体；他背对观画者，一膝下跪，头向左侧，钢针般的胡须从拭泪的腕间露出，左手拄着剑；地上倒扎着长矛，乌骓马的缰绳套在长矛根部，散拖地上。马是正面，长鬃墨韵横溢，泪光莹莹，垂头伸舌，舐着主人的战靴。借人与马的认知交流，突现霸王别姬刻骨铭心之痛。气氛造足了，悲壮之情呼之欲出。

《刑前》表现革命志士就义前的情景。挟持男主角的两个警察，胖子眉目清秀，嘴角却挂着玩世不恭的微笑；瘦子皱着三角眉，侧着脸，良心未泯，不忍看眼前一幕。男主角眼睛被蒙上了黑布，满脸血污与伤痕，他凭感觉将嘴伸出铁笼，去吻他的女儿。女儿太小不知生离即死别，笑得很甜美。年轻的妻子右手托着孩子，左手挡着丈夫尖锐的胡子，免得扎疼了女儿。她面色清癯，目光坚毅，素服雪白，秀发披肩，长裙曳地，凄厉中带着俊爽的自信。画的右下角，白发苍苍的老娘在为即将赴死的儿子烧纸钱，寄托哀思，老泪纵横，脸被痛苦扭曲。多么壮烈的场景！（老柯说画中女孩是以他大姐余馨为模特画的，1929年她刚好周岁。）

老柯进而说：

> （这三幅杰作）说明在画中演出一幕大戏的本领，中国人并不比西方画家差。而隶、篆书的线条，东方诗歌的造境方法，每一笔触中的情感信息，有西方人罕见的力度。它们是东方绘画，不是剧照的摹写，是力的歌、力的舞，又是华夏情调，不乏泥土的醇香、生民的赤诚、对大地和时空无言的爱。

可惜"此老死于抗战之初，生平画迹两茫茫，完成了忌才者让其声消失的宿愿，就像世间从未诞生过此翁一样"。而那三幅杰作"毁于抗日战争，照片又在1966年遭焚，使画家毕生的劳动荡然无存"（第18—19页），今则凭借着老柯惊人的记忆与逼真的描叙而复活。

老柯对西夏帝陵石刻柱础的礼赞，更是倾注了极大的热情。先看柯氏笔下的柱础：

> 柱础为高浮雕。人头占总面积近三分之一。面部造型较岩画成熟丰富，神话与图腾遗风犹存，有面具脸谱的归纳与适度夸张，青铜器图案的装饰味，又靠拢写实。内蕴普通人明朗的美质，可亲可信，真气流衍。开阔睿智的前额耸若危崖，处理方式为女像中罕见：牛角眉、锐长的一对虎牙，似是狩牧年月肉食为主记忆的回声，或当下实录，威严强悍，不畏冰霜。眼睛滚圆，日月交映。山根切断，眼窝下陷，似含隐忧，不便启齿。鼻子、唇边流线，下巴

弧形突起部分，有太多的创伤、慈祥、勤奋、忠诚、贞洁、悲悯、无奈。刀法果断，毫发不差，不多不少。对天命、神祇、君权、夫权保持敬畏与麻木的安详。向往好日子，又带点看不到摸不着的微茫。掠过眉宇的疼痛与倦意，压得她的颈部埋入胸膛，累得有点痉挛了。比小腹还粗的乳房由肩下垂到肚脐边，为生殖崇拜余波。腿比腰硕壮，适合奔走、承受重荷。握拳的手无怨无私地奉献一切，什么活计都能干得漂亮，是最配在世上活出高层次的手，拔除荆棘，熨干滴血的伤口，播种希望，永不退缩。茧花层层，让我们仰慕! 对慈母、泥土的虔敬，天人合一传统的渗入一锤一凿，使奴隶之母与大地一样圣洁丰饶，囊括了雪峰、丘陵、碧野、丛林、江海。母爱与女性美浩茫无极。粗犷原始的内容与表达语汇，远离模式陈言，全新面目与现代感会心而笑。说不清楚的悲剧内核、永恒的悬念，向作者宣布一种前无古人、后启来者的审美方式及审美客体，自我作古。谁敢像他用这般方式讴歌女性？相比之下，数不清的美人题材的艺术品何等苍白纤弱! 天才将美的绝品推上悬崖，不容人复制或再前行一步，后来者只能另觅险道去攀登。真是似我者死，化我者生! （第53—54页）

残酷王朝——消逝，唯有艺术长存。然柱础作者高姓大名，师承谁人？他仅有一组伟作吗？怎么一代而终，后继无人？他是否与许多修陵的工人一样，逃脱不了毒酒、利剑、殉葬？老柯没有回答其自设之天问。他对这神奇的石刻柱础的美术地位却有明确的回答：

当欧阳修、苏轼、王安石、陆游、辛弃疾、范仲淹、苏洵、苏辙、杨万里等群星在文化史上大吐异彩之前后，在西夏王李元昊墓地，无名大师创作了宁夏雕刻之王——柱础。她宽约一米，高度略强，比北欧早期维纳斯伟大得多。维纳斯浑朴粗糙，仅表达自然的人体；柱础概括了广阔的社会生活，富于史诗气质。倾诉力较保罗·罗伯逊的歌声更内凝。同时代石刻罕见其宽博雄峻，列入唐人杰作，即使非鹤立鸡群，亦不稍逊色。可惜美术史论家尚未给她应得的颂扬。

　　屈原的《天问》，因诸多远古神话传说灰飞烟灭而难破译。居贺兰山周围的匈奴、蒙、羌、突厥、鲜卑、吐蕃、党项之口头文化未曾被著录，柱础主题性故事不便臆测。她出生地近敦煌，斯时大同云冈、天龙山、麦积山、龙门诸佛窟名震遐迩。丝绸之路上邻国影响，印度作风、地方特色昭著的西藏佳作，均未在碑式柱础上留下几丝投影，是一座四面不沾边的飞来峰，至多和佛教来华前，由楚文化、傩文化拓展而来的霍去病墓写意伟作有稀薄血缘，可见作者胆识惊人。自愧浅陋，无力考证来龙去脉，只能凭直觉去猜想。（第51页）

"美术史论家尚未给她应得的颂扬"，则恰见柯氏美的发现之难能可贵。画家张守义（1930—2008）在柯文的感召下，含泪"跪在先民杰作面前享受慈祥的净化"。老柯又"将此事告知了贺兰山下一位老石匠。老师傅在石像面前静坐了一整天，寝食俱忘。回到山里，用一块贺兰石，替守义复制了一只两寸多高的小柱础","守义的回报方式也独特,给老人寄去自己设计插图的《堂吉诃德》。一部洋武侠小说伴着石匠度过好多霜雪长夜。去年老师傅辞世,儿子按照(老人)遗命,将小说与骨灰同葬于山上……"(第360页)此即柱础艺术魅力之延伸。

无论是对高龄写童心、无意插柳柳成荫的翟惠民的阐发,还是对"玩物养志"将书画精神移植到盆景、将盆景培植成绿色雕塑的尤无曲的叙说,都有美的发现意义。即使对"醒时默写、睡着梦写"的花鸟画家孔小瑜、将画境融入书与印的童雪鸿的解读也如此,因为经"文化大革命"磨难之后,他们几乎被历史遗忘了。更富传奇性的则是他笔下的懒悟(1899—1969)。

懒悟无论在佛界还是画界皆属另类。他少即孤贫,14岁出家,法号晓悟。晓悟贪眠,乃更名懒悟。他自白:"俺是懒得要命,不是懒得去悟禅理,或借懒劲睡大觉去悟出什么道道子来,那是瞎摆置(河南方言,胡闹之意)!懒字写成篆书便是上赖下心,就是靠多思多用心慢慢参悟!"(说罢打个哈欠倒床睡去。)

懒悟青年时代辗转汉阳归元寺、厦门南普陀寺、杭州灵隐寺,其间赴日本数载。1935年抵安庆,被迎江寺方丈苦留,遂居江城约二十载。50年代初住持合肥明教寺,直到"文化大革命"中被迫害致死。

懒悟30年代初居灵隐寺时始绘粉蝶,旋改山水,由清初四王上溯宋元,广临古画,为畅写玄风苦练笔墨。尤耽于明代二石(石溪、石涛),有印"二石而后"铭其志。因而有人称之为承接二石的最后一位画僧。林散之则赞之为"人间懒和尚,天外瘦书生"(第139页)。

懒悟遗作到1984年才在合肥工人文化宫展出。柯文辉特请徐邦达、钱君匋等名家前来观画,获一致好评。又自上海请来书画出版社朋友与专业摄影师,拟出画册,可惜因缘不具而落空。直到1997年得民间有识之士资助,才由安徽美术出版社出版《懒悟画集》,继而有懒悟艺术馆由安庆民营企业家操持建立。

柯文辉《懒悟的画》,是懒悟有限评论中的佼佼者,对懒悟的画作了高度评价,称之为"百年间罕(有)人(与之)并肩的逸品画家"。和尚至友乌以风有云:"画中意境以淡雅最高,使人观之有安和闲逸之感,此之谓画教。"(第146—147页)

## 四、画教启蒙惟遵义

柯文辉少年时代就在懒悟和尚那里受到"画教"。和尚长文辉36岁,居宜城时与柯家父子友善。他几次求当和尚画弟子,被和尚苦笑拒绝,仍乐为和尚临时书童:磨墨牵纸、跑腿送信、送画去裱。所获"报酬"一为允许看其作画,和尚站着画半天,他陪站半天,看和尚挥毫泼墨,山舞水歌,十分仰慕;二为可借阅和尚藏书,和尚藏书中竟有《至情录》《全唐诗》等;三为借送画装裱之机,在裱画店里看到更多的画,听技艺不凡的老师傅谈画,他往往在那里"面壁",沉醉于艺境之中。少年文辉没当成和尚画徒,却受到了"画教"启蒙。

"往后三十年(从50年代到'文化大革命'),上山砍树,下乡犁地,劳动改造,不停地被运动着"(第3页)。"然而艺术是不可扑灭的",各路师友们的画作,则成为其人生旅途上"不该忘却的小灯笼"。到20世纪80年代初,他"受到维纳斯的厚赐,不时有机会去艺术园林陪画散步,与她对话像读诗"(第4页)。如此这般,陪画散步又有三十年(他说"美术居然养活我三十年"),其间充当刘海粟助手十多年。于是广交画界友朋。

老柯之所以能成为诸多画家推心置腹的朋友,除了他的画识之外,一个重要原因是他虽爱画,却从不接受画家赠画,更不会向之索画。也就是说他因义而非因利与画家结缘。

画家唐云酒酣之余,喊柯文辉为"柯柯",说:"你还没有我一个字、一张画,过几天给你也来一张。"柯的回答是:"我没有红眼病,不要先生费神!"(第184页)朱屺瞻老人在海粟翁十上黄山画展上,邂逅柯文辉,捋髯而笑:"你没有我的画,连画册也没有……"柯鞠躬而答:"都有,都藏在心里!"(第129页)柯文辉初调北京时只住30平方米的木板房,钱君匋告诉柯文辉:"屺瞻先生打来电话,说让你请海粟老、王个老、唐云、关良,五老吃顿便饭,每人画张大画,送你买三间房子,有了车间好劳动!屋里家具由我来办,你要坦然受之。淡如水,大家举手之劳。"他谢绝了。匋翁晚年要将书画藏品捐给国家,捐前闭门谢客,专请柯文辉去品赏。老人洗手恭敬打开画卷,一一讲叙得宝经过,看了一遍又一遍,说了一遍又一遍,收画时托着轴头,久久无语。然后有段对话:

老弟拿一把扇子做纪念吧!捐给国家,多一把少一把的,不重要……

为什么?

不为什么，我想这样做！

不！我不懂，要它不如放在（艺术）院中供大家看好！

（第437页）

唐云终生豪饮，他的口头禅是："不喝不画，活着有什么味道？"老柯呼他"酒人"。酒人作文多举着酒杯口授，让老柯为他当录士。匋翁之文亦让老柯代笔。他充当海翁助手十年，为之执笔写成《黄山谈艺录》《齐鲁谈艺录》等书。海翁有言，书中的"我"是个复数，包括他与文辉。人称，海翁哪怕只出一句台词，文辉也能熬出一台戏。但他未向海翁要过一字一画，这与那些对书画家围追堵截、索字讨画之辈迥然有别。子曰："君子喻于义，小人喻于利。"此之谓也。

画家自然视之为知己。匋翁曾以浓重的乡音向陆抑非教授介绍老柯："老弟的明白跟糊涂都是绝品。睁眼做梦，梦里唱歌。怪人！我用后面八个字给他印了一百张名片，他带回屋里就烧掉了。"又说："你是个不可救药的梦想家！没有梦喂养灵魂是真正的穷人！"（第440页）

## 五、审美境界与期待

"知古出古，知西出西，得意忘形，写出迁想妙得，需要很多代人的接力。"（第348页）老柯在多篇文章中有类似的呼唤。其实就是油画民族化、国画现代化之双向运动，亦即中国绘画之现代化进程。这里既有崇高的审美理想，也有迈向理想之境的审美途径，还有胜任审美的知识结构。不敢说老柯已达此境界，但他至少是中国艺术现代化进程中的一个得力的促进派。

老柯陪画散步,实则陪你我作美学散步。他喜欢边走边聊,那瀑布般的美髯下不仅有说不完的美术故事,还会不断溅出精彩的美学段子:

艺术是无路之路,重复古今中外名家乃至自己的成功之作,皆非艺术。(《知白守黑》第27页)

中国画应该姓中,也只能姓中。(《知白守黑》第94页)

没有幻想,就没有艺术;只有幻想,又不能成为艺术。(《知白守黑》第111页)

笔墨,只有在服务于造型,造型又充了情思的时候,才能够看到它的魅力。脱离了内容的笔墨只是一次游戏罢了。(《知白守黑》第121页)

画,在于画灵魂。(《知白守黑》第130页)

大味必淡。(《知白守黑》第135页)

知白为了守黑;不守黑,白就没有了。(《知白守黑》第215页)

莫奇于凡,莫凡于奇。好看不如耐看。(《陪画散步》第14页)

艺术可以将生活中的不可能变为可能。(《陪画散步》第15页)

没有淘汰,便没有艺术史。淘汰愈严酷,艺术发展便愈快。(《陪画散步》第71页)

大师最多的时代就没有大师,美容院最多的地方绝对没有美女,这也是生活给人的制约。(《陪画散步》第

83页）

没有技术，当不上画家；仅仅有技术，还不是画家。

培养画画的手较易，训练画家的眼就难，获得艺术家的感觉最难。感觉敏锐过人是幸运儿，失去感觉能力，英才立刻变为庸人。（《陪画散步》第219页）

艺术一面是有青春的思维，另一面又需要岁月的灌溉。因为绘画画来画去，画到底还是修养。（《陪画散步》第247页）

实践是才华的试金石，又是砥砺人才的磨剑石。（《陪画散步》第337页）

做人，过河拆桥可耻；治学，过河拆桥可喜；过河恋桥不敢登岸，可怜。大师不能世袭，证明学无捷径。认清无路，已上大路。（《陪画散步》第423页）

好诗好漫画的标准：一看便懂，百读不厌，余韵不尽。（《陪画散步》第133页）

跟老百姓同呼吸，是艺术家幸福与创造力的泉眼。（《陪画散步》第132页）

"传统"（是）时间长河冲不掉的东西。传统的东西并不都好。好的东西一定要有传统精神。（《陪画散步》第414页）

这些都是我随读随摘的柯氏画语，没作分类整理。若将其《刘海粟传》《卫天霖传》《旷世凡夫弘一大传》《关良》《龚贤画论臆解》等书作一通检，或许可编一部类似《苦瓜和尚画语录》或《罗丹艺术论》那样的书：《柯氏画语录》。其大体倾向宗白华的《美学散步》，一定好看。

老柯牢笼百家的知识结构（他说"平生学习，侧重东西方文学，兼及史哲"，《陪画散步》第4页），让他对中国绘画审美大趋势，屡有宏观的把握与深切的期待：

> 五四以后中国对西方文化的吸收做得很完美的，我认为有两个半人。首先是鲁迅先生，他对西方散文诗的改造没有经过幼稚的模仿阶段，《野草》一步到位，成了稀世经典……第二位是黄宾虹先生，深厚的国画功底使他在对着风景作稿的时候，光的感觉、湖光山色的流动感等这些西方印象派的道理，都被他用笔墨、用水吸收到自己的绘画里，让你看不到一点儿西方的痕迹，这是成功地让中国的要素吃掉西方现代笔法，加以良好的结合和发挥的成果。任伯年之后，使人物画具有崭新的面貌蕴涵丰富民族文化内涵的是关良先生。就民族灵魂的闪现而言，无人可与之并肩，连我崇拜的林风眠老人也退避三舍。关良先生把握了西方技术，是很精致的风景画大师。但是，由于他的格局小于鲁迅和黄先生太多，只能算半个。（第415—416页）

不管你是否认同他的大胆判断，晚清以降中国绘画以至整个文化有着浓厚的殖民化倾向，是不可否认的：

> 清朝末年也有许多对西方文化消化不良的人，用许多洋典故写诗，比如谭嗣同、叶茝渔的诗，《凡尔赛宫词》之类，没有为东方传统所驾驭，有些夹生，难懂难记，受众有限。

> 五四之后西化之风渐渐强盛，美术院校学生毕业之后，

包括搞工艺美术的人，都强调以西方素描为基础的写实精神，对于中国传统的写意之美，缺少理解和深层的热爱。

（第414—415页）

中国画唯一能与西画抗衡的手段是写意。中国画要不要如写实的西画一样，从素描起步？他说，历史证明"以素描教中国画不成功，教不出文人画家"。老柯以其独特的话语尖锐地批评了中国当下种种不良倾向，尤其对画界的崇洋拜金倾向与"人盲"（其弊更甚于文盲、美盲），忧心忡忡。他指出：

（我们的绘画）该像汉代、唐代人一样，用强健的肠胃把西方所有的好东西吃进去，使之变成国货。失去了民族特质的文化，不可能走向世界。拥有十几亿人口、五千年文化的中华民族，它的书刊应该往那儿一放就是大器，弘朴深美，回味无穷，不是小巧玲珑，也不是日本那样的岛国气息，更不能是失去内涵的货物包装。（第415页）

他深情地呼唤与期待中国画界出现艺术大师。何为大师？他说："大师，应是拓宽人类审美疆域，提供空前的审美观与审美内容的杰出历史人物，能形成流派，在国内外享有极崇高威望（者）。"（第79页）"历史明镜高悬：肥皂沫不是超级珍珠！媒体只能炒出名人，炒作不出名画！"（第87页）其心可鉴！

## 六、老柯本色是诗人

老柯深知：绘画是有情怀的艺术，而艺术评论则为有思想的艺术。论艺极难。昔日杨升庵改杜牧诗"千里莺啼绿映红"

的"千里"为"十里",发出"千里莺啼谁人听得,千里绿映红谁见得"的怪论;毛大可妄斥东坡公名句"春江水暖鸭先知",说:"河中难道只有鸭?鹅何尝不知道春江水暖?"(第20页)他认定:"批评家不必是作家、画家,但必须要有相当时间的艺术实践,去体验甘苦,包括通过临摹探视先哲的心路历程,行文才有厚度。"(第77页)

老柯本色是诗人。他的美术散文,如他所自律的那样,从生活出发而不从概念出发,审美观相对稳定,又不断更新,却远非见风使舵,有诗的激情与形象,又蕴藏着审美理念,如独立的文学作品,能给人艺术享受。(第76页)

但诗人的思维是形象而又跳跃式的,时有不顾及行文逻辑乃至语法的现象存在。所以,读柯文往往需要你用逻辑去推理他语中真意。

此恰如宗白华所云:散步是自由自在、无拘无束的行动,它的弱点是没有计划、没有系统。看重逻辑统一性的人会轻视它、讨厌它,但是西方建立逻辑学的大师亚里士多德的学派却唤作"散步学派",可见"散步"和逻辑并不是绝对不相容的。中国古代有一位影响不小的哲学家——庄子,他好像整天是在山野里散步……散步的时候可以偶尔在路旁折到一枝鲜花,也可以在路上拾起别人弃之不顾而自己感到兴趣的燕石。无论鲜花还是燕石,不必珍视,也不必丢掉,放在桌上可以做散步后的回念。

24年前,也是奉克强先生之命,我写了篇小文《他是怎样拨动爱之弦的——柯文辉〈爱之弦〉读后》(《艺术界》1994

年9、10月号，总第38期），算是对文辉先生最初印象之勾勒。尔后不断得其赠书与艺谭，惠我良多。今又奉克强先生之命而作此文。既作文辉先生印象记，就不能不将其自画像布之于此，让读者对照观之：

  五岁时外祖赞其貌：土豆头，烧饼脸，反（左）边比顺（右）边多一点；马秸腿，水桶腰，右肩偏比左肩高。伏水缸旁自照，以为此语在似与不似之间，存疑未敢反诘。习武半日，半招不会。老人叹曰："懵懵懂懂，挑担水桶，丢掉一只，不知轻重！"愤而罢教。

  六岁，东邻老秀才天天差他沽酒，理由是"尔胸无点墨，当服其劳"！

  孩子怏怏多日，忽磨墨汁一海碗当翁面牛饮而尽，拍腹大笑："俺小肚里也有墨水了！"从此拒绝效力。

  而今须发皆白，平生莫大悔恨仍是腹内空空……

（《陪画散步·作者自传》）

2018年7月8日写毕于金陵宝华山房

# 吴冠中"生命的风景"

## 一、笔墨之争

吴冠中先生（1919—2010）是中国画坛夸父或曰堂吉诃德式求索者，在生命的晚年仍时而用超前的美学思维挑起论争，尤以笔墨之争为热闹。"笔墨等于零"，是吴冠中1992年3月14日于香港所作"我的创作心路"演讲中的一个议题，一经提出，立即令画家们惊异。1997年11月他在《中国文化报》上发表了《笔墨等于零》。此文不足千字，因之而起的争议竟持续了十年之久。

首先发难的是吴冠中的老朋友张仃先生（1917—2010）。张仃认为："一幅好的中国画要素很多，但基本的一条就是笔墨。笔精墨妙是中国文化慧根之所在。如果中国画不想消亡，这条底线必须守住。"（《守住中国画的底线》，见《美术》杂志1999年第1期）似乎吴先生在动摇中国画千年安身立命的底线，所以遭到传统派画家的口诛笔伐。岭南画家关山月针锋相对地提出："否定了笔墨，中国画等于零。"

中国画的笔墨等于零吗？中国画的基础构成是什么？甚至什么是中国画？此类问题蜂拥而出，尖锐地推到吴冠中面前。孤立的口号难免有片面性而易造成歧义，那么吴先生到底说了什么？他说：

> 脱离了具体画面的孤立的笔墨，其价值等于零。

吴先生开宗明义提出的是具体画面与孤立笔墨的关系。他认为："构成画面，其道多矣。点、线、块、面都是造型手段，黑、白、五彩，渲染无穷气氛。为求表达视觉美感及独特情思，作者可用任何手段；不择手段，即择一切手段。"他将绘画艺术视为"疯狂的感情的事业"（《望尽天涯路：法国巴黎美院留学前后》）。在表现作者感情面前，"笔墨只是奴才，他绝对奴役于作者思想情绪的表达"。在吴冠中看来，笔墨是作者情感的密码，绘画是画家生命的风景。离开了作者情感，密码还能成其为密码吗？没有画家生命，风景还有生气吗？同理，未塑造形象的泥巴只是泥巴，没描绘形象的颜料只是颜料，无艺术价值可言。

绘画作者即审美主体之情思不可能凝固不变。其情思在发展在变化，作为"奴才的笔墨的手法永远跟着变换形态，无从考虑将呈现何种体态面貌"。笔墨若脱离审美主体的情思变化轨道，脱离生生不息的具体画面的需要，变成凝固不变的孤立的笔墨，其艺术价值岂不等于零？

"笔墨等于零"这一命题，置于这一逻辑线索上来推理，虽话说得有点绝对，却不无道理。敢作敢为、心直口快恰是吴冠中的人生特质。问题是在中国画坛有将笔墨绝对化的倾向吗？若无，吴冠中岂不是无的放矢？！请看《笔墨等于零》之第二段：

> 我国传统绘画大都用笔、墨绘在纸或绢上，笔和墨是表现手法中的主体，因之评画必然涉及笔墨。逐渐，舍本求末，人们往往孤立地评价（绘画之）笔墨。（甚至）喧

宾夺主，笔墨倒反成了（评价）作品优劣的标准。

吴冠中虽是"艺术效果万岁"观的奉行者，其实并非一般地反对中国画中的笔墨程式，而是反对笔墨的程式化倾向。尤其是当有人以笔墨程式化标准来评说、贬低甚至非难他水墨（中国画）现代化之追求与成就时，他就愤而反击，乃至激荡出这一貌似极端化的命题与口号，从而引发了中国画坛有名的"世纪之争"。

## 二、中国画向何处去？

这场争论，以如何评价中国画之传统笔墨为起点，实则关乎中国绘画现代化进程"中国画向何处去"这样一个时代课题、世纪课题。

中国绘画现代化进程起步于五四新文化运动。而吴冠中的两位恩师潘天寿（1897—1971）与林风眠（1900—1991）恰是中国绘画现代化进程中的先驱人物。师法弘一法师的潘天寿从传统出发将中国画由古典形态推到现在审美领域的边界，使之成为"传统绘画临近而终未跨入现代的最后一位大师"（郎绍君《论中国现代美术》）。留法出身的林风眠"吃透了东西方艺术的共同规律"，他咀嚼着西方现代绘画的形式美，用传统的生动气韵来"消化它"（吴冠中《寂静耕耘六十年》）。

吴冠中就学于杭州艺专时（1936—1943），林风眠任校长兼授油画，潘天寿授国画。吴冠中"白天画油画，灯下画国画"，奠定了厚实的艺术基础。1947年他追寻林先生的足迹，去巴黎学油画，直到1950年回国。这样的人生经历造就了他的知识结构与艺术趋向。

从巴黎学成归来的吴冠中，充当着中国绘画现代化进程中的急先锋。他在两位恩师的基点上倾心倾力地进行着两大工程：一为油画民族化（亦即中国化），一为水墨现代化。

油画如何民族化？吴冠中舍弃了徐悲鸿所代表的写实主义方向，他说："林风眠从审美出发，探索中西艺术的结合予我最早的启示，此外几乎没有蓝本，没有遇到同路人。"（吴冠中《纪事论思》）然而这样一条"没有遇到同路人"的探索之路，在当代中国注定是孤独寂寞的，甚至举步维艰。因为1949年以后，中国油画为清一色苏式写实主义所笼罩——以"红光亮"去阐发社会主义现实主义。而吴冠中的知识背景、艺术趣味却与之格格不入。他在中央美院与清华大学因传授西方现代主义绘画理念而屡屡遭到非难，即使放弃人物画而改作政治色彩相当薄弱的风景画也难以安身。是时任中央工艺美术学院第一副院长的张仃慧眼识英雄，1964年将吴冠中调入学院执教，令其终得安身立命之地，并继续着其油画民族化的探索。

吴冠中将林风眠以浓重色彩表现艳丽题材的"好色之道"，向更现代化的方向推进。他迷恋于西方绘画造型的特色、色彩的多变、层次的丰富以及由此形成的浓烈的视觉效果。更重要的是他将强烈的主观情绪融入笔端，让人体风景化，让风景拟人化，让油画也有着中国画的"气韵生动"与意境之美。

在这个层面上，吴冠中与张仃不仅没有矛盾，而且得其道义与艺术上的支持。1978年3月，张仃在中央工艺美院主持了吴冠中从法国留学归来后的第一个画展。第二年春"吴冠中绘画作品展"在中国美术馆举办，张仃为之撰写前言《油画的民族化，国画的现代化》，高度评价吴冠中的绘画成就。吴冠中从此在中国画坛声誉鹊起。

张仃虽来自白山黑水的东北，经延安熏陶，从"画坛草寇"变成一名红色画家与画坛领袖，他也曾有志走中西结合之路，华君武称之为"毕加索加城隍庙"。吴冠中在张仃著名壁画《哪吒闹海》问世后，补充华君武公式为"毕加索＋城隍庙＝哪吒闹海"，说："西方现代绘画与中国民间艺术的结合，也正是油画民族化的大道之一。"（见吴冠中《土土洋洋，洋洋土土》）可见张、吴在中西结合的配方上有别，但他们在油画民族化方向上还算志同道合的。

吴冠中与张仃的分歧出现在水墨现代化上。吴冠中从20世纪50年代到70年代致力于油画民族化，虽艰难而终卓有成效，从70年代末转向于水墨现代化工程。80年代中叶，吴冠中在《无心插柳柳成荫》（《羊城晚报》1985年10月7日）中回顾其艺术道理，说：

> 我在绘画生涯中背负了五十年油彩，基本做加法，近十余年转到水墨，可以说是转向减法，减法还从加法来。我从繁杂多彩、对比强烈逐步趋向素淡和单纯，投奔于黑与白。这是促使我舍油布而迁居宣纸，颇感顺理成章。

天津大学邹德侬教授对之有解读：吴先生这种减法，实际上是减去油画这件重武器的负担，减去具体物象和微妙色彩的拖累，专注于外来抽象美与相应的中国传统精神在宣纸上的结合。他总结吴冠中的"水墨现代化"有三个特点：一、淡化客观世界的外表物象观念（包括色彩），追求对象的美学本质（包括对象的形式和气势）；二、把中国画以轮廓线为主的结构特征，变为以线结构为主，辅以点面结构，提高水墨画形式美的地位；三、为了审美表现，借鉴一切有用的技法、工具和材料。（《吴冠中艺术给建筑师的启示》）邹教授说第一条实则审美对象意念化的变形，追求的是中国画意境的抽象美；第二、三条是改变中国画固有工具、方式与结构，追求中国画审美形式美。

须知在"文化大革命"前与"文化大革命"中，抽象美、形式美，在中国被视为反动的文艺思潮，"文化大革命"后仍被严重误解，至于"内容决定形式"，更是不可动摇的铁律。吴冠中以其艺术实践与理论勇气动摇乃至颠覆了那些阻碍中国画现代化的种种观念，富有思想解放意义。吴冠中有《绘画的形式美》（《美术》1979年第5期）、《关于抽象美》（《美术》1980年第10期）、《内容决定形式？》（《美术》1981年第3期）等一系列论文申述其审美观念。在《内容决定形式？》一文中，他在中国画坛第一次斗胆对文艺铁律画上一个大大的问号，劈头就说：

　　有一条不成文的法律："内容决定形式。"数十年来，我们美术工作者不敢越过这雷池一步。

他说：实事求是，讲究实际，"内容决定形式"，应是一般工作的指导思想。可见他并非一般地反对"内容决定形式"原则。然而绘画作为造型艺术有其特殊性：

　　造型艺术，是形式的科学，是运用形式这一唯一的手段来为人民服务的,要专门讲形式,要大讲特讲(形式),美术家呕心沥血探索形式,仿佛向蜂房寻觅蜂蜜,还须时刻警惕着被蜂蜇,这"形式主义"之一蜇,也颇不轻啊!形式主义应到处被赶得像丧家之犬,唯在造型艺术之家是合法的,是咱家的专利!

我们这些美术手艺人,我们工作的主要方向是形式,我们的苦难也在形式之中。不是说不要思想,不要内容,不要意境,我们的思想内容、意境……是结合在自己的形式的骨髓之中的,是随着形式的诞生而诞生的,也随着形式的破坏而消失,那不同于为之作注脚的文字的内容。

但文学和绘画见隔行如隔山的阻碍令人惆怅!(绘画)的内容不宜决定形式,他利用形式,向形式求爱,但不能施行夫唱妇随的夫权主义。

在此文结尾,吴先生大声疾呼:"但愿我们,不再认为唯故事、情节之类才算内容,并以此来决定形式,命令形式为之图解,这对美术工作者是致命的灾难,它毁灭美!"吴先生奉行西方美学一个重要原则:形式即内容即美。所以他认定美术作者的情绪和感受,甚至形式本身也都是造型艺术的内容与生命。

如此酷爱艺术形式的美术家,怎么可能反对中国的笔墨形式呢?吴冠中怎么可能贬低影响他终身艺术探索的恩师潘天寿的笔墨呢?他看重潘天寿"造型性强,画意重于诗意""形象突破观念"的艺术特点,又不满足其尚不自觉的创作状态。(见吴冠中《潘天寿老师的启示》)同理,他不反对水墨画的笔墨,而反对将水墨绝对化、程式化。他不希望以潘天寿来改造林风眠,却希望在潘天寿的艺术世界中融入点林风眠的艺术元素，使水墨画更有现代气息。

## 三、叛逆的师承

张仃未必反对吴冠中"中国画现代化"的工程。1979年他在充分肯定吴冠中"油画民族化"之余，对其刚刚开始的"中国画现代化"的尝试也充满着期待。

张仃受"文化大革命"重创之后告别了"毕加索加城隍庙"的彩墨装饰画的模式，致力于焦墨山水创作，将焦墨由一种传统的笔墨技法发展为一种独立的画种，进而大放异彩。他立足于传统笔墨。目睹吴冠中在水墨现代化的道路上越走越远，甚至有突破中国画传统底线的可能，他在惊愕之余不得不站出来向老朋友发出质疑。秉着"吾爱吾友，吾更爱真理"的原则，张仃连连发文参与"笔墨之争"。"笔墨之争"当然不限于吴冠中与张仃两位老朋友之间，实则1990年后中国文化思想界都在鼓吹回归传统，甚至回归孔孟。吴冠中挑战的也就远非老朋友张仃，而是整个传统势力。因而他矫枉过正地自称为"叛逆的师承"，如同刘海粟当年自称为"艺术的叛徒"，以捍卫中国画现代化的方向。

吴冠中在水墨现代化的道路上，是否失去了中国画的底线呢？他有《风筝不断线》（《文艺研究》1983年第3期）一文作了形象的回答：

  泰山五大夫松傲居在风风雨雨的山谷已两千余年。吴冠中从向往五大夫松，写生三松（五大夫松，只剩后世补种的三棵），几番再创作，最后创作出《松魂》，历时五年，他始而轮转着从不同角度写生，不肯放弃所有那些拳打脚踢式的苍劲枝干，照猫画虎画出五棵老松；继而据此画稿多次创作五大夫松，还曾在京西宾馆创作过一幅丈二巨幅，却总不满意，苦于未能吐出胸中块垒。从而宣告传统画法的失败。

隐约间，五大夫松却突然愤然地向画家扑来，画家惊异地发现，它们不就是罗丹的《加莱义民》吗？他感到悚然了，虽然都只是幽灵，两千年不散的松魂是什么呢？如何从形象上体现出来呢？风里成长风里老，是倔强和斗争造就了屈曲虬龙的身段，画家想捕捉的是松魂，于是试着用粗犷的墨线表现斗争和虬曲，运动不停的线紧追着奋飞猛撞的松魂。峭壁无情，层层下垂，其灰色的宁静的直线结构衬托着墨线的曲折奔腾，它们相撞，相咬，搏斗中激发了满山彩点斑斑，那是洪荒时代所遗留的彩点？于是一幅富有抽象美的现代水墨《松魂》诞生了。吴冠中进而说：

> 从生活中来的素材和感受，被作者用减法、除法或用别的法，抽象成了某一艺术形式，但仍须有一线联系着作品与生活中的源头，风筝不断线，不断线才能把握观众与作品的交流，我担心《松魂》已濒于断线的边缘。

《松魂》毕竟未断线，从而成为"群众鼓掌，专家点头"的经典之作。吴冠中在《记事记思》中说："发扬中国文化既不能靠只知抱残守缺的'孝子'，也不能指望极端的西化的'浪子'，而是要靠能出能入、去而知返的'回头浪子'。"不管在中国绘画现代化进程上飞得多高、飞得多远，吴冠中更"喜欢不断线的风筝"！

他多彩的艺术风筝，是由几股线绞成的绳索牵引着的，既与地球村的现实生活相连，也与广大人民的审美情趣相通，更与中外古今的绘画传统血脉相连，甚至与其生于斯长于斯的江南故地息息相关。有论者说，看吴冠中的画，扑面而来的是一种浪漫抒情、轻快灵动的江南气息，无论他画北方高原，还是美国的西海岸、巴黎的枫丹白露，脱不掉的韵味依然是江南的。正因为如此，他的画线也浪漫，点也浪漫（见华天雪《古今中外的交汇点上》），是地道的中国人画的中国画。

## 四、生命的风景

不管吴冠中的人与画有着怎样的争议，他对中国绘画现代化的努力与成就都是不可抹杀的。袁运甫说："吴冠中先生的艺术成就，是对中国艺术的历史性的重大丰富和推进。……他不是一位从经验出发注重规则的传统画家，他是一位综合中西从体验出发注重创造与表现的现代画家。他丰富了历史的经验，他为美术史留下了新的章节。"（《我所认识的吴冠中以及其绘画》，《望尽天涯路》，香港中华书局1992年版）巴黎塞努西艺术博物馆馆长玛丽·德莱士·波波在为吴冠中巴黎个展所撰前言中说："中国艺术家留在西方的，特别是法国，如赵无极与朱德群，实际上已献身于油画；返回中国的，重新发现他们的源泉并运用水墨，实际上抛弃了油画，吴作人便是一例。"而吴冠中却能在油彩与墨彩之间不断交织游移，甚而"成功地融合了东西方两种文化",实为一种"罕见的情况"。(见《吴冠中水墨近作》,巴黎塞努西艺术博物馆1993年版)伦敦大英博物馆"罕见地打破只展文物的不成文规定",特为吴冠中开辟了个展。英国《国际先锋论坛报》主管梅科斯认为吴是"近十年来现代画坛上最令人惊喜的不寻常的发现",他的作品"可能成为绘画艺术巨变的标志,且能打开通往世界最古老文化大道"(《开辟通往中国新航道的画家》,《吴冠中画集——谁看白首起舞》,台湾国风出版社1992年版)。

吴冠中以其强烈的现代意识、卓越的艺术胆识与独特的艺术实践,为连接东西方艺术、推进中国绘画现代化做出了重大贡献。这是东西方权威评论家的共识。这共识正是其在世界艺术史上地位的明证,是其"生命的风景"的写照。

吴冠中先生出版了自传体散文集《生命的风景》(北京十月文艺出版社1998年版),他的绘画更是其生命的风景。此文素材多取于斯,权当《生命的风景》读书笔记。

2018年夏于都匀人才公寓,与石霁合作

# 苏位东：书中有画，画中有戏

2005年10月9日，我去合肥参加陈独秀诗歌研讨会，与苏位东先生同居一室。苏先生慈眉善目，一脸佛相，我们相谈甚欢，堪称投缘。

合肥归来，我以"狸猫换太子"，我送他《文人陈独秀》等拙著，他则慨然赠我以皇皇《闲情稿存》六卷与《苏位东诗书画集》，进而挥毫为我作书作画，我几番造访他"南城美境"的新居，得以细细观察、解读他的艺术实践。

苏先生有诗作为艺术自白：

> 误入歧途未知返，留连丹青翰墨间。
> 
> 酒杯常与砚为伴，不进寺院也入禅。

由此可窥见其知识结构：善诗、善戏、善书、善画，可谓四美俱矣。更重要的是其多种才艺的相互渗透，相辅相成，构成了其书画独特的艺术风格：书中有画，画中有戏。

行草斗方"云中白鹤"以洒金瓦当为底色，俨然一幅水墨画。前三字为浓墨书就，仿佛浓云密布的天幕，唯"鹤"字以枯笔写成，仿佛一颇具骨感美的仙鹤，举翼待飞，穿云破雾。书家有跋云："《世说新语·赏誉》曰：'公孙度目邴原：所谓云中白鹤，非燕雀之网所能罗。'"更令其意象得以升华。

而行草斗方"鸢飞鱼跃"，外圆内方，取意于《诗经·大雅·旱麓》，而其意象恰如其跋："鸢飞戾天，鱼跃于渊，谓万物各尽其能，各得其所者也。"有九方佳印点缀，加上其奇峻不凡的布局，使画面格外生动，勃勃而有生机。

横批"书能医俗"中最传神的是那繁体的"醫"字，那外圆内方的"酉"上长长的一横劲挺而微弯，使"医"字顿显画境，宛若一俯视大地的神医形象。百病好医，唯俗症难治，书家亦为医家贡献良方：书能医俗。更可贵的是书家自跋有云："余本一俗人，其俗可免乎？医俗无妙方，写画与读书。"一个年逾古稀的书画家竟然自称俗人，实则他脱俗之见证。有趣的是目下有些书者画匠被所谓市场经济污染得几乎成了"孔方兄"的信徒，却偏偏蓄髯染发，做张做致，徒见其俗不可耐。

苏先生之书法，无论行、草、楷、隶，都稳健淳朴、笑容可掬，尤其"心斋"二字，写得苍劲厚重，既有行书的灵动，又有隶书的庄严。此二字源自《庄子》，与人们想象中在精神世界逍遥飘逸的庄子迥异，那"心"虽虚怀若谷，而"斋"则有如负万钧的担当。或许苏先生对《庄子》另有心解，即使隐于"心斋"，仍不忘世间的使命。

书乃心画，擅长丹青的苏公融画意于书法，以书法写心，当为最自然不过的艺术途径。

而其画中有戏，则是其戏剧家本色行当的艺术延伸。"瓜菜代"图中以一棵硕大的白菜为主，点缀三颗浓淡相间的红萝卜与之相依相傍，乍看平平常常，再看其题词则不由你不浮想联翩。题词曰："萝卜与青菜，各人有所爱。毋庸再号召，自觉'瓜菜代'。"当今的青年或许已不知"瓜菜代"为何意。"瓜菜代"是20世纪60年代初的一个特定名词,指以瓜菜代饭,解决吃饭问题。改革开放后,中国人解决了温饱问题,终于想到饮食科学,毋庸再号召,自觉"瓜菜代"。此时的"瓜菜代"与当年的"瓜菜代"已不可同日而语了。苏公此画犹如一个戏剧小品,瓜菜是主角,题词是唱段,两者相得益彰,既有历史情节,又有现实场面。

与之同一主题还有《金玉图》,题云:"河东河西三十年,应将贵贱颠倒观。袖珍南瓜金玉棒,而今席上惹人欢。"《南瓜图》题云:"南瓜胡萝卜,贡献堪尊敬。身价虽低贱,舍身救人命。灾害称三年,二物是福星。带泥和水煮,连同萝卜缨。看似猪狗食,确是营养型。我曾立誓言,不忘君恩情。引君为知己,奉君为神灵。今为君造像,晓谕众后生。"画的是瓜菜,写的是一段不应遗忘的历史。

《雀儿图》在一曲彩枝上画了五个顾盼生情的小雀,宛如五只可爱的精灵或者五个芭蕾舞演员,以一轮明月缀以几点星星为背景,着实可人。但其题词却将人带进历史的沉思:"当年击鼓又敲盆,往事如烟却惊魂。盼得春来花似锦,七彩美梦可成真?"在所谓"大除四害"的运动中,麻雀被误判为"四害"之一,举国击鼓又敲盆,限时而歼灭之,弄得人不得安宁,鸟亦不得安宁,破坏了生态平衡,多年以后方给麻雀平反,人们去忙自己的活计,不干此"鸟事"了,才有此"盼得春来花似锦,七彩美梦可成真"的雀乐图,这难道不是一出发人深思的好戏吗?

《戏赠董健教授》画的是一幅彩墨丝瓜,题云:"亦城亦乡一小楼,芸室窗外绿意稠。才叹草盛豆苗少,未知丝瓜已碰头。"其戏剧场面,董健先生在《闲情稿存序》有记叙:"记得是在1998年(戊寅)的夏末秋初,位东兄过访寒舍。那时我住在北京西路9号的一个小院里。虽然那幢建于上世纪30年代的小楼已很破旧,但满目葱翠的庭院和爬满青藤的小楼,氤氲着浓浓的绿意,溢出一缕叫我想起童年的泥土气,尤其是我亲手栽种的花花草草和丝瓜扁豆之类,更使我在城市的浮躁、喧嚣中偷得片刻的闲暇和宁静。那天苏兄一进院内,就幽默地说了一句:'嘿,城市里的乡村!可惜经营不善,杂草太多。'孰知,一两个月后,他就赠我《题丝瓜图》。"如今那小院已被高楼大厦占领了。董先生搬家后更珍惜这幅《题丝瓜图》,将之镶嵌在紫檀木镜框里,因为昔日小院"亦城亦乡"的"绿意"只能在苏公诗画中去领略了。不妨说这是则"城南旧事"。苏诗(画)董文,唤起的不仅是人们的怀旧情结,更警示着人们新城建设未必非要将我们的家园弄得面目全非,让生活在其中的人们不识庐山真面目不可!如此说来,苏公此画竟成了一幕现代剧:《绝对信号》。

苏公曾号称醉翁,酒杯常与砚为伴,飘逸笔墨间有酒香。他"不进寺院也入禅",难怪一脸佛相。然观其画册首页俯首挥毫作书之形象,活脱脱如熊秉明刀笔所雕的那头牛的造像,我知其虽渴望入禅,其实总难放下那力鼎万钧的担当。

2010年1月26日于南京清江花苑

# 中国当代甲骨文书法第一人

迟笑先生有着浓烈的甲骨情结。他深知甲骨文虽到19世纪末才在河南安阳出土，被重新发现，但它是三千多年前殷商时代契刻在龟甲兽骨上的卜辞与记事文字，自成体系，乃汉字之"鼻祖"。它与巴比伦泥板文字、古埃及纸草文字、美洲玛雅文字，并称世界自源性四大古文字，然其他三种早已失传，唯甲骨文不仅基因延续于现今通用的汉字，而且其自身仍是取之不尽的史料资源与艺术资源。以审美眼光视之，甲骨文字"古老深奥，美丽可爱。用它书写牛羊犬马，鲜活感人；飞禽展翅，栩栩如生；书写人志，形象生动；勇士格斗，惟妙惟肖；书写景物，日月风云，山水草木，似诗如画。天地人和，古今相通，艺术魅力，天趣自成"。

基于此，迟笑先生对甲骨文之研究与传播可谓不遗余力。作为中国"甲骨三要地"之一的南京（其他两个为安阳、北京）之领军人物，他策划并主持了甲骨艺术国际会议、中外甲骨文书法系列展览，推动出版普及型甲骨图书与刊物，收藏海内外甲骨书法作品，并参与了众多的公益活动。2009年初联合国总部举办的中国甲骨文书法展，乃1899年甲骨文被发现以来之首创，其固得天时人和之助，而实为先生酝酿、策划、努力七年之"圆梦之旅"。先生志存高远，为甲骨文获得永久的历史地位，这些年其为"甲骨申遗"与甲骨文博物馆建设奔走呼号。

他历时四年（2007—2010）撰写的名文《"甲骨申遗"争朝夕》，即为历史见证。世称先生为当代中国甲骨文书法、研究、传播之功臣，先生则避之唯恐不及。先生有斋曰"无为"，正见先生以无为心态从事有为事业。

2009年春节后，先生从纽约归来，即赠我《联合国中国甲骨文书法展》画册与甲骨文书法作品，令我惊喜不已，如临现场，目睹盛况。此即我与先生结缘之始。

观赏先生的甲骨文书法作品，堪称美的享受。"圆梦"是其代表作，甲骨文"圆梦"二字用笔如刀，且凿且削，笔笔见功，若钢筋铁骨，既厚重苍劲又富有立体感，配以圆润飘逸的释文，确实如诗似画，煞是养眼。其十二生肖甲骨文"戊辰"龙年邮票，更是惟妙惟肖，栩栩如生而富有童趣，因以中国民俗元素传递着吉祥喜庆而饮誉中外。先生赠的是仲甫先贤所喜之名联："美酒饮到微醉处，好花看在半开时。"写得妙趣横生。此联为我所主持的《迟到的纪念》与《钟情独秀》书画展平添异彩。

作为象形文字的甲骨文，本无定规，如龙、凤、龟、鱼等字就有五六种写法，羊字竟有四十多种写法。其在实用（占卜）时代并无书法概念，只是出于对神灵的敬畏，契刻得尽可能像样点。1899年被发现，其史料价值与审美价值才令人刮目相看。审美价值吸引书家追摹，于是有了甲骨文书法。甲骨文书法自然也是多元共存，作为甲骨文书法先驱之"甲骨四堂"也是各有个性，雪堂（罗振玉）之苍劲、观堂（王国维）之原生态、彦堂（董作宾）之飘逸、鼎堂（郭沫若）之野趣，各得其所。四堂的艺术实践告诉我们，所谓甲骨文书法是甲骨文元素与书法艺术的融合。其首先是书法，然后才配称甲骨文书法；在将甲骨文元素艺术化的过程中，书者的甲骨文与书法艺术之功底并重。就学者而言则侧重前者，而四堂之甲骨文书法则为其研究之余事或余趣；就书法家而言，则后者更为重要。迟笑先生无疑首先是书法家，其次才是甲骨文书法家。

先生早年师法柳、颜、欧、赵，中年主攻二王，千锤百炼，心摹手追，将王羲之120帖尽收囊中，将其严肃与飘逸、情趣与理智、法度与自由，灵动而辩证地再现笔底。这就是《王羲之传世法帖迟笑临本集》（西泠印社出版社2009年宣纸线装本）所显现的大功力与大功夫。

《千字文》是历代书家之最爱，先生则分别以智永的行草、赵孟頫的章草、于右任的标准草书书之，贯通古今，欲与古今名家竞秀，足见其书艺、视野与志向。三体《千字文》亦即将由西泠印社出版社出版。

我手边还有先生即将出版的硬笔小篆古今诗词。当初李斯改大篆而创小篆，是秦"书同文"的重大工程，李斯以为其可传之久远，他说："吾死后五百三十年，当有一人替吾迹焉。"可未过多久，小篆就被隶书所替代，而退居审美之境。毛笔书写早退出实用之境，钢笔似亦将如此。迟笑先生之钢笔小篆自属审美之域，其释文是欧体行书，相映成趣，则见其书道上溯之径。

当今之生活频率，借用李白诗句云："朝辞白帝彩云间，千里江陵一日还。两岸猿声啼不住，轻舟已过万重山。"而先生却耐得住寂寞。其《王羲之传世法帖迟笑临本集》成稿于

1992年，到17年后的2009年才出版；三体千字文成稿于1991年，到近日才谋出版；钢笔小篆古今诗词成稿于1987年，近日才动意出版。与世间那些争着笑、急着笑的人相比，先生确为迟笑者。迟笑者乃有艺术积淀之人也。

先生病目，别号一目轩主。其于书艺亦独具只眼，主张："书法在传统的基础上创新；保持汉字可识性，追求书法的艺术性；艺术展现时代，服务时代。"知而行，他早在20世纪60年代即专注于甲骨文研究与书法，其甲骨文书法终达"既有契刻遗韵，又有笔墨情趣，恣情尚意，以神写形，风彩多姿，高古典型"之艺境，在当代书坛独树一帜。

迟笑先生本名徐自学，他秉性坚毅却以无为处事，气质高昂却低调做人，待人总是笑容可掬。与先生交如沐春风，不觉而受感染。

与先生结缘，是我移居秦淮河畔清江花苑之幸事。清江花苑园中有园，他居绿茵园，我住碧波园，散步或拿报纸都能碰到，有时相伴而行，有时驻足而谈，偶也登门谭艺，其乐融融。而今我又要他迁，不免怅怅若有所失。

东坡有诗云："吾虽不善书，晓书莫若我。若能通其意，尝谓不学可。"我既不善书也不知书，临别匆匆，撰此小文，聊以纪缘而已。

2015年元月31日于秦淮河畔之清江花苑碧波园

# 言恭达：我挽彩虹写国姿

## 一、书法本人文载体

我与言恭达教授结缘于2010年。

那年我策划"迟到的纪念：陈独秀诞辰130周年书画展"（独秀先生诞辰130周年本在2009年，因种种原因那年的活动流产，只得移到次年举办，故曰"迟到的纪念"）。因受独秀先生人格魅力之感召，有识之士提供书画两百多幅，言恭达也书有独秀先生名联："此骨非饥寒所困，一身为人类之桥。"我们商议于10月9日（独秀诞辰）在南京西康路举办首展，邀请省内外政学两界若干名流参加开幕式。事前我提议请书法家言恭达参与剪彩，朋友们担心请不动，我说试试吧。于是我冒昧拨通了言教授的手机，说明来意。他说刚从纽约回来，很累。我开玩笑说，你累我理解，但你毕竟是坐飞机不是开飞机呀。他不再推辞。我说，你同意来，仲甫先生肯定高兴，但我有三点说明：一、我们是穷会没有出场费。二、我是无车族没车接你。三、会议只备有简餐，无像样的接待。穷人办会只得把丑话讲到头里（朋友责我说话太直）。或许欣赏我的直率，他竟痛快地答应了。开幕式他提前到会，剪过彩巡览一遍从容而退，给朋友们留下极美好的印象,大家盛赞言教授果然富有人文精神。

2013年圣诞,南京财经大学的朋友为我即将退休举办了一个告别仪式——"钟情独秀——石钟扬教授及师友书画联展"。展标是恭达教授所书。那天我与朋友一起到梦都大街他的工作室去取,见到令人难忘的一幕。有位僧人拿了几捆百元大票来求字,竟空手而去。僧人走后,朋友问言教授:"为什么不给他写?"言恭达儒雅地笑笑说:"艺术家不能见钱就写啊!"见朋友不解,他解释:"这僧人是打着庙里名义来买字,想便宜点,出去卖高价。寺庙真要字,住持来我分文不取。"朋友立即点赞:"都传书法家见钱眼开,原来你见钱不要。那么一摞,我目测不止十万元吧!"言恭达挥挥手,说:"君子爱财,取之有道。石教授要字,我也分文不取。"实令我感动。他后来为我之《文人陈独秀》《江上几峰青》等题签题字,都是痛快地一诺即书。够朋友,毫无名家的架子。举止言谈洋溢着人文精神。

人文精神是艺术家的灵魂。受人文精神的驱动,言恭达不仅致力于书法创作积极参展,更向四方布道,传播书法理念;他的书法展览不仅在国内遍地开花,还走向世界,让中国书法环球行;他视慈善为一种情怀,以自己劳动所得慨然向灾区向学校捐款,尤其是设立"言恭达艺术文化基金"惠及后代。他用自己的行为谱写着人文精神的诗章。柳公权有云:"用笔在心,心正则笔正。"书法本人文载体,人文精神是其艺术创作之前提与保证。

## 二、写我国姿多壮观

当然,艺术家的生命驻扎在他的作品里。

言恭达视书法作品为书家"心灵的迹化、气质的彰显、审美的传递、学养的标示"。《抱云堂艺思录》是其艺术自白,内容极为丰富。相对而言,我更欣赏他的审美宣言:我挽彩虹写国姿。

言恭达书擅众体,金石丹青都有拿手好戏。最令我震撼的是他的大草长卷,我虽无缘亲临其大草长卷展览之现场,却有幸得其所赠大型画册,可以足不出户而近观细赏之,不亦乐乎!

展示在我案头的是其《我的中国心:何振梁在莫斯科申办第二十九届奥运会的陈述演讲》长卷画册。北京奥运会在中国是百年一遇的盛事,何振梁的陈述演讲是申奥的历史文献,言氏长卷则是对这一历史文献完美的艺术诠释。我通览细读多次,驱神与物游,期豁然贯通。遥借孙过庭《书谱》"观夫悬针垂露之异,奔雷坠石之奇,鸿飞兽骇之姿,鸾舞蛇惊之态,绝岸颓峰之势,临危据槁之形;或重若崩云,或轻如蝉翼;导之则泉注,顿之则山安;纤纤乎似初月之出天涯,落落乎犹众星之列河汉;同自然之妙有,非力运之能成"赞之,庶几近之,然毕竟隔了一层。

冥冥之中,我从言恭达《我的中国心》大草长卷中读出了北京奥运会开幕式的形象,或者说此书此卷与彼歌彼舞在我脑海重重叠映了。

《我的中国心》长卷与奥运开幕式中的《文字》,将汉字的魅力发挥到了极致。汉字化天地万物于形象，化形象于符号，以形见意，包罗万象。《文字》以897块活版印刷字舞动变换出不同形体的"和"字，表现出中华民族崇尚"中和之美"的人文理念，诠释出奥林匹克精神。言氏长卷龙飞凤舞，墨含五彩，犹如奥运五环在无序而又有序地狂飞着。诚如宗白华所说："中国乐教失传，诗人不能弦歌，乃将心灵的情韵表现于书法、画法。书法尤为代替音乐的抽象艺术。"《文字》逐着音乐旋律而舞动，言氏长卷则每个字是一个特殊的音符，连贯起来则为可吟可唱的五线谱，一个长卷组成纸上音乐，竟成人们耳熟能详的歌谣：《我的中国心》。

《我的中国心》长卷与奥运开幕式中的太极拳一样，显现了最中国的舞蹈美。书法与"东方芭蕾"太极拳都是人类文明史上独特的美学精品，而两者在哲学精神层次上是相通的。"太极者，无极而生，动静之机、阴阳之母也。动之则分，静之则合，无过不及，随曲就伸。人刚我柔谓之走，我顺人背谓之粘。动急则急应，动缓则缓随，虽变化万端，而理为一贯。"这是《太极拳经》，又何尝不是《书谱》！只是孙过庭《书谱》对大草运行规律的描述似未达此境界，而《太极拳经》似预设了言氏大草形态。历史的巧合令人讶异而惊喜。太极拳有周期性引导动作，书法如诗有眼，其亦有字眼，往往以换墨为单元节奏，带动线条纵横腾挪，波浪式涌荡，呈现出舞蹈美，此乃纸上芭蕾、纸上太极，其舞蹈美在于变动开合中，以不平衡求平衡，而终臻于天人合一的和谐之境。

言氏长卷与奥运开幕式中国画长卷（长147米，宽22米）一样，笔染墨润，将中国书画写意之美发挥得淋漓酣畅。写意将物象元素与审美感受融入笔墨创作，在似与不似之间以变形了的笔墨语言表现出来，是为心画。其既承载着文化密码，又充盈着生命情怀，这就是中国书画写意传统之现代化抒写，豪放自如，呈大美气象。

从2008年创作《我的中国心》（17米）开始，言恭达一发不可收，2010年为上海第41届世界博览会创作《城市让生活更美好》（25米），2011年为美国夏威夷大学APEC文化论坛创作《世纪脊梁——推动百年中国历史进程人物诗抄》（41米），2012年为伦敦第30届奥林匹克运动会世界美术大会创作《体育颂——顾拜旦散文诗》（17米）……共书写了八个大草长卷，长数百米，堪称中国书法史上的《清明上河图》，也可能打破了吉尼斯世界纪录。

至此，言氏长卷已构成一个文化现象或品牌。他"写国姿"——描绘国家形象，讲好中国故事，越写越老辣越豪迈，已臻佳境。相对而言我更看重的是《我的中国心》长卷作为艺术经典在中国书法史上的两大创新意义。

其一，高扬中国书法的当代意识。当代书家多书唐诗宋词，甚至是永远的"朝辞白帝"或"白日依山"，那些烂熟于心的名篇写来易得心应手，也不乏佳作，终易审美疲惫。言恭达则另辟蹊径，将强烈的当代意识注入书法，当代人写当代事，以大手笔写大史实，让最古老最传统的中国书法艺术焕发出最现代的光泽。虽可能有九斤老太讥之为趋时，其实"文章合为时而著，歌诗合为事而作"，书法亦然。王羲之的《兰亭序》、颜真卿的《祭侄文》、苏东坡的《黄州寒食诗》,哪个不是彼时当代意识的结晶?当代书法已从实用之地转到审美之域,如何在当代文明建设中有所作为,实值得所有书家深思。因而,言恭达的探索精神值得称道。

其二,大胆地以白话入书。此其当代意识的另一可贵尝试。书忌重复,诗词与文言本少重复,宜于书法。而言书《我的中国心》近四百字,其中"我""的""中国""奥林匹克"等字样多所重复,重复率达30%,其书写难度远过《兰亭序》(重复率10%,其中"之"字重复20次,写得各不相同,备受后人赞叹),言氏长卷书写大篇白话文,一空依傍,将轻车熟路的书法艺术彻底陌生化,更有赖于书家即兴发挥与艺术功底相结合而将之艺术化,其难度超乎想象。然艺术就是需要克服困难,言恭达迎难而上,创造出了艺术精品。此在中国书法史上的意义,或近乎五四时代胡适白话诗的尝试。

## 三、我挽彩虹见变法

"我挽彩虹写国姿",是何等豪气!言氏大草长卷"一幅作品能成为一个展览,成为一个文化事件,成为一个书法事件"(李一语),是何等壮观!当代书坛难寻出其右者。

那么言氏长卷是怎么完成的?

韩愈曾这样描述其同时代的张旭之草书创作状态:"喜怒窘穷,忧悲、愉佚、怨恨、思慕、酣醉、无聊、不平,有动于心,必于草书焉发之。观于物,见山水崖谷、鸟兽虫鱼、草木之花实,日月列星、风雨水火、雷霆霹雳、歌舞战斗、天地万物之变,可喜可愕,一寓于书。故旭之书,变动犹鬼神,不可端倪。"而言恭达为江南才子,无张旭之狂态。

言恭达有云:"我将每一次的长卷创作都当作一种历练,每一次历练都是创作主体的一种提升。"

一幅长达十几米或几十米的长卷要写多长时间?不断有朋友提此类问题。他肯定地回答:"一天完成。"这让朋友惊讶不已,甚至惊疑:"怎么可能?"殊不知长卷之创作必须一气呵成,若写写停停甚至隔日隔夜,其气势就不顺,一篇之中用笔用墨乃至风格就难以统一,那就只会沦为败笔,难成佳制。所以长卷创作对书家既是艺术挑战也是精气神乃至体力的全面挑战,非常人可胜任(人书俱老的大家如林散之也从无长卷之作,非不能,精力不支也)。

当然,并非你能书且有力就可作长卷。关键在于你如何"挽得彩虹"?

这里有时代风尚的激荡,有文化传统(尤其是江南文化与书法传统)的熏陶,更有书画大家沙曼翁、宋文治之润泽。得天时地利人和之赐,言恭达将自己历练成书坛太白(言与沈鹏乃当代书坛少数几个能诗者,言诗亦有太白风)。他有《太白碑林》诗云:"诗碑铭颂谪仙豪,揽月扪星壮九霄。"恰写其心。言君虽无张旭之癫狂,却有太白之豪迈。

他以太白之豪气,"笔参造化自风流",于是力挽彩虹,挥洒自如。人们对言书好评如潮,似乎认为其大草长卷创作乃水到渠成之势,而对其水到渠成的过程关注不够。

言恭达书法始于篆次于隶终成草，也就是说他数十年致力篆、隶书法，已蔚为大家（他乃中国书协篆书领班）。至花甲而变法（他2008年写《我的中国心》时正届60），以篆法入草，故其线条质地高（非如某些以草求草者，线条如败絮，成篇如乱码，徒以丑示人。有人片面追求书法艺术的抽象化，若无底线地抽象化，皮之不存，毛将焉附，丧失了"象"就只剩"抽"了，那还有书法吗）。陈方既老先生行家说行话，他称言"以篆书裹锋笔法和简书率意笔法入草，堪称得中锋运笔画沙之妙"。书法乃线的艺术，言氏以篆入草，将二王的古雅和厚重、张旭的恣肆与纵放、怀素的畅逸与迅疾，再造为富有个性的线条，厚重而圆润，凝练而奔放，从而成为"有意味的形式"、有生命的笔墨。线条是书法的第一生命线，它尚不是书法，只有线条遵循美的创造规律，腾挪旋转，构成纸上的音乐舞蹈，可抒情可表意，才能成为书法作品。言氏长卷令"业内的不用看落款署名，甚至看背面，看一线条就知道是言先生的作品"（刘洪彪语）。当代书家多停留在学什么体像什么体的境界，能自成一体者寥如晨星。而"言体"庶几得之，能让人一眼认出，甚为了不起。

已成篆书大家的言恭达到花甲变法，以大草写长卷，不仅是对中国当代书坛的挑战，更是对自己的挑战。艺术史上的成功者多为勇于挑战者。言公勇也，故能力挽彩虹，墨演五彩，写我国姿。《我的中国心》等长卷是其花甲变法的辉煌成果。

## 四、书法史上有定位

言恭达身边不乏鲜花与掌声,"大家""大师""王者"之类桂冠,有作家学者毫不吝啬地奉送给他。

好在言恭达是难得的清醒者,他深知:"当下书坛存在着种种不尽如人意的地方:心态的浮躁、艺术的浮华、评论的浮浅、交流的浮面、艺术时尚鼓噪、创作精神平庸、经典书道异化、核心价值颠倒。"凡此种种,他多有呼吁,希望净化、强健中国书坛,用心不可谓不良苦。

言恭达近年又改换面貌,以隶书写长卷,如其所书《栖霞山赋》亦为佳制。隶书写长卷须笔笔到位,不能如大草那样挥洒,其劳作程度当超大草。这里传递了一个信息,意味着言公年过七十,书风又将大变。往何处变呢?沈曾植有云:"楷之生动多取于行,篆之生动多取于隶。隶者,篆之行也。""篆参隶势而姿生,隶参楷式而姿生,此通乎古今以为变也。篆参楷势而质古,隶参篆势而质古,此通乎古今以为变也。故夫物相杂而文生,物相兼而数赜。"此显示了书法艺术各书体间相克相生、兼济出新的规律。言恭达以篆入草已创胜绩,那么其七十后或将再次变法,在多体杂陈中创造新的奇迹。艺无止境,没有最佳,只有更佳。如奥林匹克精神,追求更高更强。我期待着。

虎踞龙蟠的南京书道大盛,胡小石、林散之或可称中国现代书法史之半壁江山。有胡、林两位导夫先路,相信言恭达能在中国当代书法史上找到自己的定位。

我与言恭达不紧不慢交往了十个春秋,早就想对其书法写点读后感，奈何我只是书法爱好者，书法美学理论根底不深，怕说外行话贻笑大方。庚子年又尽，时不我待，不计工拙，就写了此篇，就正于大方之家及言恭达教授。

2021 年元月 20 日（庚子腊八）指书[①] 于仙林大学城

---

① 指书，用手指在手机上写成。

# 梦断蓝桥五十年

## 一、问梦

一个偶然的机缘，我见到了《潘成诗联集评》的有关资料。"潘"是美国中华楹联学会会长、美籍华人潘力生先生；"成"是新近旅美的湘籍女诗人成应求女士，潘先生的新婚妻子。先生是楹联高手、书法名家，每得一联，女士辄以诗词相配，夫唱妇随，心心相印，珠联璧合。二位婚前婚后数载之内，切磋酬唱，得诗联千余套。今由美国中华楹联学会选集，遍邀海内名家参与点评，而后付梓。

著名学者霍松林先生欣然为这本书作序，序云：

> 因思诗联配套，实属创格；诗联出夫妇之手而俱臻绝诣，不独古今未有，后世亦难嗣响。况夫身处美洲富丽之区，神驰华夏腾飞之景，振藻扬葩，牢宠百态，而富民强国之宏愿、继往开来之激情，则一以贯之，尤足以端趋向而启后昆，岂取青媲白、徒事体靡者可得同年而语哉！

至此，读者或许会猜测：要么潘、成曾是一对古典浪漫主义式的夫妇，诗联合璧是他们青春浪漫的写照；要么成女士是位年轻姝丽，那诗联是这对老夫少妇之浪漫曲中的乐章……

其实不然，潘、成二位是1987年于美国纽约结为连理的新婚夫妇，成婚那年新郎倌七十有六，新娘亦七十有三矣。乍闻仿佛是《封神演义》中姜子牙式的神话，然这确是人间真事。

潘、成二位何以至如此高龄才得以完婚？这迟到的婚姻中该有着何种曲曲折折呢？带着种种疑问我驰书纽约，询之于二老。不多日我就收到潘老的来信。来信将我的思路带到了五十多年前他们所营构的梦境之中。

## 二、诗梦

应求出身湖南宁乡成氏世家，若祖若父皆耽文史。她幼承家学，酷爱诗文。1933年秋，应求以一篇令教授们大为惊叹的骈文，由高二破格录取为国立湖南大学文学系新生。当时文学系由诗界名流宗子威先生主持，一时酬唱成风，应求崭露头角，宗先生对她也格外青睐，称之为"女中曹子建"。应求与同窗八人合刊《九子诗钞》，在校园广为传诵。应求未足十八，正豆蔻年华更兼天生丽质，同窗皆谓之为"校花"。如此这般才貌双全的少女，只一心遨游在诗书王国里，不免让追求者们叫苦不迭。

也许就是缘分。一个深秋的傍晚，应求独自漫步在校园的林荫道上，正忘神地吟诵自填的一首新词。沉醉在诗境中的她，不意与一个年轻学子迎面相撞，她猛地从诗境中醒来，一声羞怯怯的"对不起"未说完，竟被眼前这英俊潇洒的年轻人所吸引。应求从未这么认真地正视过一位男性，更不用说一位陌生的男性。此时，不觉有两朵红云飞上了她的双颊。

这位年轻人就是潘力生。他是以名列榜首的优异成绩进入湖大商学系的，年方二十，身材修长，风度翩翩。商学系与文学系同属文学院，但力生平日只风闻应求的芳名，从未见过面。当知道在这富有诗情画意的环境中所遇到的美丽而温柔的姑娘就是应求时，他有着说不出的惊喜。

他们漫长的爱情生涯从此拉开了序幕。

力生虽为农家子弟，但由于其大父的熏陶，从小热爱书法与文学。当年他家穷得连置办纸笔都不易，他却常于耕牧之暇，折枝为笔，以地为纸，勾勒点画，不数年居然名噪一方。因而他虽就学商科，却颇有文学根基与灵感，如今有应求爱情的激发，他的诗情更一发不可收拾，自然也成了那校园文学圈里的一员健将。他俩相见日多，诗由情生，情因诗发，以诗为媒，默许终生。多少年后有友人作文记叙他们当年情景，仍那么感人：

> 岳山之麓，湖水之滨，爱晚亭前，赫曦台畔。芸窗共读，同听夜雨鸡声；柳岸偕游，互羡春波鸳侣。回廊曲槛，倩影翩翩；美景良辰，柔情脉脉。

## 三、惊梦

同窗四年，瞬息即逝。1937年力生以全院第一名毕业，留任商学系助教，应求亦以优秀成绩毕业。炽热的爱火越燃越旺，于是这对情人相约，共赴宁乡，拜见应求父母，求其许婚。

成家坐落在荷叶塘青山绿水之间，美丽宁静中，不失有一种神秘感。曾任南京卫戍司令部参谋，现为一县之长的父亲，不苟言笑，虽彬彬有礼，却神色威严，令人敬畏。母亲虽慈祥，但问长问短中，隐有"家世"之顾虑。一个将门之女、一个农家之子，能配吗？热恋中的少男少女从未想过的问题，如今如此严峻地推到了力生面前，力生显然无力回答。他虽富诗情却怯于言谈，如今虽心潮澎湃，却嗫嚅不言。兼之在父母之侧、众人目下，没有与应求单独商量的机会。他想，万一处理不慎，将会对应求产生不良影响，不如再伺良机了。

回到长沙，力生恨己太懦弱，痛失了良机。他打算相机而行，再诉衷肠，然而，残酷的命运却剥夺了他求婚的机会，因此时战火已逼近湘潭。力生族叔为他在重庆谋得了一份工作，一再催他离湘西走，以避战火。而为了应求，力生也愿出去闯闯，干出一番事业，用自己的聪明才智去填平世俗眼中的鸿沟，去争取爱的权利。

然而，一登上去武汉的列车，力生就如坐针毡：怎能这么不辞而别，一走了之！这样对得起应求吗？他悔恨不已，一到武汉，未出车站，便又挤上了回长沙的列车。应求以百般柔情、万种缠绵迎接力生的归来。在湘江一叶扁舟上，这对情人相依相偎，度过了一个终生难忘的良宵。应求曾有《卜算子》词追忆："记得麓山秋，霜叶红如许，良夜清风月满舟，逸兴遄飞处。"应求毕竟是受新文化浸染过的新女性，她早拿定主意：宁可与父母决裂，也要跟随着心中的白马王子浪迹天涯，当个新时代的卓文君。于是两人商定：力生先去重庆，待安定后再来接应求。

谁知动乱的局势、无情的战火，又给了这对情人当头一棒。

力生到达重庆后，盼星星，盼月亮，却始终未盼来应求的音讯。应求毕业后本在长沙找到了工作，因战局紧张，单位迁往耒阳，她不得不随往。力生托人到耒阳打听，又闻应求已转移他乡。

此后，两人各自颠沛流离，犹如两只被风浪打散的小舟，难以相会。力生先就业重庆，旋转徙上海，奔赴台湾，1955年移居纽约。应求流落湘桂八年，到1949年才回长沙，执教湖南女师。1956年又因受家庭出身之累，身陷冤案，灾连祸接三十年。在这漫长的岁月里，两个恋人天各一方，杳无音讯，只能以心搜寻，默默祈祷……

## 四、寻梦

力生曾企图用时间来冲淡自己对情人的思念，谁知几十年光阴耗尽，这思念反而愈来愈强烈。他多么想回归故土，寻找心中、梦中的恋人应求。

中美关系正常化，为他提供了回国的机会。1985年夏天，他终于登上了从纽约飞往香港的飞机。终于到了香港，他立即转机赴广州；终于到了广州，他立即转机赴长沙；终于到了长沙，他立即千方百计去寻找应求。人海茫茫，何处去寻找那心上的人呢？她还在吗？若在，她该有家了吧，若然我将何为？若不在，我又将何为？老人不知花费了多少时间与精力，拜托了多少亲朋好友，却如大海捞针，毫无消息。正当他仰天长叹、万念俱寂之际，友人送来了一本新近出版的《湖南大学校友通讯录》。他如获至宝，立即翻寻起来，"成应求"这个无比亲切的名字蓦地跳入他的眼帘，他惊喜地呼喊起来："她还活着？她还活着！"

"荷池新村十七号"，老人念了又念，又如当年去求婚时那么激动、那么不安，只不过已没有了当年的拘谨和懦怯。他没叫车，独自一人，在那熟悉的陌生地边走边问，终于找到了——这是一幢两层的破旧楼房，二楼居中的一间斗室，就是应求的栖身之所。他急匆匆地登上吱吱作响的木质楼梯，边爬边喊："成应求，应求，求妹……"应声开门的是一位头发斑白、满面皱纹的老太，一身衣裤洗得发白，却一尘不染。这就是应求？这就是求妹？他简直不敢相信自己的眼睛，又不能不相信自己的眼睛。看，那闪烁着智慧与忠诚的光泽的眼睛不就是求妹的吗？四目对视，伫立良久。

"应求，求妹！"

"你是……啊！力生啊！"

四只手紧紧地握在一起，良久无言。从前，两人常把梦境当成现实；如今，反疑现实是梦境。

"你回来了！"应求哽咽了。

"这么多年你受苦了，我对不起你，求妹。"

"快别说了。"

他们喜极而悲，悲极而喜，悲悲喜喜，喜喜悲悲，岂言语能诉！两位老人此时唯有两双老泪映着两颗破碎而又甜蜜的心。试想五十年朝朝暮暮该是何等痛苦的煎熬，该是何等深刻的期待！如果不是这样，那么，或是应求在苦难中让生命之舟勉强靠一岸屿，力生在那富丽之乡择一女郎为伴；或是作为一介弱女子的应求挺不过几十年炼狱般的磨折，早逝黄泉，即使力生只身坚守到能回归故土之日，也只能如宝玉哭灵，"花落人亡两不知"……可见他们白头重聚而结合是何等之难能，又何等之可贵！

是伟大的人类之爱，给了他们生活的力量、期待的力量、重逢的力量、结合的力量。尤其应求更是历尽劫难。作为一个弱女子，1949年以前她遭过灾，流过浪，上过当。后来在"肃反"运动中，她被打成"历史反革命"，"十年浩劫"中，她成了专政对象，被夺了教鞭。从此，烧锅炉、扫厕所、倒痰盂……成了她的专业，无止无休的斗争、批判，成了她的必修课。如果没有对力生刻骨铭心的爱，没有对寄情言志的诗词的执着追求，她的身心早垮了，哪能奇迹般地活到今天！

## 五、圆梦

也许是聚首带来的好运，1985年，应求的沉冤得以昭雪。从此，他们可以堂堂正正地双飞双宿了。为了共度晚年，力生力劝应求同他定居纽约。应求虽恋故土，却没有理由不随力生同往。但要办好应求的移居手续又谈何容易。力生为了实现自己追求了一辈子的心愿，他决心冲破一切阻力去办好此事。

不过，为了那天长地久的团圆，他们又不能不小别了。谁知一别又是三年。"一日三秋"，三年该有多少个"秋"啊！这三年有相思之苦，亦有鱼雁频传之乐，再也不像从前是断线的风筝了。力生差不多每天都要给应求写信，有的信长达十多页，字里行间，寄托着多少缠绵的相思与慰藉；有的信除上下款，全是空白，意味着千思万念，尽在不言中。作为诗人的应求，更少不了以诗言情，几首寄力生的诗词，至今读来仍感人肺腑：

> 才看牛女渡银河，又见清辉漾碧波。
> 桂子香飘枫欲醉，秋江如画奈愁何！

《秋思·寄外》

皇天不负有心人。1988年深秋的一天，应求终于在北京登上了去纽约的飞机。力生按预约的时间等候在纽约机场出口处。他身穿一套笔挺的黑色西装，系着一条大红色领带，手上捧着一束鲜花，不时用深情的目光仰望长空……北京班机终于盼到了。

"应求，求妹！"力生飞步上前，紧紧抱住应求，应求也紧紧依偎着力生。此时此刻，他们如入无人之境，宛若一对久别重逢的年轻恋人。

应求虽是第一次来到异国他乡，却毫无陌生感，唯一的感觉是，她漂泊无定的生命之舟总算靠了岸，她这个大半辈子的独身者总算有了家。

## 六、释梦

梦断蓝桥五十年，虽天各一方，他们却在诗境中心心相印，在梦境中息息相通。以诗寄情，化情为诗。力生则寻得一种更明快的诗体楹联来写心抒情。他寄给我一副中堂，录的就是他的得意之作：

> 联语随心写，人间翰墨缘。晚晴无限好，笔底五洲烟。
> 笔岂龙蛇走，声惭金玉音。江山凭点缀，万里故园心。

这"翰墨缘""故园心",都可追溯到他俩当年那富有诗情画意的一见钟情。他们的人格,在爱中得到了锤炼,在诗中得到了升华。两颗诗心虽相隔了半个世纪,一旦相逢,立即合二为一。因而老人不仅有蜜月,而且有"蜜年"。清晨,他们脚踏室内自行车,互相竞赛,彼此鼓励。傍晚,他们互相搀扶着,在河畔漫步行吟。饭后,他们共同品茗,谈诗议联,也参加一些力所能及的社会活动。

潘老是美国中华楹联学会会长、四海诗社副社长,成老是四海诗社副秘书长,潘老每得一联,成老就以诗词相配。这些年来,两位老人夜以继日地赶写楹联和诗词,有时一天要工作十几个小时,表现出了空前的创作热情与坚强意志。他们实则是将当年的诗情梦境升华成了《潘成诗联》这部著作;实则是创造了一个文化奇迹,从一个独特的角度证示了中国文化的魅力。

如今潘成诗联已遍及海内外,如潘老为里根写楹联:"功勋雄一代,史迹足千秋。"为邓小平写楹联:"忧乐关天下,安危系一身。"然而最多的是为寺庙和学校所题。他们为寺庙与学校捐资,同给灾区民众捐资一样,不遗余力。他们深知国家兴替,系乎人才,而人才培养,尤需奖励,于是在中国的一些大学和中学设立了奖学金。两位老人还有一个业余爱好,那就是乐于做月下老人,搭桥牵线,成人之美。

潘、成二老虽多经磨难,然诗联多硬语盘空,豪气横溢。不过,相形之下,成诗似更多一份沧桑之感、悲壮之情。如题沈园,潘联为:"冰河铁马荒村梦,春水惊鸿故剑心。"成诗为:"黄藤春酒入离樽,钗凤新词最断魂。是处野田姑恶语,人间恩怨哪堪论。漫劳关陇望中原，终是骑驴入剑门。太白无当豪杰老，艰难世运铸诗魂。家国兴亡系梦魂，龟堂清望日星尊。千秋故里征遗爱，眼底春风绿沈园。"这自然是她更为曲折悲凉的经历使然。潘联飘逸，成诗沉郁，珠联璧合，相得益彰，足以传世。

1994年，二老八旬双庆，潘老有联云："千章欣合唱，八秩庆齐眉。"海内外名家为其诗联评点与祝寿诗文计有六千多篇，亦为文坛盛事。各方人士共祝两位老神仙、一对新夫妇健康长寿，也愿世人都如二老多一副菩萨心肠，让世间充满爱。

1997年夏于安庆

# 乾嘉学派的现代版

这些年，我一直在思索中国古代小说的研究方法问题。拙著《性格的命运——中国古典小说审美论》中有专章谈鲁迅《中国小说史略》之得失，言及中国小说（尤其是小说史）研究之困境：自《史略》问世以来，中国小说史的研究虽有前进，却无突破性的进步，有的大抵只是量的成就，而非质的飞跃。并指出欲在这个领域实现鲁迅的殷切期盼"诚望杰构于来哲也"，当今之计，或许首先要在充分肯定《中国小说史略》伟大功绩的同时，科学地分析其缺陷。知其不足，方能前进。其次要从超越意识走向超越实践，从局部超越走向整体超越。思想上不敢越雷池半步，行动上就只能永远在雷池内徘徊。再次是将鲁迅的史识与胡适的考据结合起来。没有锐利的考据锋芒，史识就成了天马行空；没有明澈的史识关照，考据所得充其量为材料长编。只有将史识与史料有系统地、科学地结合起来，才能实现中国小说（史）研究全方位的推进。复次从大兵团作战走向（或曰回归到）专家治史。大兵团作战固然能收立竿见影之效，然速成之物或多为速朽之物（更不用说其人力物力的浪费了），这样的教训难道还少吗？专家治史不但不排斥吸收他人的营养，乃至全人类文明之精华，更须发挥自己独特的聪明才智乃至运用独特的工作方法（现存中国小说史中唯专家之作稍有生命力）。

其中胡适、鲁迅治学方法之互补，我以为即乾嘉学派现代版之理想状态。胡适的考据学实为乾嘉学派的考据方法与杜威实验主义哲学相结合的产物。胡适的考据不是没有论辩，但相对而言，更以考著称，因而他只有《中国章回小说考证》，而无《中国小说史略》之类的著作，故唐德刚说胡适是"三分洋货，七分传统"。鲁迅虽亦不排斥考据，但受章太炎影响，更长于论辩，因而他只有《中国小说史略》，而无《中国章回小说考证》之类著作（其《古小说钩沉》《小说旧闻钞》《唐宋传奇集》等皆无法与胡适《中国章回小说考证》相比拟）。胡适、鲁迅之小说研究各有偏工，各有特长，只有两者互补，才可称为乾嘉学派之现代版。但中国小说近几十年的研究状况是，考与论两极分化，而且考与论的总体水平又分别逊于胡适与鲁迅（此言并不是否定个别环节与观点的超越）。因而，我才热切地呼吁：将鲁迅的史识与胡适的考据相结合，以求实现中国小说研究的历史性突破。

值此困惑与期待之际，我在中国小说研究探索的行列中见到了青年学者陈益源教授。我先在相关杂志上读到陈益源扎实而别致的中国小说研究文字；继而由朱一玄师牵线，我与陈益源开始了鱼雁往来；接着有缘相晤于20世纪末最后一次国际《金瓶梅》学术讨论会，虽匆匆一晤，他给我留下的热情敦实的印象却是恒久的。陈益源先后赠我四部学术专著：《从〈娇红记〉到〈红楼梦〉》《元明中篇传奇小说研究》《古代小说述论》《小说与艳情》（此外他还有不少民俗学著作，我未见到）。

阅读陈益源这些学术佳制，我有意外的惊喜。首先喜其将田野作业与案头解析之有机结合。当年胡适做小说考证时，是"上穷碧落下黄泉，动手动脚找东西"，这"东西"自然是指小说文本与相关史料。陈益源在做民俗学研究时，则以民间为田野，与时间拔河，抢救第一手材料；在做小说研究时，则以各方图书馆为田野，搜觅一般学者视野之外的文本与史料。对已获的文本与史料，也不满足于整理、汇编，而是于案头反复消化、解释，力求咀嚼出自己的滋味，得出自己独特的结论。

其次是将厚积与薄发有机结合。益源不轻易放过所得文本与史料，但也从不作饥不择食之状，只得一鳞半爪之物就急于动叉动刀。他在老师（陈庆浩、王秋桂）指导下，担任《思无邪汇宝》（即中国古代艳情小说之集大成）的执行编辑，浸淫其间十年之久，确有心得，然后才撰出一本十多万字的《小说与艳情》，力求做到字字有来历、篇篇有新意。其间尤为精彩的是对在历史尘埃中湮没了二百多年的《姑妄言》的研究，堪称发人之所未发、道人之所未道。

再次为考与论的结合。其考则深入到他人未入之域，有所发现，如《型世言》第十七回"与明代史实"、《型世言》第十六回的"写实成分"、《姑妄言素材来源初考》、《丁日昌、齐如山与〈红楼梦〉》。其论则有所发明，道出他人未见之境，如《红楼梦里的同性恋》，初见此题，我眼睛为之一亮，细读之，不能不佩服益源之才气与胆略。"都云作者痴，谁解其中味"，是曹雪芹留下的一诗谶，其解家代不乏人，然真能解其味者，古今又有几人？

再者是学术考察与社会交游的结合。古人云：行千里路，读万卷书。益源则愿做天下人，写天下文。他近些年频频出现在国际学术论坛上，广交学界朋友，吸纳精华，还设计、策划、促成了"中日法合作研究日本汉文小说研究计划""汉喃研究院所藏越南汉文小说及其与中国小说之关系"等研究计划，心态自由，格局开放，使之有条件作大块文章。

还有就是将学术探讨与伦理建构有机地结合起来。益源近年于中国古代艳情小说之研究是下了大力气的，但他从未将之当作猎奇媚俗之物，在严肃的学术探讨中不忘伦理道德之建构。诚如魏子云先生给益源《小说与艳情》所作序言所云"陈益源才情丰饶，其本心则重于伦理，如论及金庸之武侠，所写男女之乱伦者，在评论中，亦有宣之以挞伐意向（见《金庸小说人物的不伦之恋》）"，便已昭示出来，可谓先得我心。

凡此种种，即我所视之"乾嘉学派"之现代版模样。在中国小说研究界具备这种学术品位、学术境界者，远不止益源一人。这正是中国小说研究振兴希望之所在。然益源确为这一群落中的佼佼者，令人刮目相看，更令不才退避三舍。

益源这些年的研究重在明末清初之人情小说。应该说这段历史在鲁迅《中国小说史略》及尔后的各种中国小说史中之描述甚略，林辰先生20世纪80年代初搜索整理的一批才子佳人小说有填补空白之功，益源的研究则于林辰先生的总体建设上，更上了一层楼。因而，我期待益源在此基础，将自己所作的考论，以史的脉络贯串起来，将中国小说史上这一薄弱的环节补写完善。当然，除此之外，年富力强的益源还会建造其他更完善的工程。我翘首以待，谨以鲁迅《中国小说史略》之题辞，转赠益源辈学人：

诚望杰构于来哲也。

2001年春于安庆月伴楼

# 心灯闪耀

# 灯

杨政策是我在宿松中学的隔届校友,我上初中时他高中快毕业了。在校期间无缘相识,只是偶然从地区中学作文竞赛的选本上读到他的一篇散文《灯》。那以小见大的构思、清清朗朗的文字,深深地吸引了我,并暗暗为有这未曾谋面的天才师兄而高兴。

第一次见到政策是在"文化大革命"中。当时宿松城里"武斗"正鏖,我与刘晨等同学结伴到求雨岭(后改名"胜天公社")避难。没想到在那里遇见了政策。政策当时在公社粮站上班,有个栖身之地,又是单身,于是他的房间成了我们日夜清谈的安乐窝。他瘦小的身躯上扛着一颗不成比例的大脑袋,永远蓬乱的头发,与永不修饰的胡子上下呼应,唯有浓眉下一对小眼睛在透着灵气,是想象中的普希金或鲁迅的造型。政策天生一副诗人气质,他不大说话,捧着杆旱烟,永远笑眯眯地听我们"穷聊",偶尔一开口,宛若那幽幽的煤油灯光,立即点亮了我们的话题。这让我想起他那篇佳作《灯》,那幽幽发光的灯,岂不就是政策的化身?

1968年秋天,随着知青"上山下乡"大潮,我回到家乡务农。当初回乡真不知未来怎么过,十年寒窗终成农民,当"地球修理工",实于心不甘,可不甘又能如何?万般郁闷中,唯有千方百计找书消遣,找人倾诉。那时找可阅读的书难,找可倾诉的人更难，好在不久政策被调到复兴镇木材公司上班，他的小屋，真的成了我的精神避难所。只要天公作美（下雨）不用出工，或需要到公社开什么会，我都会拐到他的小屋，作漫无边际的"穷聊"。也是从那时起，我才发现，原来语言是能养人的。我们谈天谈地谈情谈爱，更多的话题还是文学。偶尔弄杯小酒，两人"咪嘻"，既不贪杯也不礼让，率性而饮，其乐融融。时而忘记了苦恼，忘记了无奈；时而勾起了更深的苦恼、更深的无奈。

最令我感动的是1970年7月，我的恋爱出现了危机，政策怕我难过，便选了个礼拜天，邀家林一起，陪我到九江去散散心。那天晚上明月当空，我们三人买了瓶廉价的白酒，坐在浔阳湖畔的一个亭子上喝得半醺。归来后，我将此情此景填进了《念奴娇》：

> 浔阳湖畔，听梧桐秋声，潜入心底。笑指三国练兵地，只剩一厢残迹。斜阳晖冷，暮云色寒，惊起孤雁啼。粉红墙外，烟波远逝柳堤。　　人生路，峥嵘起，荆棘丛中也有人足迹。何当平垒酬壮志，不枉萤囊雪里？万感交集，千杯不醉，良俦共相携。白月冰水，凭空惹人神凝。

这多少反映了我当时的心态，或许也可见证那个时代部分知青的心态。它曾在一些相知的知青中流传过。政策高看这首所谓词作，多少年来他时时念诵在口。前几年他已躺在病榻，舌头已不大听调了，我寒假归省去看他，他还用沙哑的声音一字不漏地念诵给我听，让我又感动又心酸。回到南京，我连夜找了张宣纸，挥毫写成条幅，装裱带给他留作纪念。那段时间，政策几乎成了我的精神依靠。其实他也很苦，父母早亡，从小与祖母相依为命。为照顾祖母，他放弃了上大学的机会。他心灵敏感，交际木讷，有过倾心之恋，终成幻影，也是个不快乐的大龄男子，却百般呵护我这个落魄的新式农民，总是以幽幽的平等交流来抚慰我的心灵。1970年的年底，他突然调离了复兴，调到宿松最西部的陈汉山沟里去了。复兴镇离我家（老岸村）只四五里，步行半个小时可到。下乡第二年，我用自己的血汗钱托张芳桂设法买了辆自行车（彼时买啥都要凭票，自行车尤为稀罕），要见政策更是转身即到。而老岸离陈汉有一百五十多里，却无班车相通，这令我震惊。12月22日，我连夜写了首白话诗《灯》送他，庆幸"我们常相互拨亮心深里的灯"，遗憾"生活的巨手，移走了一盏灯"，期待别离后"相辉相映，如同两盏永不熄灭的灯"。

从此，我们开始了通信联系。第二年，我招工到了宿松银行，除政策偶尔回城看望祖母（他家在县城南门街上）时我们能见面，平日主要靠通信交流。到1973年，我去安大读书，我们通信就更勤了。读政策的信，如同听他说话，是一种享受，淳朴中透着深情，木讷中透着机灵，善解人意又不失幽默感，甚至比他说话更有魅力。不知从何时起，我们拥有了电话，就中断了通信，如今想来甚为可惜。政策的信，封封都是情真意切的散文，任选一篇都可能是中国尺牍史上的精品，我早将它们装订成册。每当夜深人静，我疲惫了，就拿出来清玩，聊以醒神。无论是充满谎言的"文化大革命"时代，还是今天这"无信时代"，它都是一种精神奢侈品。

1973年9月16日，政策收到我寄自安大的首封书信。为赶邮班，让我第一时间见到回信，他匆匆作复。虽有一二错别字，今天读来，仍然那么感人，兹录于斯。

钟扬：

是永恒的情人，应该一刻也不可分离，十二日晨，我无可奈何地望着那开往合肥的客车无情地跑了，车上的你一定能够体谅我的心思。

去吧！我愿你远走高飞，鹏程万里。

钟扬，在别离以后，不要悲伤吧，应把它化作动力。大学不是你曾经梦寐以求的吗？尽管学生的生活是磨刀石，是疆场，但是我想你定会磨成锋利的剑，战成无畏的勇士。五更寒一定会过去的，初升的太阳也将一定出现在眼前。艰苦的生活是我们共同的。正如你所说："人不在一起，心还是一起。"让我们的心永恒地以同一个频率跳动吧！

你的三位老人在家，我会尽量去看看。因为我知道你长时间不在家，老人们是忧闷的。小何十三日回去了，怎样拨动她家里的那一关，我实在为难。这一点你是知道的。往后有情况发展，我会告诉你的。

致礼

政策 9.16

信中有很多只有几个相知的朋友能懂的故事。我们当时都处在恋爱的枯水季节，政策尤其成了"老大难"。小何正与他相恋，她的家人在作难，以政策的木讷，没有朋友的鼎力相助，他能否与小何成百年之好，实在令人捏一把汗。刚才存明还来短信说："还记得吗？我俩骑自行车把何水枝带去陈汉，撮合他们组合成。"又说："那天去陈汉，风特别大，走路走不上步，我俩硬是把何带去带回。"我已记不清有此情节。我们当时确有侠胆义肠，一方有难，八方支援。但我没有存明"牛实"，体力不支，虽曾有踩单车去黄梅县城连看两场《卖花姑娘》又返回赶第二天上班的壮举，但从宿松县城到陈汉山沟有五十多里山路，单骑都费劲，我能带人上山么？扪心自问，我怀疑自己的实力。

这些仿佛是发生在昨天的故事啊！可是就是昨天下午，存明在电话中告诉我，政策走了。我真不知道说什么好。小何接过电话说："钟扬，我真舍不得他走啊！"我语无伦次地劝她节哀，她很镇定地告诉我，政策是9月30日走的，走前还吃了一碗面，临走虽说不出话却非常清醒，他用笔写字，要她不要太悲伤，好好料理这个家。政策从来就病歪歪的，前些年退休后更是疾病缠身，去年已转成重症。他多年来一直生活在磨难中，但我每次寒假去看他，他总是幽幽地仿佛说着别人的故事，没把自己的磨难当作一回事，倒是时刻惦记着我们。

我们一班朋友都知道政策能病歪歪地活下来本是个奇迹。但一旦命运的巨手，真的熄灭了这盏生命之灯，正如小何所言，我实在舍不得。

我连夜翻出他当年写给我的信，一封一封地往下读，当年友好相处的情境真像过电影一样浮现在眼前。夜不能寐，于是写了这篇小文，聊作一串花环，献于政策灵前。

安息吧，我的政策！

2008年10月6日灯下

## 天柱山魂

余秋雨在《寂寞天柱山》中感慨："天柱山一直没有一部独立的山志。"好像他才是天柱山美的发现者。若是如此，当然值得称道。但我知道，《寂寞天柱山》首刊于1991年第6期的《收获》杂志，其《文化苦旅》首版于1992年。而乌以风先生的《天柱山志》1984年8月首版于安徽教育出版社。余秋雨是真的没读过，还是视而不见，故作跌宕之笔？其文中所引天柱山故事与天柱史料是否源于乌氏《天柱山志》？我也没详考。我当年在安庆任教时，曾与乌先生比邻而居，目睹这位默默耕耘的老先生恰是耐得住寂寞的大儒，似无须我为之鸣不平。

《天柱山志》的作者乌以风，几乎以毕生精力，历尽艰辛，数易其稿，终于撰成此志。天柱山民有口皆碑，说："天柱山是乌先生的命，乌先生是天柱山的魂。"

乌以风1928年毕业于北京大学哲学系。原治西方哲学，1929年起数十年师从国学大师马一浮，成为名震江淮的儒学家。其诗、书、画皆精，并著有《中国中古时期儒释道三教关系史》《性习论》《李卓吾著述考》《马一浮先生学赞》等学术著作。

这样一个才华横溢的学者，何以与天柱山结缘，以致将整个人格与生命都融入她的怀抱呢？

## 一、首登天柱峰

乌以风首登天柱峰在 1937 年 10 月。当时的乌以风由省立宣城中学校长，转为安庆一中初中部校长。那时一中初中部设在潜山。本来就钟情山水的乌以风，被峻峭的天柱山深深吸引。他朝望天柱雄姿，暮闻天柱传奇，得知天柱主峰危峻奇绝，高不可攀，除少数药农，千古游人登者绝少，从李白到姚鼐等骚人墨客皆只是望峰神游而已。"默然遥相许，欲往心莫遂"（李白），"欲穷源而不得，竟怅望而空归"（王安石）……就是他们寓赞颂于慨叹的歌咏。即使是因游了山谷寺就自号山谷道人，称天柱为"余家潜山"的黄庭坚，也只是"遥看芙蓉峰，削立矫秋色"。这些旧闻佳话，激起了乌以风登峰造极的豪兴。

偶尔结识贺来朝兄弟，使他有缘实现登临天柱绝顶的宏愿。贺氏家族世代有登山绝技，咸丰年间，清军都统李云麟就由贺的祖父相助登上天柱主峰，并勒石刻下了"孤立擎霄"四个大字。但当地口碑与有关记载多作"孤立晴霄"。孰是孰非？一般游客大概无暇过问。然富有求实精神的乌以风，终在贺氏兄弟帮助下冒险登上了天柱绝顶。他 1937 年 10 月有《登天柱峰绝顶记》记其壮游："先由药农一人撑三丈余长竹，两足分抵石壁而上，至能插足处，投一长绳，下二人依次握绳上攀，再用长绳系予腰悬空缒之，如汲水然。其余三人在下作护卫，以防万一。予两手另握一长绳仿药农援攀，两足抵壁向上蠕动。峭壁万仞，无可容足，乃架老松稍息。一绳收尽，复易绳汲之，绳凡四易，约百余丈，更从乱石杂树间猱攀二十余丈，方至绝顶。"

登上绝顶，乌以风首先核准李云麟所镌为"孤立擎霄"，并以红漆标刷一新，辉映云天。乌以风这年 36 岁。

## 二、隐居天柱山

乌以风隐居天柱山，是在他首登天柱绝顶的四年之后。

1938 年日寇侵扰，安庆一中初中部被迫解散。乌以风避寇入蜀，应聘任重庆大学副教授，同时在恩师马一浮的复性书院任典学。然好景不长，1942 年乌以风"惨遭家变"。他妻子本是一贫家女子，在宣城中学读书时付不起学费，乌以风惜她聪明美丽，解囊相助。女方因崇拜他的学识人品，遂以身相许，结为伉俪。这本是个好端端的家庭，不料一个军阀的插足，妻子决定离他而去。乌以风虽潜心儒学，毕竟是个受了新文化熏陶的知识分子，当事态已到无可挽回的地步，他亲自雇了一顶小轿，潇洒地送走了妻子。

真的将妻子送走了，他再也潇洒不起来，甚至于万念俱灰，在陪都再也呆不下去了。他想到了天柱山，想到了曾经捐过资的马祖庵。于是独驾扁舟，乘着月色，东归天柱。回首伤心地，翘望天柱山，乌以风和泪长吟："月出寒云江不迷，江声月色共高低。嘉陵江水峨眉月，水向东流月落西。"

大概怕恩师马一浮阻拦他退隐山泽，乌以风不辞而别。果然，他刚到天柱山，马一浮就有信劝归。乌以风抱愧之余，忍痛不给先生回信，以至先生有诗相慰："买山早是爱山居，世味应同绮障除。马祖庵前松柏下，如何不寄一行书？"

马祖庵在天柱半山腰,为唐代著名禅师马祖道一所创建,明万历皇帝赐封为佛光寺,太平军兴荡为平地,30年代由妙高和尚主持重建。妙高念乌以风在重建山寺中出过力,且博学多才,有意收这落魄书生为弟子,说:"你出家必成大法师。"隐居天柱是乌以风走投无路的痛苦选择,皈依佛门却非所愿,于是他冷冷地答道:"我已无家,还出什么家?"于是,他只得独身住进天柱山房,亲自砍柴料理生活。

此时乌以风自号"忘筌居士",既取"得鱼忘筌"之学理,又借以哀其家变,因其妻名为"筌"。然欲忘其"筌",谈何容易?

## 三、开发天柱山

乌以风毕竟是个事业型的学者,他无法做万念俱寂的隐士。天柱山以她的美景渐渐抚平了乌以风心头的创伤,澄思博览使乌以风更深刻地理解了天柱山景以至天柱精神。

以山论,天柱有奇峰,有怪石,有飞泉。悬崖绝壁,万仞莫测其高深;仙台秘府,百游亦难以究其奥。与中国其他名山相较,自有独特之处。磅礴厚重,巍峙江淮,故雄;峰石巉屼,形态万千,故奇;流泉飞泻,终年潺湲,故灵;烟云缭绕,松竹覆被,故秀。雄、奇、灵、秀四种山格,兼而有之。自秦汉以来,即为中国名山。

这就是乌以风的天柱观。

天柱山在唐宋时期即为道释两教传播最盛之区、文人墨客流连忘返之所,以至兵家必争之地。更值得炫耀的是汉武帝于元封五年（前106）封禅天柱，号曰南岳。然隋文帝志在南疆，始诏定江南衡山为南岳，而废天柱。乌以风认为天柱山从此陷入了"四不幸"的命运：

> 中国名山皆有志，而天柱独无志书，一不幸也。在零星记载之中，又多道听传闻，以讹传讹，间有辨正，亦不过略加疏解，含混其词而已；致天柱形胜，至今无一精确之记录，二不幸也。自南宋末年，元蒙入侵，土豪结寨，天柱山区多次沦于兵火，名山福地，变为草莽，灵殿仙堂，尽成废墟，致远方不敢来游，胜迹为之失传，三不幸也。考诸史乘，爱天柱奇绝而为之吟咏赞叹者，多属异地来游之士；而乡人家居名山，日对烟云，反视为平常，致家宝委弃于尘土，山音不闻于天下，四不幸也。

这里不仅道出了天柱山之所以寂寞的真正原因，更有对美丽事物被弃置的无限感慨。他不甘心过碌碌无为的隐居生活，当务之急就在于从手边的事做起：开发天柱山。

然天柱千峰万壑，怎么开发？

乌以风反复考察，"因念此山自谷口登山二十里，仅佛光寺可供息止，至天柱峰复十五里，皆深山大壑，鸟道陡峻，既无偃息之所，复乏茶酒之供，登陟往还，游人病焉"，因欲在中枢处建立山馆，以便既能揽客又能留客。1945年有桂林张洁斋登临浏览，叹为奇绝。乌以风趁机提出建造方案。得张公欣然倡于前，十方贤达赞于后，筹资定名，并推乌以风主其事。于是他领头诛茅开径，鸠工抢材，未期而成"岳云山馆"，而后又用余资开建由良药坪至拜岳台的2400个台阶。从此游人既有留宿之处，而二三日之间，可以遍赏司元洞岩，观云海，看日出，探怪石，入秘洞，而知此山奥秘。

紧接着他又赞助月海法师重修三祖寺。自1945年4月动工，到1948年12月竣工。重修后的三祖寺万翠稠叠，殿寺交辉，四方来山顶礼瞻拜者，络绎不绝。

中国自古山、寺、学校，三位一体。因而乌以风在筹建山馆、山寺的同时，接受了安庆专员范苑声的邀请，主持景忠私立中学教务。1943年范苑声领衔在天柱山南麓的野人寨建造公墓，纪念176师抗日阵亡将士，为景仰忠烈，教育后代，就近建起景忠中学。军方与地方提供的启动资金有限，开学之后一切开销须自理。野人寨本为贫穷之乡，何况在此战乱之秋，要在这里撑起一所中学，谈何容易。但乌以风想到开启民智，传播文明的种子，才是对天柱山最好的开发，于是毅然担起重担。经他开源节流，惨淡经营，景忠中学竟然办得颇有声色。

为争取省教育厅批准景忠"学籍"，乌以风亲赴省府所在地立煌（金寨）当面陈词。不料教育厅长赏识他的才华，要留他担任主任秘书。为了景忠中学，他在省教育厅主任秘书的位置上干了半年，巧为周旋。1945年5月，景忠中学一经审批注册，他立即辞职，毅然回到学校。1948年起，他兼任安徽大学教授。

## 四、两写天柱山

个人的力量毕竟有限，为让更多的人认识天柱山，开发天柱山，让天柱山真正跻身天下名山之列，乌以风决心写一部翔实的《天柱山志》。

鉴于中国名山旧志，或因袭陈说，或采撷传闻，乌以风长期居于天柱山中或天柱山麓，登山访胜不下百次。岁月既久，则山川方位、峰峦形态、溪谷深浅、草木别类，及有关人物之历史，始豁然有契于心。进而定其疆界，正其称号，明其原委，辨其讹误。进入写作阶段，则志山川不敢杜撰，志人物不敢偏袒，志事迹不敢附会，志物产不敢虚构，志兵戎不敢歪曲，志词章不敢盲从。如此山志，使谋开发可以因时制宜，欲登游可以按图选景，观人物可以借古鉴今，营新建可以随地取材。

自1938年到1953年，历时十五个春秋，乌以风终于写成了这部富有学术价值的《天柱山志》，凡50万字。50年代乌以风执教于安庆师范学校，他将《天柱山志》托付给友人汪植庭刻印，欲广泛征求意见以待交付出版。

然而不等《天柱山志》变成铅字，乌以风就被卷入1957年的那场劫难之中，翌年又被判刑十二年。在囚期间，他在一张张的小纸片上写了两百多首诗，取名"囚隐集"。其间多有对天柱山刻骨铭心的钟爱与怀念。

1969年11月，乌以风被遣返归山。像久别重逢的亲人，乌以风扑入天柱怀抱，百感交集。他有《遣返归山感赋》云：

　　往事灌愁不可追，归车转觉喜生悲。
　　风雷簧鼓多新调，人物存亡问老妻。
　　周粟难求终岁饱，连台犹恨隔云思。
　　关心最是吴塘柳，别后青青发几枝。

吴塘为天柱山入口处，"吴塘晓渡"为潜山十景之一。被遣归山的乌以风悲喜交加，喜者虽仍戴着"管制分子"的帽子，总算可以与天柱山朝夕相伴；悲者归山后得知其呕心沥血著述的《天柱山志》"文化大革命"中被红卫兵付之一炬，这令他心如刀绞。在那段日子里，人们总会看到，每至黄昏，骨瘦如柴的乌以风禅坐在一块大石上，不声不响地翘望着天柱峰。

所幸的是，乌以风在清理劫后书房时，意外地发现撰写《天柱山志》的原始材料还深藏在废纸堆里。他决心重整旗鼓，再修《天柱山志》。于是乌以风以带罪之身，白日劈柴锤石子换米糊口，夜间在陋室挑灯修志。"辟榛应许腰身健，破石谁怜衣袖单"，就是他当时生活的写照。在那极其艰苦的岁月里，乌以风耗尽五年时间，于1974年终于写成《天柱山志》的第二稿。与被毁的第一稿相比，虽卷帙稍减，而文词雅顺，记述精当，有过之而无不及。乌以风视之为生平一大快事，有《重修天柱山志初稿写成书感》云：

　　劫后山图理乱梦，孤灯漏尽始开云。
　　千秋祀典尊南岳，万壑旌旗抗北军。
　　洞府犹存仙佛志，风花精选宋明文。
　　奉书欲叩金门献，只恐天威罪旧闻。

乌以风欲为名山留一信史，供有志开发天柱山的后人参考。但此时他仍心有余悸："只恐天威罪旧闻。"

直到1979年，冤狱平反，乌以风被聘为安庆师院心理学副教授，才于课余从从容容地修订《天柱山志》。同时他被聘为潜山县政府天柱山风景资源考察组顾问。

1981年，乌以风以八十高龄仍携友登上天柱山，他欣喜："衰步登高强几回，孤怀时欲对山开。"他祈望："同人欲待重辉日，再见朝真鹤驾来。"或许是天道酬善，乌以风做了几乎半个世纪的好梦终于变成了现实。1982年11月，国务院批准天柱山为国家重点风景区。天柱山迎来了千年不遇的兴盛期。与之相应的是《天柱山志》也终于1984年8月由安徽教育出版社出版。

《天柱山志》一经出版，立即在学术界引起强烈反响。有学者作评，说："它不仅填补了我国山志中的一个空白，同时也镌刻下了这位执着的开山者的足迹。"有读者来信说："无天柱不见先生之高，无先生不显天柱之美。"但乌以风对之犹感不足，他在该书后记中只言其不足之处：

1. 予在天柱山盘桓之时间虽久，但幽洞秘谷未能探者尚有十之一二，所得资料有欠缺。

2. 天柱山寨遗迹甚多，我所勘察者仅限于山内。若山外诸崖寨，尚待调查，记载并不完备。

3. 解放后，天柱山内外之新建设，如桥梁、水利、道路、物产等以及薛家岗出土文物、黄铺发现之龟化石，因无丰富资料，均未写入。

4. 天柱山地质年代和特点，如气候、城镇、人口、风俗、方言等等，因作者知识浅陋，未能详细考究。

他像天柱山一样虚怀若谷，表现了一个真正学者的高风亮节。

## 五、魂归天柱山

乌以风的晚年是幸福的。1983年他晋升为安庆师院心理学教授,住进了宽敞的教授楼,且有侄孙女梅兰相侍。人虽清瘦却精神矍铄。

出乎人们意料的是,这位别号一峰老人的乌以风,正在被师生当作"南天一柱"来敬仰时,却于1985年秋毅然退出教席,回到他梦魂萦绕的天柱山,回到低矮的"忘筌草堂"。

山居期间,他除偶尔去由当年景忠中学改建的野寨中学给师生讲讲天柱山的历史与开发,多静居在家整理恩师马一浮的遗著与他自己的著述,更多的则是观山自乐。他有《归山寄友》记其山居心境:

流寓何如归去亲,茅庐常与白云邻。
松篁招展舒新翠,鸡犬逢迎似故人。
白发干求君莫笑,奇峰孤峻自多春。
相思难忘盛唐月,两地清辉共一轮。

1988年5月11日,八十高龄的黄镇将军驱车百里,专程登门看望了山居的乌以风。两位老人神交已久,一见如故,谈笑风生。黄镇称赞乌以风说:"老兄虽一生磨难,但建树颇多,可算是当代的徐霞客。"乌以风连呼不敢当,然后恭恭敬敬向黄老献上新出的《天柱山志》,三句话不离天柱山,"请黄老回京后宣传宣传天柱山"。

1989年2月26日,乌以风溘然长逝于天柱山麓忘筌草堂。享年89岁。人们遵从他的遗愿,将他的遗体在三祖寺坐缸火化。

山里山外自发来为这天柱老人送行的队伍延绵数里。沿途山民冒着蒙蒙细雨，摆设香案，祭祀这位为开发天柱山献出了毕生精力与智慧的学者。

乌以风逝世不久，潜山县政府在天柱山腰，在乌以风当年督建的岳云山馆之侧修筑起乌以风墓。至此，乌以风从躯体到灵魂，都安息在天柱山的怀抱，乌以风墓也成了天柱山之一景，供人凭吊。

1998年秋于安庆

# 拙斋杂存

## 一、值苏公发愤之年，抱杜老流离之痛

这是一部素面朝天的诗文钞本（16开），封面正中竖题："拙斋杂存"。寸楷拙而雅。右上方题："民纪三六年秋"。这是汇抄时间，即1947年秋。左下方题："佑德自署"。下有阳文方印："陈佑德印"。这是作者印迹。《自序》之署款让这些信息更清晰：中华民国三十六年九月十八日皖松陈佑德。

也就是说，安徽宿松陈佑德之《拙斋杂存》是1947年10月31日（即民国三十六年九月十八日）编就的，距今已有六十七年了，与我同龄。

我是清明节回宿松获得《拙斋杂存》复印件的。原是想看其字的，《拙斋杂存》以蝇头小楷抄写，确实养眼。我在旅店匆匆读过，第一印象乃一谦谦君子之低调咏叹，诗有宋韵，明白如话。我以短信将此第一印象发给了佑德先生的女儿，我的老同学剑华："诗集基本看完，书艺诗艺俱佳，内容尤为可贵，多为抗战爱国之声。"

从宿松回南京，在灯下细细品读《拙斋杂存》，更深深为之感动。

佑德自叙："余以民国戊寅夏入川，值苏公发愤之年，抱杜老流离之痛，缱怀家国，枨触生平，发为诗歌，聊抒郁结。"

苏公老泉（洵）发愤是他二十七岁的事，佑德则是以二十七岁的年龄，遭受杜甫四五十岁于安史之乱中的"流离之痛"。"戊寅"即1938年，日寇之患甚于安史之乱。四川既是苏洵生命之起点，也是杜甫流离之终点。佑德戊寅夏入川，情不自禁，遥想苏、杜两位文人，恰见其际遇与格调。

## 二、一个书生的抗战史

《拙斋杂存》是按年编排的，60篇诗文，从1938年到1945年（几乎与全面抗战相始终），次第排列，虽无目录与标点，读起来并不费解。

首篇题为"离家口占"，题下注："戊寅阴历五月十三日。"诗云：

> 细雨浣征尘，山川一色新。
> 绝怜游钓地，欲进转逡巡。
> 把手一为别，阿兄送我时。
> 只今各劳燕，肠断路双歧。
> 离家日以远，踽踽客愁生。
> 回首白云在，黯然不胜情。
> 别矣皖山水，萍踪自此浮。
> 春闺休为怨，不是觅封侯。

1938年夏离家何所为？诗人回答：不是觅封侯，而是在国难当头之际外出谋生。然患难中谋生谈何容易？"离家日以远，踽踽客愁生"，乡愁随旅途俱增。"啼鸟悲落花，驱车动客情"（《黄梅道中遇雨》），"回首乡关悬太白，慰情诗酒渡黄昏"（《春日》），即旅人心灵之写照。如此这般，经浔阳，过汉口，望巫峡，渡金沙……则"忽忽西来又一年"。旅途艰辛，仅举《关河道上》即可见：

> 晓起促舆夫，临发殊草草。
>
> 渐觉路欹危，万山相缠绕。
>
> 壁立几千尺，压人势欲倒。
>
> 匆入幽岩中，霎时天地小。
>
> 森森冷气霏，魂魄楝然槁。
>
> 行行峭壁前，俯视江流淼。
>
> 有时云气来，一望殊渺渺。
>
> 有时踏石梯，垂手高树杪。
>
> 不幸一失足，顶踵真莫保。
>
> 吁嗟蜀道难，此语谁不晓。
>
> 猿猴愁攀跻，低徊啼倦鸟。
>
> 今我远方人，胡为来此道？
>
> 岂贪山水奇，骋怀恣探讨？
>
> 回首望江南，忧心直如捣。
>
> 踟蹰复踟蹰，令人颜色老。

经艰难跋涉，到 1939 年底或 1940 年初才投考谋得职业。有《投考驮所后派赴滩头站服务》云：

> 离乱身如不系舟，今朝真个到滩头。

敢为抗建陈绵薄，也算巾车作漫游。

山水有灵供笔墨，乾坤是处足勾留。

一篙在握知珍重，敢向江干狎白鸥。

从诗无法判断他所谋何业，但诗中连用两个"敢"字，可见作者心情已由阴转晴。只是不久即奉调下江，与上首相邻有《彭绍陶君春令赴盐津余亦奉调回叙平明临发各自南北怅然口占》：

君随马鞭争前路，我逐江声往下流。

一步便惊一步远，教人争禁几回头。

有了职业，心灵放晴能多久？其间仍不免有新状况。1941年其有《加班之夜》倾诉为人作嫁之痛：

卖尽痴呆卖尽愁，如今又卖笔杆头。

横行到底怜蝌蚪，拼命何堪作马牛。

归根到底是知识分子之人格底线要坚守。《感怀一首》，道出此番心迹：

古丈夫成名，不假他人力。

洁身自好徒，去取乃有则。

……

譬彼采薇翁，忍受嗟来食？

自力能更生，心安且理得。

《拙斋杂存》记录了作者在整个抗战期间所经历的生离死别与战争灾难。《寄大兄》《寄德弟》《重庆再晤芙妹喜而赋此》等诗记兄弟姐妹之间的"相思不尽愁"。《七夕》《寄怀智珍》《一九四〇年中秋之夜简示智珍》则诉与妻别离之苦："牛郎苦恨银河隔，我比牛郎恨更多。""蜀山皖水两茫茫"，夫妇如此分离三四年，更兼子亡女幼（《悼起儿》），妻子只得与岳母相依为命（岳父亦早丧）。直到1943年，佑德、智珍（凤音）始得团聚。集中唯一长文《祭岳母张母传老夫人文》记载："前年凤音入川，大人毅然割母女之情，力促成行，以全其夫妇之爱。而又念莲儿之势不能行也，慨然留任抚养，泯其后顾之忧。"而对岳母而言，则"所以为儿女计者如此其深且切，固已须眉逊其远识，菩萨比此心肠，然而慈母之心亦良苦矣"。而"逮夫敌寇投降，干戈底定"，即1945年，其岳母"赐书催促早作归谋，觌面之情急于星火。第是交通犹塞，缩地无方"，待他们舍命赶回，却"不过空睹一棺"，岳母逝矣。真可谓"言有尽而情不可终，身未归而恨将何及"。

文中补充了其当年出走的细节："廿七年夏，敌氛紧迫，阖境骚然。婿于仓皇之中只身出走，凤音母女不得不有劳（岳母）庇覆。……及婿之出走也，未几而敌踪至，于是携凤音负莲华避于乡。瞰敌人之亡，偶一回家看视，又必市饼饵及生活所需以归，餍渠母女望。"何等凄凉。

读卷首《陈伯康先生家传》，知作者的父亲伯康先生也是在1938年底国难当头之际去世的，享年50。传中有云："（先生）善饮而有节，晚丁国难，稍以曲糵自遣，竟致麻痹，旋捐馆舍焉。""晚丁国难"即逢日寇侵略。也是就是说，作者出走未久，父亲即以酒浇愁而逝。难怪作者浩叹："家仇国难奈何天！"

此外还有同仁之死难，也令其痛苦不堪。《祭驮所同仁郑君润泉文》《挽金华殉难司法官联》即是此类作品。而后者之下联更见境界："台湾失，琉球亡，朝鲜沦，满蒙陷，旧恨新仇如斯已剧，海枯石烂亘古难忘，又况虫沙并劫，堪怜玉石俱焚，哀此良人遭此大难，际兹素车白马式吊贞魂，愿共誓团结踵前徽，誓鞠躬酬壮志，千夫同一指，会有个挥落日捣扶桑。"

1940年之《空袭之夜》、1941年8月11日之《纪事》则直接写日寇空袭所造成的人间悲剧。战争是人生的教科书。一个"壮不如人已自伤"（《春日》）的文弱书生，经战火的洗礼，也"焚起心头火一片"。"无人知处危巢下，有梦都归极乐中"（《汉口》），"江南弦管今犹昔，淮水终应耻姓秦"（《忠州怀古》）云云，则无论是愚昧狂欢还是消极言和，都是作者所不耻的。作者虽未荷戟上前线，且"八年流浪，未能卓然自立"（《祭岳母文》），却愿在本职工作中"敢为抗建陈绵薄"（《投考驮所》），期待"自是男儿志，临风一拜嘉。荷干能卫国，杀贼不为家。谁道烽烟息，只怜岁月赊。相期求胜利，归去话桑麻"（《寄德弟》）。

而从《菊溪中学募捐建筑及经常费启事》，可知作者热衷慈善事业；从《宜宾临所协进委员会募捐启事》，知作者秉现代司法意识，富有人道主义精神。《启事》中说："夫囚民待罪守法，斗室僦居。行动既失自由，心神不免懊丧。祁寒溽暑，感受实深；悔往思来，刺激难免。忧郁已能致疾，更何堪六气之加；食住一旦失常，自易致二竖之扰。若复救施或缺，医药难周，任使病骨支离，长眠饮恨。谁无父母，能毋心伤；倘有妻儿，更应肠断。虽囚犯孽由自作，亦有罪不至此之怜。"因而呼唤各界仁人慷慨解囊，捐资改善狱舍条件，备置医药，"以谋造福囚民"，"在囚民饮和食德报称不止于衔环，在诸公造福累仁恩泽自留于戴齿矣"！人道主义精神溢于言表，难能可贵！

佑德何许人？从《陈伯康先生家传》中我们知其家世："先世业鹾，会清鼎盐法变更，因难维持，乃改鬻五金。有谋垄断者忌之，百计排抑。先生因势乘便，坚定不挠，业卒日昌。"亦可从其父伯康先生之德行来推测佑德的家庭环境与成长背景。《陈伯康先生家传》说伯康先生："秉性和易，生平无疾言遽色。……事不求速而终能达者。"佑德在《自叙》中说："尝闻人之病，苦于不自知，不自知则其为病愈甚，而其疗也愈难。使录其病而存之，以待治于世之善医者，为益不既多乎？"说到其《拙斋杂存》，作者说是"率多急就之章，未借推敲，难免乖舛。爰录而存之，非敢敝帚自珍也。盖亦以志其病之消长焉，绳其愆缪而药之，实有望于爱我者"。多么低调的谦谦君子。

## 三、佑德先生 1949 年之后

1949 年佑德先生只有 38 岁，正当盛年，理当大有作为。那么 1949 年后他的命运如何？则更是我所关注的。于是电话采访了剑华。4 月 11 日她给我短信说：

> 父亲北大毕业在家乡教书。日本鬼子入侵宿松后，要他做维持会长。父亲不愿当汉奸，于三八年夏出逃。来到重庆后，考取交通部的什么工作（不清楚，好像是在云南滩头），后来又考取司法部的什么考试，分到宜宾地方法院任书记官。后来又调到九江法院。刚解放时开了一次批斗会，在斗争他时台下群众齐喊："好人！好人！"所以

批斗会不了了之。父亲没有入狱，好像劳教过，但时间不长。回家后又教了几年私塾。后来私塾不准教了，就在城边的弹山小学做工友。之后各种运动接踵而来，街上经常要写标语，他就和旧财政部的一个伪职人员上街写标语，这种情况持续了几年，六零年饿死。

剑华的短信令我大为震惊。这让我明白：其一，佑德先生出身北大，这在当年的宿松应当是凤毛麟角；其二，他深明民族大义，原来1938年是为不当汉奸才只身出走，在司法部门为"抗建"贡献力量；其三，1949年后他被视为"伪职"人员，被"批斗"，被"劳教"，"失业"而最终"饿死"。人间何处有公道！

佑德尽管被民众视为"好人"，尽管只被劳教了几个月，但一经劳教就会沦为贱民，且殃及子女。他有四个子女，长期生活在"黑五类"的阴影中，"文化大革命"前挣扎成"可教育好子女"就算幸运。

剑华是六六届的高中生，高我一届，而"老三届"不分届统以同学相称相处。但《拙斋杂存》她却秘藏几十年，直到今年清明才允我拜读。她对父亲的思念虽刻骨铭心，记忆却不免模糊。如4月11日晚短信：

（父亲）北大应是中文专业吧，我也不大清楚。何时毕业也不知道。劳教我只是依稀记得，大概只有几个月时间。

4月13日早短信：

（父亲）六零年去世时五十岁。

4月14日下午短信：

父亲是五九年去世的，终年四十九岁。那年我十二岁。

以前是我记错了。

对此，我只能以短信致歉：

  不好意思，种种提问，或许触痛伤疤，但我想多了解点情节，然后写篇小文留点历史之启迪。

于是有了这篇短文。我却不知其是否真的能给历史留点什么启迪。

2014 年 4 月 26 日于南京秦淮河畔

## 南冠之歌

> 少年涉猎务追求,偶阅禁书号匪徒。
> 雾雨濛濛除夜近,低头起解入庐州。

> 首途归去喜兼忧,前路漫漫莫计羞。
> 百结鹑衣谁识我,一囊一橐过双沟。

这是汪传琚先生《南冠之歌》(由 42 首诗组成)中的两首,写他进出大狱的情景,也是富有象征意义的诗谶,从中似乎能看到他人生的全程。

好学多思,凡事都要探个底。一般而言,这是个难得的优点,但有时也不尽然。汪传琚先生抗战时期先后在鲁苏豫皖边区政治学院、西北大学读书。好学多思,使之不可能成为一个安分守己的学生,在读书间隙,他就分别在汤恩伯、李品仙司令部当过半年和三个月的秘书。目睹国民党军政之腐败,他又动念去延安看看。大学毕业后的 1946 年,他与一个同学结伴西行。旅途受阻,未至延安就在河南驻马店投了李先念指挥的中原解放军部队,未满月即遭中原突围之战而被遣散还乡。生活虽极不安定,他仍坚持读书不辍,啥书都读,尤其读马列的书(这在当年当然只能伺机偷偷地读),多少年后人们还戏称之为"汪马列"。

汪传琚从中原归乡后，任教于桐城简易师范学校。在这里，他遇到了影响他终生命运的尹宽。尹宽是中国的斯大林主义反对派——托洛茨基派（简称"托派"）的领袖之一，早年留法，曾任中共安徽省临委书记，1929年与陈独秀一起被开除出党。尹宽出党流落多年后回桐城老家创办了这所简易师范学校，自任校长，并聘年轻的汪传琚为教务主任。

1950年底，桐城尹宽因"托派分子"之罪名被捕，汪传琚也受株连，被关进合肥监狱。这就是上引他《南冠之歌》所写的情景："少年涉猎务追求，偶读禁书号匪徒。雾雨濛濛除夜近，低头起解入庐州。""不许交头说案情，人人编号莫称名。屈伸两胫皆依令，时听长廊换腿声。"（此狱中清规戒律）"非刑反铐令人愁，饮食遗溲不自由。两腋疮生唯俯卧，这回问尔可低头。"（狱中难免偶有惩罚）"乌鸦昨日叫声频，未敢抬头偶出神。今早闻开批斗会，不知告密是何人。"（狱中也有告密者，告密者说"出神"即有思想包袱）

汪传琚在狱中一呆就是四年。未经判决而入狱，又未经判决而出狱。出狱时他向狱方索取判决书一张，但狱方给他的判决书，用的竟是化名，云"对王成渠反革命罪行的判决"，而"审判员王少伯"也不知是何许人。这样，汪传琚就由一个化名"王少伯"的人判决，替一个叫"王成渠"的人坐了四年的大牢，令人啼笑皆非。但不管怎样，总算开释了，使之终于有机会踏上回家的路："首途归去喜兼忧，前路漫漫莫计羞。百结鹑衣谁识我，一橐一橐过双沟。"

出狱还乡，汪传琚住在桐城街道，既无职业，又无家室，在"阶级斗争"日炽的日子里,动不动就被街道召去训话或受批斗。生活无着,就起早摸黑上山砍柴,然后长街叫卖。到"文化大革命"劫难降临,连街道都呆不住,汪传琚被下放到青草公社姚塝大队劳动改造,至此则挑堤、捡粪什么脏活苦活都干:"朔风走旷野,残月下工棚。游子啼痕冷,慈母托梦频。"(《民伕之歌》)"东庄走罢串西庄,面对顽童骂无妨。只顾低头来拾粪,千夫共指本寻常。"(《拾粪之歌》)贫病交加,幸免于死。

总算熬到"四人帮"被粉碎,他被姚塝中学聘去当民办教师,教数学。从此,他不断上书鸣冤。从1978年到1979年,他寄出三十多封信给有关单位与领导,均石沉大海。其中一封上诉书的复本被当时安庆师院中文系主任章起公看到,章激赏其犀利的词锋与严密的逻辑,因而邀他来中文系教唐宋文学,他果然出口不凡,犀利的词锋与严密的逻辑,使他成为全系最富特色的教师之一,深受学生拥戴。很快他经省教委批准被正式录用为中文系教师,他的冤案经胡耀邦总书记干预也获得了平反。(此前他写了几十封申冤信给各级政府,都石沉大海。后我为他支招,说你是以"托派"嫌疑被捕的,地方政府哪知道什么"托派",不如将当年的判决书复印一下,附个简单的信说明判决文不对题,直寄中央之陈云与胡耀邦。中央有档案,一查就知道你不是"托派"。他照办,果然生效。)1989年他晋升为副教授。同时,学校在为其调查旧案时,从宗卷中发现其1946年在李先念部队的一段"光荣历史",按有关政策规定其工龄可从1946年算起。我们笑他混了个老干部当当。他也颇为自得,曾书门联曰:"青鬓霜浓,三十四年还故我;征袍尘暗,五千里路走中原。"

按理讲，汪传琚从此该苦尽甘来，晚景可喜。没想到晚年的汪传琚，再次被生活推进了另一牢笼。汪传琚独身生活了数十年，性格也有些孤僻，他原是执意不成家的，但有一年目睹平日甚健的德修先生突然中风、因家人呵护得以康复，经人苦劝再三，忽萌念成个家以防老。谁知遇人不淑，两人性格极端不合，成家未久即感情破裂。某翁戏称之为情爱三部曲：一为"爱她没商量"（他成家前未与诸友商量），二为"一国两制"（不仅分居而且分而食之），三为"以土地换和平"。问题是他以"土地"（住宅）并没换来真正的"和平"，他弃室离校住到桐城侄子家去了，但每月回校拿工资都怕对方纠缠，只得绕道匆匆而来匆匆而去。

词锋犀利，直刺本质，用之于治学自然难能可贵，用之于待人处事则往往让人受不了。汪传琚最爱戏谑，喜笑怒骂皆成谑趣。例如某年年尾系里给已离休的他送去些年礼，礼轻仁义重，本值得称道，但他老先生写了首打油诗，云："谁说出钱刀割肉，中文这次大开通。五人押运尊师礼，苹果三斤酒二斤。"传出去，当然叫执事者的脸无处安放。但他一旦离开这个能说能笑的群体，寄居桐城，自然苦不堪言。他日日以散步探胜为业，有时甚至早出晚归。桐城虽为文化古城，却毕竟范围有限，怎经得起他两年来日日寻访？城内逛腻了，他的足迹又不断向城外延伸。4月21日，他清晨七点即出门散步，八点左右在城外不幸遭车祸而身亡。当年开释时，汪传琚是"一囊一橐过双沟"，而今他则是"无囊无橐过双沟"了。命乎？运乎？天若有情，我愿质之于天；地若有义，我愿询之于地！

我1980年元月由安大调进安庆师院，与汪老同室而居有半年之久，一老一少甚为相契，遂结为忘年交，虽几经风雨而情谊日笃。每有暇我们都会没天没地地清谈，全无顾忌。今汪老突然离我而去，叫我怎么不悲哀？听到他的不幸消息时，我恰偶为病因，不能亲赴桐城与之作最后的告别，唯于心中默诵他的《南冠之歌》为他送行。

附挽联二首：

一、马列汪传琚千古

缧绁送华年，晚际明时，哪料本车罹惨祸；

南冠思往事，直抒胸臆，又将心史续离骚。

老友真本拜挽

二、汪传琚先生千古

厄囹圄因涉党忌之嫌，终赢得澄白甘来，人敬称名呼马列；

说姻缘是由前生所定，又谁知落红春去，鹃啼犹怨走龙眠。

朱永皓、方德修敬挽

写于2000年5月1日

附记：2001年9月我移家金陵之际，赴桐城先生墓前告别。在其侄引导下，好容易找到先生之墓。"荒冢一堆草没了"，先生已融入故土草木间矣。

先生逝世后，其侄遵嘱让我选留先生藏书，先生享年七十有八，我挑了78本书，留作纪念。先生书立于我书架，仿佛时刻凝视着我……

# 蛙鼓声中忆叶老

## 一、第三青春期

叶尚志先生是我的同乡前辈,早从父辈那里知道他的革命故事以及他为家乡建设所做的巨大贡献。最初见面,是20世纪90年代初,他的诗书在国内外巡回展出之余,回家乡作了一次"汇报展"。于座谈会上,我聆听了这位乡贤以半乡音半普通话高谈阔论,内容似乎未多涉及诗与书,倒是呼吁振兴安徽、提倡黄梅戏等等。更具体的内容已经不记得了,令我钦佩的是他的旺盛精力与多才多艺。

真正将我们老少两颗心连在一起的,是对陈独秀的研究。叶老这些年为陈独秀"正名",奔走呼号,不遗余力。只要是陈研会,不管天南地北,叶老几乎每会必到,每到必有高论。这位白发老翁,因为盲于听,总戴着助听器,也因此他说话的分贝较高,讲到激动处常常霍然站起,伴以手势,越发显得慷慨激昂,然后是听众席上爆发出的雷鸣般的掌声,两相呼应,成了陈研会上一道独特的风景线。

我则一直认为,地方高校文科教师之科研当立足本地区,从身边去发现研究对象、课题,才能形成优势。基于此,我在安庆师院教书时以"桐城派"与作为文人的陈独秀为自己的研究对象,陈独秀研究队伍主体是党史界与近代史界的人士,中文系出身的我,似乎是个异类。但我从文化视角研究陈独秀的系列论文,在海内外越来越引起学界之注视。有友人认为越独特越有存在价值,鼓励我出一部《文人陈独秀》的专著。既出专著,那么请谁作序?理所当然首先想到叶老。于是将总纲与样稿寄给了叶老,请教于他。没想到叶老如此厚爱同乡后学,很快回信,慨然应允,令我激动不已。次年暑假,我有事赴沪,因去著名的康平路拜访了叶老,其间叶老叙说他的独秀观与为拙著作序的构思。我一直洗耳恭听,偶尔插话。不知不觉两个多小时过去了,同去的长林兄提醒我注意老人的身体,我们只得起身告辞,连他满墙的书画都来不及欣赏。临别,叶老才想起送我一部沉甸甸的大著《世纪留笔》。

叶老早年从安庆走向延安,从延安走向北京和上海,多经磨难。晚年担任多种社会职务却笔耕不辍,诗文书画,全面出击。仅就文而言,他离休后出书十多种。《世纪留笔》是对20世纪的总结与向21世纪的献礼。其间最吸引我的当然是有关陈独秀的一组文章,其中有对修安庆陈独秀墓与故居,和在安庆建立陈氏父子与新文化研究中心(据我所知,重修陈独秀墓的提议已被批准立项,目前一期工程已竣工)的建议,有对陈独秀及陈延年、陈乔年之研究与纪念文字。

叶老的这些文字,毫无学究气。他思想活跃,眼界开阔,见解独特,不仅言之有据,言之有物,更言之有情。令人读之不能不为之动容。据说,安徽八旬诗人宋亦英读了叶老《迟到的百年祭——纪念著名先烈陈延年兼述他的一家》之后，一边流泪，一边写下歌颂英烈的诗章：

> 刚烈精忠毕此生，平居也似苦行僧。
> 临刑不屈英雄膝，热血弥天大地青。

一位八十老翁的文章，能使一位年届八十的诗人感动得流泪赋诗，堪称佳话。可见叶老的文章，确如当年梁任公之文，笔端常带着浓烈的情感。这绝非乡曲私情，乃民族大义也。

叶老还有些文章，引经据典，写得非常有学术价值，如《长江文化演进规律初探》《"叶公好龙"辨析》。前者为长江文化研究与开发之纲领性文字，大气磅礴而极富现实意义（因为长江文化长期以来未好好开发，其损失远非仅限于文化领域）；后者则别开生面地为2500年前之叶公鸣冤，其学术价值也绝非为一族一宗之寻根，实体现了一种求是求真的科学精神。诚如叶老诗云：

> 劝君莫信天龙降，自古谁人见龙王？
> 凿壁雕文当可考，窥牖施尾却荒唐。
> 无心易作传声器，有意难消积代枉。
> 刘向子张俱往矣，叶公千古永流芳。

读叶老之书，最使我震动的是他畅言"第三青春期"的观点。三年前，叶老在沪上举办八旬诗书画展，在他所作《松鹤图》上题诗云：

> 苍松从不老，双鹤享高龄。
> 盛世多长寿，青春三度寻。

循此诗意，叶老进而衍为妙论，他说："我过去曾赞成从六十岁进入第二个青春的说法，和老同志共勉；这次八旬（诗书画）展览开幕式上再说第二个青春已不合时宜了，乃思而倡言从八十岁进入第三个青春以自侃，并与八旬以上老者共勉。"这些妙论在这本《世纪留笔》中有充分的叙说。诚如识者有云，叶尚志的诗书画展，展示的是他自己这个大写的老人。而我则以为，这部皇皇巨著《世纪留笔》正是叶老"第三青春期"的精彩写照。而其第三青春期来自于冲天豪情与科学精神。

处于"第三青春期"的老人尚且如此奋发有为，我辈后学有何理由不闻鸡起舞，将人生的"第一青春期"打造得更美呢？

## 二、正义的化身

上面是我 2002 年六一儿童节的第二天——6 月 2 日（我自定为"老龄儿童节"）写的一篇小文，记叙我与叶老相识相交之缘。题为"第三青春期的精彩写照——读叶尚志先生《世纪留笔》"，原发表在家乡的《安庆日报》上。叶老错爱，竟置之于其新著《世纪开笔》卷首，作为序言之一，令我欣愧交集。

我是 2001 年调南京工作的，教学之余对陈学研究投入了较大精力。叶老对我的陈学研究，包括我策划的陈研活动总是热情支持，称赞有加。作为江苏省陈研会的学术顾问，叶老真的是又顾又问。江苏的朋友在陈独秀与南京的课题上下功夫，就是他的金点子。他还率先写出《陈独秀与南京》的大作，发表在我们《陈独秀研究》简报上，对我们多有启发。于是南大的朋友锐意穷搜，编纂了《陈独秀在南京狱中资料》，数十万字，由上海人民出版社出版；香港阳光卫视拍摄《反对者陈独秀》专题片，向全球发行，其中陈在南京的故事是由我介绍的。

叶老见陈研会太穷，无法正常运转，有次到南京开会，便主动去向省委领导求援。虽无功而返，却恰见叶老性情：何等热情的老头，何等天真的老头！不计得失，义薄云天，为道义而奔走呼号。

2005年9月15日，在上海的中共一大会址纪念馆参加《新青年》创刊90周年学术研讨会。我在发言中质疑某个蜡像的还原度，遭到一位老兄语无伦次的反对。叶老忍不住，慨然站起说，历史的生命是真实，驳得他哑口无言。此刻，叶老在我心中成了正义的化身。令人欣慰的是，那蜡像后来果然做了修改，调整了失真的部位。

我只要到了上海，或叶老到了南京，我都会去看望叶老，去聆听他的高谈阔论。每逢新春，我们都会互寄贺年片，叶老总是早寄，并在贺年片上写得满满的，问候之外，还有许多说不完的话。叶老善书，多次赠我墨宝。2010年、2013年我主持两次纪念陈独秀的书画展，他都慨然提供巨幅作品，给展览添彩。他每有新书都寄我，从题字到封皮都是他亲笔所写。他的书，我总呈放在赠书栏最显眼的地方，在灯下有时会情不自禁地去翻阅翻阅，与先生作心灵对话。

## 三、蛙数声中寄哀思

今年年初，没有收到叶老的贺年片，像小孩没有收到长辈的压岁红包，怅然若失，又不好意思问。孰料元旦清晨友人电话告诉我，叶老29日往生了。我不敢相信。叶老多健康，行与坐都腰杆笔挺，一副军人风范，正在度"第三青春期"，怎么可能往生？可又不能不相信，毕竟九十有六的人了，何况年前又摔了一跤，经不起风吹草动。我急忙求证于他女公子叶虹。待得证实，又无以表达哀思，仅以陈研会的名义，用宣纸书写了一副挽联寄叶虹。

挽联为：

> 师仲甫，养天地正气，成就叶公之高尚；
> 读华章，法古今完人，继承先生之遗志。

春节后，我曾与陈研会编《简报》的朋友说，近期要为《简报》写篇短文悼叶老。因搬家忙乱了一阵，接着老母骨折又奔家护理，迟迟没有动笔。4月12日，接叶虹短信约稿，我让她将前面的小文复印寄镇上的朋友转我。快件失误，七转八转直到今天下午6点多才转到我手上，于是在那篇小文后加了两段，凑成一篇。悠悠万事，唯情是钟。请叶老原谅我的匆忙。愿叶老在另一个世界仍然豪情万丈，声震八荒。

2015年4月18日灯下急就于扬子江畔老岸蛙鼓声中

# 春暖花开送陆林

1918年正月十五，李叔同辞职出家，这年他38岁。与他刻骨相爱的日本妻子诚子，携幼子从上海赶至杭州灵隐寺，来劝阻他。他没让他们进庙门。诚子只得退而求其次，要与之见最后一面。次日清晨，雾笼西湖，两舟相向："叔同……""请叫我弘一！"……

自从陆林3月9日下午逝世以来，我一直神思恍惚。几度提笔想写点什么，却言不及义，不知所云，即使将当日微信中的感慨移到纸上都做不到。今天再度铺纸案上，却鬼使神差地写了上面那么一段话。陆林之逝世与叔同之出家有什么联系么？

## 一、立志撰一范式性著作

陆林作为"文化大革命"后第一届大学生，一直致力于古代文学（戏剧、小说）文献之搜求、整理、研究，他独著的《元代戏剧学研究》、他主编的《清代笔记小说类编》、他参编的《清人别集总目》等，早已成为相关研究者案头之必备书。近十多年来，则倾心倾力于金圣叹史实研究。此前，金圣叹研究严重失调，理论研究汗牛充栋，史实研究相当贫乏，以至于其姓、名、字、号、籍贯都众说纷纭，莫衷一是，遑论其他。陆林即从这低谷起步，他以"一事不知，学者之耻"自警，以狮子搏兔般的用力，对金氏之生平事迹、著述缘起、社会交往等方方面面做了事无巨细的网罗。他深知不从一事一字入手，就不能发现大事重典；没有一事一考、一字一辨的习惯与功夫，就无以考大事、辨重典。他翻检参考的金氏著述、方志、传记、家谱、年谱、诗文总集、别集、笔记杂著、工具资料书、现当代专题著作与论文等近300种，说其为之读书破万卷，绝非夸张。其中谱牒、乡镇方志、秀才一级的地方科举史料、郡邑乡镇诗文总集等，几乎是"被爱情遗忘的角落"，也让陆林每有意外收获。锐意穷搜与丰厚积淀相结合，使他炼就了一双火眼金睛，几乎盘活了所有有关金氏之史实线索，"对疑难杂症给予一针见血的剖析，对历史迷雾给予拨云见天的廓清"（17页）。这样，终有了人民文学出版社作为"国家哲学社会科学成果文库"之一，于2015年3月出版的《金圣叹史实研究》这71万字，字字有来历、篇篇见功夫的鸿篇巨制。其对金圣叹一生基本史实有了精准考述，对金氏佚文、佚诗、佚联和语录予以最详尽辑考，"为金圣叹建立了一宗翔实可靠编年式的档案"；通过对金氏交游的研究，钩稽出一大批鲜为人知的中下层文士的心路历程与生态环境，为研究以金圣叹为中心的人文群落提供了样本资源；对民初以降的金圣叹研究的来龙去脉、是非得失有从微观到宏观的准确评述，隐含了一部金圣叹研究学术史；在研究实践中注重以史实"复现"人物心史与人文生态，将传统的文献研究法推向现代、科学的前沿，使之走出附庸地位而具有独立的学科规范。其行文雅洁，逻辑严密，注释与正文环环相扣，滴水不漏，整体是不动声色的考述，偶插要言不烦之议论或感慨，使之成为有血有肉、有温度、有担当之杰构。

陆林志存高远，他有感于在文学史实研究中"明清领域里范式性著作尚不多见"，立志撰写一部明清文学史实研究的范式性著作。他尽心尽力实现了此项宏愿。学界同仁亦称之为"一部代表迄今金圣叹史实研究方面最高水平的著作"。"迄今"云云，自然指现当代学术史。如果从民国五年（1916）孟森在《小说月报》上发表《金圣叹》算起，当为百年；如果从民国二十四年（1935）陈登原在商务印书馆出版《金圣叹传》算起，则是八十年。也就是说，陆林之《金圣叹史实研究》是近百年或八十年来，此领域登峰造极之作。这一传世之作，不仅注定要刷新明清文学研究史，而且在相当长的未来很难有人超越。不是当今或日后没有陆林那样聪明的人，而是很难有像他那么"傻"的人。

在斯文扫地、诸风日坏的当今，如苦行僧般地去治极端冷僻之学，将意味着什么，陆林是心知肚明的。他认为：从事文史研究，要耐得住书房的寂寞，淡漠于外界的精彩。不去费神考虑其社会意义、学术地位、效率收益，"连考见古义与发现恒星统一'都是一大功绩'的攀附和联想都不应该有，庶几能以平和淡定的心态，接近'为真理而求真理'的学术层界，享受从事'性之所近'学问的人生乐趣，追求生命澄明之境与学术精进之心互为砥砺的历程"。这样"才能居书房如胜境，化寂寞为精彩，坚持不懈，心无旁骛地致力于学术问题的探索和思索"。

## 二、视学术高于生命

陆林的故事若到此戛然而止，也可圈可点，虽是"傻劲"，尚属常态，还没"傻"到位，也没"傻"出格。可是自2005年以来，陆林就身患绝症。用他在《金圣叹史实研究》后记中的话说："不料次年（即2005年）春天，在万物欣欣向荣之际，二竖来袭，开刀、化疗中断了一切，那年是我本命年。"说是"开刀、化疗中断了一切"，其实未必。那年他在病榻上将其元明清文学与文献研究的系列论文辑集为《知非集》，黄山书社迅速出版并慷慨送他300本样书，让他广赠师友。人们以为此乃其告别仪式，可是他竟奇迹般地活了过来。但他活得何其艰难，那"二竖"在他体内如同割不完的韭菜，半年检查一次总有新动态。因而他成了省人民医院的常客，动不动就被请上手术台，刺刀见红。如此状态，他能挣扎着活下来，而且活了十多年，本身就是奇迹。

陆林遭受之磨难，还远不止癌症。我不知道他手术做了多少次，只知道有次手术后不久，他为恢复体力，到秦淮河边散步，不慎跌下河堤，将整个腰椎折断，只得腰缠铁甲，才勉强将残躯"焊接"起来。祸不单行，又有讼事逼他应战，那场笔墨官司，一时闹得沸沸扬扬，甚是扰人。

我俩都住秦淮河畔，平日散步能碰面，偶尔互赠著作也会上门小坐。那次跌伤，我去看他。他平静地说，幸好是前些日子摔倒，要是现在，河水涨到平台上，必死无疑，因为摔下去半个小时人事不知，还不淹死？又说，幸好是从陡坡这端摔下去，若从有台阶那端摔下去，脑子肯定被摔坏，脑子坏了活着还有意义吗？怪哉其问。仿佛让我认可，他跌得正当其时、正当其位，仿佛让他捡了个大便宜！我知道他的意思是说，只要脑子能用，可看书写作，他活着还有意义。其逻辑令我哭笑不得，只得开玩笑说，你是个怪物，死不掉，我要做阎王也绝不敢收你。他淡淡一笑，没接我的话茬，而转移话题说起那桩笔墨官司。以他的严谨自然稳操胜券，但毕竟要用那惜墨如金的考据之笔移作答辩之词，耗时耗力耗神。他哪耗得起啊！但说起此中过节，他又仿佛在叙说别人的故事。（注：陆林摔伤是在2011年6月初，官司纠扰则持续了2013年一整年，但在我的记忆中，两件事却奇怪地"无缝对接"了。）

对此，陆林只在书的后记中轻描淡写："时时伴随着生命的磨难，亦间或遭逢人世的诡谲。"

陆林在种种磨难中，著书不辍。他在后记中有云："2007年获得国家项目，由于身体的原因和整理《金圣叹全集》，直至次年才重新恢复研究。尽管两年后病魔从结肠转场腹腔，且至今为虐不休，可谓'按下葫芦浮起瓢'，让我时时疲于应对，却再也未真正阻滞过研究的进行。"那次摔伤，他不止是举步维艰、坐立不安，实乃坐也不是、站也不是、卧也不是，如此不得安生，他硬是不断变换姿势看书写作，键盘成了他的生命之弦。而且作为博导、学科带头人、学报副主编，他授徒不辍，编刊不辍，在生命的最后时段仍在病榻上给博士们上课，他主持的学报栏目也一期不落。凭此"三不辍"，我私心称之为"陆林好汉"。

前年中秋临近，我又去看他。进门我说："我是奉宁（宗一）

先生之命而来的，刚在山东开'金学'会，宁先生一直念叨着你。"他冷不丁回答："那有什么用呢？"我以为是无力回天的悲哀，谈下去，方知在他是参透了死生的豁达。他说，这病是基因作祟（他父亲似亦以此症而终），无法改变，近来连围着住宅楼走半圈的力气都没有了。他进而说，"金圣叹史实研究"已结题，也已成书，如果能评为优秀成果，就不用花钱也可以顺利出版了，到时在马路上被车碰死也无怨无悔了。可见他将此书看得比生命还珍贵。他在书中借陈登原《金圣叹传》书末之议论，发过一通感慨：

"人生会当有一死，不必谓重泰山或轻鸿毛。居今之世，论今之人，放眼多酸丁，举世无豪杰。有咬文嚼字而自诩正学者，有卖友背朋而斤斤风雅者。呜呼！家国残破，倭寇南来；狐鼠共争，相期共尽。同为无用之学，奚济危亡，正不知何者谓之不朽也？不觉掷笔怃然云。"足见作者之感时伤事、正直爱国。如今国运兴旺、民族自强，已非当时所可想象。然而，为无用之学，操酸丁之业，无济于经济繁荣，何助于文化昌盛，则一也；即使在古典文学研究界，恐亦难免被归在"私人化"之范围内而难当大用。故在肯定陈登原先生学术贡献之余，于其"正不知何者谓之不朽"的困惑而颇有同感。只是拙文刚刚开头，虽生"怃然"之叹，却不便率尔"掷笔"（应为"关机"），酸丁而非豪杰，恐怕正在此等之处。书此聊博识者一笑。

陆林笔下难得有此"怃然"一叹！一方面视学术重于生命，一方面又深知其"难当大用"；即使如此，却不便率尔"掷笔"，以怡养天年。此正所谓知其不可而为之也！"酸丁而非豪杰"，其已"傻"到不可自拔恐怕正在此等之处。

去年国庆后他的博士打电话给我，说陆老师找。他很少打电话找我，料有大事。我当时正乡居侍母，到月底才匆匆返宁。11月1日赶到省立医院老年病症研究中心去看他。这是14层一个向阳的单间，室内整洁，若不是那氧气罐的提醒，我以为其更像书房。他斜倚在床上，端起那城墙砖般厚重的《金圣叹史实研究》为我签名，字迹稳健如初。然后让夫人拿出一方大印，似乎是为此书专刻的一方印，印与印泥都不敢恭维，他却极为认真地钤在扉页左下方，并用洁白的纸巾覆盖在印上，生怕它浸染了环衬。他是个近于苛刻的完美主义者。尽管犹嫌其作为丛书之一种，须统一着装，缺乏个性，他对这本书还是无比珍爱的。

有这么个圆满结局，他理当在把玩成品中修身养性。到3月11日告别仪式上，才知道他没像阿Q那样陶醉在最后的圆圈上，而是在病床上继续进行"金圣叹年谱长编""金圣叹学术史编年""金圣叹事迹、影响编年考订"的研究，同时，还参与了《全清戏曲》的整理编纂，并完成了《耆年集——陆林文史杂稿三编》的结集（他曾送我的《求是集》也是某年在病榻上编就的）……

这哪叫拼命或玩命，这是不要命，为学术将生命置之度外。中国当今学界，混子（文痞与学阀）除外，做学问的多数是"学以度命"，著书常为稻粱谋，体制造势，势不可当，极少数是"学以寄命"，与学术共同着生命，像陆林这样"舍生取义"的是个异数。

## 三、以宗教情结治学

"接近'为真理而求真理'的学术层界,享受从事'性之所近'学问的人生乐趣"云云,或许就是其"舍生求义"之缘头。陆林与金圣叹是"性之所近"吗?

陆著《金圣叹史实研究》最精彩的是第三章《扶乩降神活动研究》。金圣叹从"以鬼神(现)身说法"的泐大师变为"手眼独出"的稗官词曲评点家,是其天才选择;理清泐大师与评点家之间的血缘关系,是陆林的天才发现。多少名家因未进入圣叹之"灵魂核"(此我杜撰之词也),对其文学批评之阐释难免有隔靴搔痒之弊;而陆林以"设身处地的心理分析方法",沟通了圣叹从"常有神助"的扶乩活动与"因缘生法"的文学批评的关联,确令人有"拨云见天的廓清"。

圣叹"以鬼神身说法",却被时人"神圣化"了,以至有钱谦益、叶绍袁等名流为之撰文,"以耀于世";一旦他弃鬼从文评点小说戏曲,为"辱在泥涂"的才子书"昭雪"(尽管今人视之为"盖世无双"之盛事),非但没有改善生计,却长期被"妖魔化",时人"尽骂圣叹为魔",甚至"早被官绅们认为坏货"。因为他之所谓"才子书"《西厢记》《水浒传》,当时被视为"诲淫诲盗"之物(尽管今人视之为古典名著、文学菁华),在禁毁之列,叫"男不读《水浒》,女不读《西厢》"。那么,圣叹怎么在"疑谤百兴"的生态环境中坚守他的评点事业呢？他为什么能将此作为"心血所系和性命所在"呢？

沿着陆林精细入微的考述，或许可推引出一个结论，那就是弃鬼从文时的圣叹，将前期的宗教意识转移到评点才子书的事业中，从此他以评点才子书为其宗教仪式，以宗教情结替代了才子情结，所以对之那么虔诚、那么投入、那么不计得失。哭庙案发，他从容就义，在刑场上还敢跟杀手们玩笑一把，决非如鲁迅所云，是将屠手的凶残化为轻浮的一笑；而其临终放心不下的"胸前几本才子书"，即那些早已策划却未竣稿的"才子书"选题。为几本"才子书"痴心到生命的尽头，难道仅仅是所谓学术情结？不，此当是宗教情结。只有宗教情结，才能叫人如此"鬼迷心窍"。

在这里，我终于找到了陆林与圣叹"性之所近"的地方。生命的最后十年，身患绝症的十年，陆林如宗教徒般对待学术、对待圣叹；如同宗教徒心中只有佛，或只有主，他心中只有学术，只有圣叹。他对学术对圣叹，是那么情有独钟、那么出生入死。我以为他独自创立了"圣叹教"，他就是那"圣叹教主"，而《金圣叹史实研究》就是他的圣叹教义。世人以为他苦不堪言，他却乐此不疲，说是在"享受从事'性之所近'学问的人生乐趣"。金圣叹为三百年前之怪杰，陆林其实隔代知音，亦乃当代之怪杰。

行笔至此，想起文首的故事。丰子恺对老师李叔同出家行为作了解释。他说，人生有三个层次：一是物质生活（衣食），二是精神生活（艺文），三是灵魂生活（宗教），好比三层楼。欲穷千里目，更上一层楼。叔同不满足第一层、第二层生活，直登第三层，由艺术升华到宗教，在宗教世界里安顿灵魂。圣叹与陆林虽未出家，以宗教情结治学，也堪称人生之至境。

## 四、坦荡的学术情怀

或许正是从其宗教情结出发，其衡文衡人唯学是问。对百年金研得失，他有"理解之批评"；编学报也只看文章不看人……在常人看来，温文尔雅的陆林骨子里有点狂，性格也有点怪，与圣叹庶几近之。有人觉得他不近人情，难以接受，以至对他的病幸灾乐祸，甚至不道德地诅咒之，如同当年俗人"尽骂圣叹为魔"。

在假冒伪劣充斥的世界里，难得陆林这么个真人，真学人。我曾受某出版社之邀，撰写《金圣叹小传》，后知难而退，就将所藏民国版《金圣叹全集》送他。他像物归其主般坦然接受，且来一句："你不弄这活是明智的。"实在坦诚得可爱。我们老家是邻县，兼有安大、南开之缘，我痴长几岁，钦佩他的治学精神，而率真坦诚恰是我们交往的第一基石。

陆林为人严谨不严酷，处事冷静不冷漠，如佛不徇私却慈悲为怀。有次外省某兄申请职称的论文，被他判为不及格，托人上门求情。他理解职称事关吃饭，又不能放弃原则，就示以解套之策："下次若再送我校评审，你就申请让陆某回避。"不知某兄理解他的一番苦衷否？

当然，他坦荡的学术情怀，还是有人理解、欣赏以至敬重的。他曾在《文学遗产》杂志发文，对徐朔方先生《晚明曲家年谱》中金圣叹史实进行了一丝不苟的纠谬。徐先生非但没有护短，反诚邀他参加其执教五十年之庆典,并慷慨允诺将为《金圣叹史实研究》作序,可惜成书之日,徐先生早归道山。3月11日在送行的车上,我座位前一位老教授说:"陆林枪毙过我的稿子。"旁座一教授说:"这就是立标杆,本校名教授的稿子都毙,别的还客气吗?"老教授说:"他倒是为确保学报质量,公事公办,没有别的。""是呀,难得这么率真。"另一教授说。下车时我才发现,老教授已不良于行,还来给陆林送行。送行那天,校方遵陆林遗嘱丧事从简,只租用了个仅容百人的灵堂,结果从四面八方涌来数百人,有的朋友不远千里赶来。那拥挤的哀悼,也见证了陆林的人格魅力。

陆林是个礼数周全的人,他在书的后记中向曾经给他学术上的勉励、道义上的支持和情感上的关切的师友、领导、同仁、学生表示感谢。像《西游记》中石猴拜四方,他一口气列了五十几个人的名氏,且以富有诗意的话语作结:

> 窗外天寒地冻,心内温暖如春。回首这一课题的研究过程,虽然后半程时时伴随着生命的磨难,亦间或遭逢人世的诡谲,但更多的感觉是,行走在学术的坦途,沐浴着友情的和煦,景物娟丽芬芳,令我迷恋忘返。

尽管无比坚强,但他心如明镜,料到自己来日无多。这篇草于甲午"大雪"定于"小年"的后记应是他留给人间的告别词。字里行间充满着阳光,甚至佛光。这让我想起安庆天才诗人海子之生命绝唱:"面朝大海,春暖花开。"

而其"迷恋忘返"云云,让我读出了弦外之音。陆林父亲是黄梅戏经典《天仙配》的编剧。我曾玩笑,陆林就是七仙女与董永留在人间的那个神童。他在人间的劫数已尽,行将归天,回首人间,却不免"迷恋忘返",宛若七仙女回归天庭时的心态。

当年诚子在西湖与弘一话别时问:"弘一法师,请告诉我,什么是爱?"弘一:"爱,就是慈悲。""慈悲对世人,为何独独伤我?"弘一无言以答诚子的追问。我知道,杨晖老师比诚子坚毅,不会让辞世归天之际的陆林回答此等傻问……

2016 年 3 月 23 日下午写毕于仙林

# 寄语天国

# 有温度的惦记

2019年11月初，到深圳大学参加学术会议，有意往厦门绕了一趟，想了一宿愿，去看望亡友萧景星先生的夫人林老师。八年前景星先生从卧病到离世，我们遥天远地兼俗务缠身，未及探望，总不免抱歉。这次赴厦之前，好容易从旧电话簿里找到景星先生女儿萧纷的座机号码。拨通后，她大吃一惊，说这座机几年没响过；接着凄凄地告诉我，她妈妈两个礼拜前也去世了。我惊讶无语，仍决定前去见萧纷。

萧纷在厦门大学外文学院任教，我俩从未谋面，却一见如故。她是个虔诚的基督徒，她父母暮年也随她信靠了上帝。她从基督教的角度来叙说父母的生死，别具一格，让我对景星先生有着更深刻的理解。

萧纷是个乖乖女，对父母感恩而竭尽孝道。俗云，女儿是父亲的小棉袄，萧纷却说自己是父亲前世的情人。景星先生生前曾跟女儿谈及，让女儿来世与他调换角色，以报答女儿今生今世爱戴之情。

我被萧纷悠悠的诉说感动得热泪涌动。她嘱我写篇文章悼念景星先生，我岂忍推辞？！

于是我从与景星先生之交谊写起。

## 一、一壶浊酒喜相逢

我与景星先生专业、学校、年龄皆不相同，按理讲产生交集的可能性不大。杭州师院的马成生教授1994年5月初在西湖主持浙江《水浒》学会年会，破例地请了一二外省学者参会，我与景星先生恰在其列，景星是其人民大学的同窗，我则是其《水浒》研究之同道。于是我与景星在西子湖畔意外相逢而结缘。人间之缘甚为怪异，无缘比邻若天涯，有缘天涯若比邻，无法理喻。那么，先看看马先生1994年4月25日的信吧。

从此信不难看出马先生何等热心肠与会过日子，这也是当年学者生活状况的历史文本。会议之余，马先生自带干粮（熟食），引我们转了几个景点，就在苏堤边席地而坐，开起了野宴。我与景星先生嗜酒，马先生专门为我们准备了白酒。我俩举杯痛饮，马先生们（我与景星先生皆携眷而至，所以称"们"）则以茶代酒，也频频举杯，以助雅兴。我与景星先生俨然成了此宴的主角，大有"万感交集，千杯不醉"的势头。轻舟在侧，柳丝拂面，一湖春水，见证了这别具一格的雅聚，我们仿佛进入了《滕王阁序》或《兰亭序》之艺境。

这是我们交谊的美好开端，此后则飞鸿不断。细检书箧，我收存着景星先生十封大札（竟比牵线人马先生多两封），这都是20个世纪末寄的。到21世纪之初我们都有了私家电话（先是座机，后是手机），主要靠电聊，不再写信。科技之发展，往往会牺牲某些传统工艺，如电话替代了书信，甚为可惜。

钟扬兄：

廿○日信，刚收悉。

嫂夫人同来，首先表示欢迎。大会结束后，我可作向导，慢步西湖，寻些探胜，趁机轻松数日。最好多带一届十五元来，我可代买风景区月票一册10元，可随意西湖景点乱逛，门票太费钱，光岳飞墓就是5元。

大会安排的床铺是每位每夜22元，你们可两人一间，每夜44元，如果要节约些，也有每夜每人16元的（但无两人一间的）。

会务资料费60元，其实是大会期间的伙食费，吃吃难于报销，自可协商。总之，你来了再说，这点买钱，总可以凑得

的。

或者，嫂夫人就信我就吧。只是我家条件差极，将就数日怎样？我想，我们都已是50多岁的人了，向嫂夫说未来杭州，总是难得机会呀！无论如何，你也兴一定要带嫂夫同来。

再说一句：欢迎你俩同来！

祝
撰安、敬安！

马成生
四月廿五日

## 二、总祈再见月圆时

结识景星先生之初，我在安庆师院任教。久静思动，于是如孙悟空初生之际拜四方一般，打扰起四方的师友。我本无保留往书的习惯，近日重读景星先生的信，不想其中有个信封里竟夹了一封我1996年6月26日给景星先生的信。从这信不难看出我当年之窘态以及渴望挪窝的心情，更能见出景星先生为我之事四方求友，竭尽全力，令我没齿难忘。

书生托书生办事，所托书生多为心中有爱而手中无权，其结果往往是心有余而力不足。这不难理解。景星先生为我挪窝之事用力最勤，每见一线希望他都与我分享喜悦；一旦希望之光熄灭，他又多方慰藉我。最让我感动的是，他每每深刻自责办事不力。我虽不才，而其爱才惜才之大慈大悲情怀溢于言表。

1999年3月27日，景星先生有诗赠我：

> 近寒食节雨如丝，暗怯流光暖意迟。
> 电来如闻空谷语，梦回已负故人期。
> 清谈气味多同感，浊世浮沉徒自悲。
> 只道相聚又违愿，总祈再见月圆时。

"清谈气味多同感，浊世浮沉徒自悲"，言我俩如魏晋清谈之士意气相投，这恰是我们交谊的基础。诗中景星先生不仅自责（梦回已负故人期），更期待着重逢，"总祈再见月圆时"。

一来都为稻粱谋忙，更为囊中羞涩，总想蹭个会议之便与老友见面。"东风不与周郎便"，直到2001年的4月份，我们才再见于福州。可是此时的景星先生已检出肝病，林老师严遵医嘱不许他沾酒。那天席上，他只能象征性地举杯，在林老师关爱的目光下知趣却又无奈地闻闻酒气就放下了杯子。

从福州归来不久，景星先生特地托朋友为我带来一瓶1993年12月31日出厂的茅台，给我一份有温度的纪念。可是这次萧纷告诉我，自从她妈妈得了抑郁症后，景星先生尽力守护之余，苦不可耐又端起了酒杯。

### 三、重返京华忆旧游

景星先生给我的诗除上述《赠钟扬兄》，还有一首题拙著《文人陈独秀》的绝句。《文人陈独秀》2005年2月由陕西人民出版社出版，我即寄景星先生，他对这本拙著评价极高，并赠诗一首：

墨妙兰亭句亦奇，近来工力更成时。

仲甫一自叨椽笔，声价应数十倍之。

2009年五四运动90周年纪念之际，陕西人民出版社再版了《文人陈独秀》。我将景星先生此诗，与李锐、冯其庸、陈铁健等的贺诗一起收入了《再版后记》。这次赴厦门之前我又将之书成条幅，装裱成品送给萧纷留作纪念。她视之为"此生我收到的最为珍贵的礼物"，亦可告慰景星先生。

真正让我饱览景星先生诗作，了解他的诗才，是从2010年11月他寄给我的《沧海桑田五十秋，重返京华忆旧游——中国人民大学文学院庆暨文学研究班学友聚会诗草》。通过《诗草》，我知道景星先生就读的文学研究班名师名徒如云。回到阔别五十年的母校，他诗情澎湃，有诗有词，还有类似闻一多《红烛》的新格律诗，讴歌母校，赞扬同窗同桌，祭悼已故师友，充分展现了他的诗才。有很多警句，让我读之动容。

我知道，景星先生是抱病赴京，"妻女作伴赋远游"，他深知此行可能是告别的回眸，难免"留得深深一段愁"，却仍振作精神："勿使临歧添别泪，只须把酒洗愁颜。"他满怀阳光，时而童心闪烁，煞是动人。"人生易老心不老，情感更甚少年时"，"容颜不老童心在，倜傥风流似旧时"，写人写心亦夫子自道。

我更喜欢他在母校聚会之余，游京郊的几首诗。"放眼香山火烧痕，分明口血杜鹃魂"（《题西山红叶》）的感慨，"江山不为奴颜改，重筑神州风雨楼"（《颐和园秋晚》）的期待，皆令人动容，而《凭吊圆明园感怀》则喷射出诗人的浩然正气：

> 渐近名园已怕行，幻观烈焰冲天腾。
>
> 残堞废垣犹售票，野草荒榛应哀鸣。

诗前有序云："不意行至颓垣残堞处遭禁行，说须购票参观。呜呼，此岂非以国耻卖钱？"

我从萧纷传给我的视频得知，景星先生还徒步寻寻觅觅去探访了煤山那歪脖子树。我问萧纷："你爸写的《访煤山》诗呢？"萧纷无语，我悟知：那是一首无字诗。我传一图给萧纷说，我20世纪末在友人的陪同下，阅读了京城若干古迹，在历史沧桑感的驱动下，即兴写了《煤山即景》，并以之为拙著《人性的倒影》再版序言的结语。可见我与景星先生之历史回眸情结有相通之处。

到次年（2011年）的8月20日，景星先生即驾鹤远行，《诗草》实为其生命之绝唱。《诗草》中富于家国情怀的健美之诗必将激励后来人在真善美的大道上奋然前行。

    尽有芳华追逝水，

    更多宏图待后人。

请记住景星先生之谆谆嘱咐。

2019 年 12 月 13 日于南京宝华山房

# 马不停蹄的求索者

未见马蹄疾先生之前,我就先读了他的《水浒资料汇编》。那是在1975年"评《水浒》"运动之际,全国大小报刊万人一腔、千篇一律的评《水浒》文字,令人望而生厌。一次偶然的机会,我在安徽大学图书馆内部书刊阅览室见到马编《水浒资料汇编》,立即被那众多鲜为人知的资料所吸引。几小时过去了,下班铃响了,颇费一番口舌,管理员才同意我以几倍于书价的押金借出研读。

马蹄疾先生从自南宋到1949年初的132种书籍(有稀见的抄本,有册帙繁多的巨著,仅《水浒》之版本就著录了从明万历年间到20世纪20年代的17种)中,锐意穷搜,得有关《水浒》资料20多万字,分五卷汇编成册,1977年由中华书局内部出版发行。所收资料多据原书抄录,文字也作了认真校勘,并注明出处与版本。这就使一部"资料"书获得了较高的学术性,显示了编者的务实精神与学术功底。当时有许多学人自觉或不自觉地抛弃学术良知,争相作浮躁的政治表演。相形之下,马蹄疾先生的治学精神就更显得难能可贵。

马先生的这部资料是借"评《水浒》"的"东风"出版的,而它的出版实际上又是对当时"评《水浒》"运动的巧妙抵制与反拨。马编资料收了大量称誉《水浒》思想与艺术成就的序跋,收了不少考证宋江本事与称赞宋江性格的文字；收了金圣叹评点《水浒》的多篇文章，以及包括胡适在内肯定金圣叹评点《水浒》的资料。这在那非学术的文化沙漠中，犹如一股清泉，润人心田。我在读马编《水浒》资料中意外地获得了学术的启迪与享受。马蹄疾个人的力量当然是有限的，他也难以阻挡那汹涌而来的文化浊流；但他那充满智慧的努力是令人钦佩的。读过《水浒资料汇编》，我一下就记住了"马蹄疾"这富有诗意的怪名字。

1982年秋，我游学于南开大学朱一玄先生门下，得知朱先生也编有《水浒传资料汇编》（百花文艺出版社1981年版）。两相比较，应该说，朱编容量更大，体例更严谨。但朱先生却念念不忘马蹄疾开创之功，并说他的体例的确得益于马蹄疾。前年我为朱先生撰写学术传略时，朱先生还函告我说，他1980年修订《水浒传资料汇编》时，在北京图书馆善本阅览室结识了正在修订已由中华书局内部出版的《水浒资料汇编》的马蹄疾，同气相求，相互切磋，共同商订朱编《水浒传资料汇编》，简化分编标题文字，最后确定分为"本事编""作者编""评论编""注释编""影响编"。这实则确立了朱编小说史料的基本体系。由此亦可见马蹄疾先生的高风亮节。

由于拙于交际，我与马蹄疾先生多次在全国性的《水浒》学术会议上缘悭一面，直到1989年5月的聊城《水浒》会议才得晤谈。那次会议开得别致，主事者安排我们从聊城出发，横贯鲁西南的三个地区六个县市，走出一条《水浒》文化旅游线来。大概是在菏泽，由中州古籍出版社的朋友牵线，我与马蹄疾先生相晤畅谈。这几乎是彻夜之谈，话题竟不是《水浒》而是马蹄疾先生另一看家学问——鲁迅。马先生说他不久前应人民文学出版社之邀，为《中国现代作家婚恋生活》一书写一章"鲁迅的婚恋故事"，后该书停出，只得另寻出路。这一章有两万多字，他从港台书刊中发掘了不少新资料。原稿就在身边，许我们先睹为快。我们争相传阅，果然令人耳目一新，如鲁迅与原配夫人朱安的故事、鲁迅与周作人夫人的冲突、鲁迅的性苦闷与性压抑……皆发人之所未发，道人之所未道。看着侃着，我时而定睛凝视着精瘦精瘦得有些怪诞的马蹄疾，总觉得他形神之间有些传奇色彩。一时思想走窍，竟然觉得他似某个作家（或许是周立波）写的"一匹瘦红马"。第二天酒酣之余，大家挥毫题字，马蹄疾先生随手拾起一支秃笔，给我写了"求索"二字，也是精瘦精瘦的，但骨子里有鲁迅书法之韵味。我脑子里还留存着昨夜的意象，在他题签时，笑着说这幅字应读为"马不停蹄的求索者马蹄疾"。他也笑笑，没作回答，又低头挥毫替别的朋友写字去了。

那篇讲述鲁迅婚恋故事的稿子，后来似由朋友带到河南给了一个消闲性杂志。刊后，我未得见。但隔了两年我又看到马先生所写的《鲁迅：我可以爱》（四川文艺出版社1995年版），是由我们传阅过的那份文稿扩充的，已近20万字。我十分惊讶马先生是从哪里弄来了这么多新资料。"鲁学"已成中国的显学，要发掘点新资料谈何容易。鲁迅生前有过愤慨之言，不幸言中他身后命运的一部分。他说："文人的遭殃，不在生前的被攻击和被冷落，一瞑之后，言行两亡，于是无聊之徒，谬托知己，是非蜂起，既以自炫，又以卖钱，连死尸也成了他沽名获利之具，这倒是值得悲哀的。"今马蹄疾先生以求实而传神之笔,从情恋世界这一特定角度,以实事为依据,以科学为准绳,传奇而不猎奇,为我们写出了一个真实可信的鲁迅。这不仅是对广大读者的可贵奉献,也是对鲁迅的最好纪念。

聊城会议之后,我与马蹄疾先生有过通信。他夫人薛贵岚女士近日在整理马先生信件时见到我的名字,并来函约稿纪念马蹄疾先生。她说:"马蹄疾已逝近两年了,但他的身影时时浮现在我面前,特别是他的勤奋刻苦更让我难以忘怀,我深深地怀念着他。"我与马先生虽还来不及深交,却怎敢拂马先生善良妻子的这番美意?于是我写下作为马蹄疾先生一个忠实读者的一点印象,聊作一朵小花,献于马蹄疾先生英灵之前。

马蹄疾自学成才,历尽艰辛而著述等身,我读之印象最深的是上述两本。我在灯下写这篇小文时,案头摆着马先生的这两本书,窗外江南冻雨叮咚,行笔之际,耳畔依稀响起马先生那略带神秘感的南腔北调的叙谈声。这使我猛然感悟:一个真正学者的生命,能超越新陈代谢的大限,而永存于人类文明薪传的历程之中。

1997 年 11 月 25 日

# "陈研"的先行者

历史不会忘记陈独秀,也不会忘记陈独秀研究的先行者与铺路人任建树。

作为先行者,任先生在20世纪70年代末就率先进入陈独秀研究(以下简称"陈研")行列。彼时,这块园地还是禁区或半禁区,他所在的上海市社科院与社会上都有劝阻者,但他义无反顾地力破坚冰,奋然前行,直到生命的终点。

作为铺路人,任先生数十年如一日致力于陈独秀著作的搜寻及其传记的打造,功不可没。他先后主编的《陈独秀著作选》(三卷本)、《陈独秀著作选编》(六卷本),成为中国"陈研"之基本文献;他先后撰写的《陈独秀传:从秀才到总书记》《陈独秀大传》,客观公正且不失生动地再现了陈独秀的形象,是国内最受欢迎的陈独秀传记。

仁者,寿也。任建树先生以96岁高寿,于2019年11月2日在沪上溘然长逝,也进入了历史星空。

## 一、坚持"自主的而非奴隶的"精神的人

我在"陈研"路上,沐浴着任老关爱之光。为写此文,我将任老之签名本从书架搬到案头,垒起了一座书山。我凝视良久,

也勾起一桩桩往事。

我与任老第一次相逢，是在1997年10月20至22日于合肥花园大酒店召开的陈独秀研究会期间。1989年3月，在北京市党校召开了全国首届"陈独秀思想学术"研讨会，并成立了陈独秀研究学会，此后不定期地在全国各地召开陈研会，陈研同仁才有时而相见的机会。21日下午小组讨论，我以马克思主义基本原理与人类文明史常识为依据，论证某流行口号为僵化思维、禁锢思想、阻碍社会发展的荒谬口号，被视为"大胆的发言"。（传播常识竟要大胆！）没想到在座的任老赞同我的观点，并与别的专家一起推荐我在次日的闭幕式大会上发言。这次发言给任老留下较深刻的印象，后来的交往中他多次提到此事。

会后，主办方又安排任老等专家在天柱山、安庆独秀园往返参观、座谈，直到10月27日。我始终作陪，零距离地感受到任老之平易近人与善解人意。10月26日，他为我在《陈独秀著作选》（三卷本）与《陈独秀传：从秀才到总书记》上分别题写"钟扬同志指正，建树1997.10.26"，极为谦虚。其实，彼时的任老已是上海社科院历史所研究员，是史学"权威"。只是若有人呼他"权威"，他就会立即纠正："什么权威不权威？！"

这两套书都经过任老近十年的艰苦打磨，方得问世（《著作选》1993年出齐，《传记》1989年出版）。其间的艰辛，任老曾在给我的一封信中道及，他说："我在陈传（上）所使用的资料，大多是上世纪80年代从图书馆（上海、北京、武汉等地）里的书刊上摘抄下来，真是片言只语、断章取义了。那时复印的条件不如现在,而且费用也高,因此我都是摘要的。所谓'要'也仅限于当时的所需。这是很费时间的,我的所谓研究工作,大约有一半以上是做文抄公——不是完整的,而是零星的抄录。"(1997年12月1日信)个中滋味,非经历者实难体会。

好在功夫不负有心人(此前他花两三年时间做的《陈独秀研究资料汇编(1921—1927.8)》二十万字,虽签了合同却被一纸通知废了),这两部书终于顺利出版了,成为"陈研"破冰期的硕果,也是"陈研"后学的入门书,提升了全国"陈研"学术的起点。不过,任老没就此止步,仍在文献与传记两翼作精益求精的挺进,尽管他1991年底就办了离休手续。又经过十来年的打拼,他主编的《陈独秀著作选编》(六卷本)终于2009年出版,他独撰的《陈独秀大传》终于1999年出版,又过三年,《陈独秀大传》修订本于2012年再版,再次推进了全国"陈研"学术水平。蒙先生错爱,每有新著与新版书,他都有签名本赠我。在《陈独秀大传》(修订本)上,他的题字竟升级为"石钟扬先生教正,任建树敬赠,二○一二年三月",且加有名印。令不才愧不敢当。

任老说:"说到陈独秀的风貌和生平事迹,最引人入胜的是他的人格魅力。""我常常觉着在中国,在有着长达二千多年封建专制传统的中国,像陈独秀这样一生坚持'自主的而非奴隶的'精神的人太少了(中国历史,诚如鲁迅所云'一为想做奴隶而不得的时代,一为暂时坐稳了奴隶的时代'),我敬仰他的人格和精神。这就是我不肯罢手(书写陈独秀先生)的主要原因。"(任建树《我怎么会研究陈独秀的》,江苏《陈独秀研究》总第 12 期）任老之言深得我心，我从中获得了灵魂洗礼与精神动力。

## 二、陈独秀首先是文化领袖，还是政治领袖？

与任老通信，是那次合肥会议之后开始的。1997 年 10 月 30 日，我随信寄了篇《从〈惨世界〉到〈黑天国〉：论陈独秀的小说创作》，请教任老。任老 11 月 6 日即给我回信。

钟扬同志：

10 月 29 日的信收到。大作也已拜阅。

谢谢你为我提供查考邓仲纯的线索，同时也感到你在做学问上是一个细致的有心的人。

大作，我看了。我很欣赏这篇作品。《惨社会》，我浏览过一遍。《黑天国》只看了个题目，说不清当时为什么没有读一遍的原因，也许是未署名（记不清了）。你的评论我认为很好，文笔也很好，不愧是中文系毕业的。我希望你今后仍然可花些时间从文学的视角去研究陈。对陈的研究领域一要拓宽，一要深。只要改革开放不逆转（这是不可能的，小的曲折也许难免），将会有越来越多的人对陈发生兴趣。这次在安庆认识你们几个年青［轻］人，我感到特别高兴。这种高兴的心情，是年轻人无法体会的，我希望你们能组织起来，寻找脚踏实地、埋头苦干［的人］，最好找那些有几分傻气的"书呆子"（即勿找急功近利者），大家能真诚合作做些事情。需要我出力，只要我能做到的，自当效劳。

祝健康

建树 11月6日

任老在这封信中表述了对"陈研"事业的自信（"陈研"与中国的改革开放共命运），并将寻些有几分傻气的"书呆子"当作对"陈研"后继者殷切的期望，更有对我之厚爱。中国"陈研"队伍以近代史与党史学的朋友为主体，研究的热门话题为陈独秀的政治思想与政治命运，唯我是中文系出身，只研究陈之文化/文学，被视为"异己"。有好心的朋友劝我皈依主流，唯任老及少数师友支持我"从文学的视角去研究陈"。正是在他们的鼓励下，我在这一独特的"陈研"路上渐行渐远。

2005年，陕西人民出版社出版了我的"陈研"专著《文人陈独秀》。在此书中，我给陈独秀这样的定位：首先是文化领袖，其次才是政治领袖，作为政治领袖他是个悲剧人物，作为文化领袖他呼吁的科学民主具有永恒的魅力。作为国内第一部从文化视角研究陈独秀的专著，《文人陈独秀》的问世，在学术界反响比较强烈。江苏省"陈研会"2005年10月9日为此在南京财经大学举办了高端学术论坛，任老欣然赴会，发表了别具一格的讲话。他高度肯定拙著"为陈独秀研究开拓了一片新领域"，同时认为"把陈独秀定位为首先是政治领袖，其次才是文化领袖是比较妥帖的"。

他指出："当前关于陈独秀的作品约有三种：一是研究型的，先从资料入手，下功夫，这自然非一日之功，也不是急功近利、为评职称而写作者所欲为的。二是看了他的著作，写出感想式的文章,其中也有好的论文,还有一些为陈打抱不平、情绪高昂的作品,这些都对'陈研'有利,也许可以说是以第一种研究为基础的作品。三是戏说性的,其利害对比,一时说不清。石钟扬的《文人陈独秀》属于第一种类型的著作,是我欢喜、感到高兴的作品。尽管我对之略有不同看法,却并不影响我认定这部书是我近几年来见到的最好的一部。"(任建树《陈独秀首先是文化领袖抑或政治领袖?》,《安庆师范学院学报》2006年1月)

## 三、"学术研究多是离退休后抢回来的"

2010年,我们策划的纪念陈独秀诞辰130周年书画展,自然希望得到任老的支持。这年除频繁的电话之外,任老分别于2月1日、4月5日、7月12日、11月14日给我写信,主要是推辞写字,却愿为我们推荐合适的书家。其中7月12日信用双16开竖格旧纸,他破例以毛笔书写,申述他不善书的原因,其实即一幅甚佳的小品。信曰:

钟扬兄:

谢谢你在电话里盛情约我为书画展写几个字,我亦想为画展出点力做件事,可我觉着写字之事,是你找错人了。我是卢沟桥的枪声响起之后才进初中的,但不及一二月,由于战事逼近,学校不得不南迁,此后又一迁再迁,进入伏牛山区。那时的穷、那时的难,且不说现在的孩子们,就是他们的父母甚至他们部分的爷爷奶奶也是难以想象的,哪里还有像样的毛笔，写英文字用的笔是当地产的细竹自制而成的。

你现在正儿八经地向我索讨"墨宝"，这使我感到既为难又好笑。前年搬家时，清理杂物，发现了一叠五十年代末的信纸，与其弃之如废物，不如借此涂鸦，见笑了。

我答应你的事，已办妥，即陈独秀外孙吴孟明先生写好了一首诗，现一并挂号寄上，收到后望告诉我。

敬礼，祝

书画展诸事顺利、在宁诸友健康

弟建树 七月十二日

任老毕竟年迈，不良于行，他没出席"迟到的纪念"书画展（陈独秀130周年诞辰本在2009年，推迟到2010年纪念，故用此名），他却寄来一千块钱资助我们《陈独秀研究》简报。年底任老特寄来贺年片慰劳我。而我在编辑《迟到的纪念》画册时又过于死心眼，一味强调画册的艺术水准，竟没将任老、郭德宏等资深"陈学"专家之手札与作品放进画册。于今思之，深以为憾！

自此之后，我只要到上海，他知道了定会召我去他府上畅谈兼小酌。这种机会毕竟不多，更多的是电话交流。先生念念不忘的是《陈独秀全集》的编辑与出版，这是他晚年最大的心愿。可惜此项工程迟迟难以启动，令人浩叹。每念及此，先生常常自责衰老无用，我则以他声音洪亮为由来"反驳"他，他总发笑说当年在中央大学唱过歌，落得一副好嗓子。与先生电聊是别样的享受。

2014年我也退休了。先生得信后多次打电话让我好好设计退休后的学术研究，说他们那一代多在运动中折腾掉好时光，学术研究多是离退休后抢回来的，让我退休后要把握好机会，多做点事，不要受社会上流行的一退万事休、好好玩玩之论调影响。我铭记先生之嘱咐，退休后仍在有序地进行着学术研究，力争有个如先生那样充实的晚晴。

## 四、"被缚的普罗米修斯"陈独秀

任先生身材挺拔，初逢时节他就是一头银发，纯洁到一丝不染。不管多大的会场，不管先生坐在哪里（主席台就更不用说），我都会一眼看到先生，有时会用目光互致问候。先生儒雅的仪表下，有着仁厚、稳健、坚毅的内涵。

与他同行的，往往有一位与之风格迥异的学者王观泉，他是黑龙江社科院的研究员，长期蜗居在上海亭子间苦熬，熬出了不少妙文，而双目也几乎熬得失明了。他不修边幅，墨镜下却透出满满的艺术范。仅看书名"'天火'在中国燃烧""人，在历史漩涡中"，就知道其充满着诗人气质。他没有任老好亲近，但我也终与之结识，且从1997年11月开始不紧不慢地通信，我手里头也有他八九封信。除一二答疑信件，多为贺卡，很有趣的是这些贺卡全是他手制的艺术品，弥足珍贵。

最感动我的是，观泉先生2005年5月13日将他的名著《被绑的普罗米修斯——陈独秀传》的校样寄赠给我，题字："钟扬老弟存正，观泉二〇〇五年五月十三日。"还慎重地钤上三颗印，并附有一封慷慨激昂的信。他有眼疾，兼下笔龙飞凤舞，其字形同甲骨文，我好不容易才"破译"出来。

观泉先生这部陈传，本是1991年应上海文艺出版社与台北业强出版社之约，以只眼之微光在放大镜下花了整整两年时间写成的。不敢说字字看来皆是血，可两年辛苦确实不平常。但此书在国内辗转不能问世，让观泉痛苦不已。他将该书校样与有关部门的审读意见及他自己之解读，一同寄我，让我保留了一份中国"陈研"史上珍贵的学术档案。谢谢先生对我的信任。

2019年是五四运动100周年，也是五四精神领袖陈独秀诞辰140周年。而这年对五四和陈独秀的纪念与研究都相当平静。倒是相继走掉几位"陈学"专家，年初是"世纪老人"李锐（2月16日），接着是中央党校的郭德宏教授（5月12日），再则是几乎双目失明、人称"目中无人，心中有仁"的董健教授（10月22日），到年底是任建树先生（11月2日）。令人难以平静，于是有了这篇短文。

岁月无情，历史存根。任老等陈学先哲之学术业绩将永留人间，传播着独秀精神，滋润着来哲之灵魂。

2020年11月20日写于金陵宝华山房

# 三访陶谷新村

2008年5月底在安庆召开"陈独秀社会主义思想学术研讨会",江苏"陈研会"去了一个庞大的团队。吴永坤先生作为"陈研会"的学术顾问也欣然赴会。白天参会,晚上访友,他兴致勃勃,毫无倦态。

安庆归来不久,我打电话向他请教一个有关《说文解字》的问题,才知道他住进了医院,但不让我去看他,理由是他患的黄疸性肝炎可能会传染。电话里他声音洪亮,中气很足,并无病态。又过了些时日,我又电话申请去看他。他坚定地说:"不用,过些时间就可出院,到时我打电话请你来聊吧。"我真的很放心,一直期待着他的电话。

9月18日偶与朋友通话谈学会的事,我提醒学会去探望吴先生。不料她凄然报告"吴先生昨日离世了"。这真是晴天霹雳。这么个生气沛然的吴先生怎么可能就如此匆匆走了呢?!无常何等残酷,生命何等脆弱!

9月20日朋友又来电话说,这期《陈独秀研究》简报月底印行,命我写副挽联悼念吴先生。我仿蔡元培悼鲁迅挽联,挥毫写就,立即骑车送去,到那里再添上日期。

这副挽联,集中说明了吴先生在我心中的印象。而这些印象,主要来自于我三访陶谷新村。

## 一、一访陶谷新村

陶谷新村，在南大西侧的汉口西路上，是吴先生居住所在。

首访陶谷新村，是在2005年的春季。当时我正与朋友一起校点清人方孝标的文集，我们对其中有关《周易》的文字没有把握，求教无门。苦闷之际迎来了江苏省"陈研会"的成立，我忝为副会长，学术顾问中有吴永坤先生。早在2002年于南大召开的全国第七届陈独秀学术研讨会上，我就见过吴先生介绍陈独秀的《一帧世罕其匹的条幅再面世的始末》一文，字字踏实，堪称精悍。继而知道吴先生乃北大魏建功、北师大陆宗达的高足，于中国文字学有专功。求助于他最为理想。我在一次茶会上，惶恐地表示了这一愿望。没想吴先生爽快地答应了。于是交换电话号码，约定时间。

按约定时间，我与朋友一起去了陶谷新村。陶谷处于汉口西路的斜坡上，周边高楼林立，唯那一片房屋与地势皆低，成为名副其实的"谷"地。而"新村"却难副其名，低矮店面后有生锈的旧铁栏所护卫着的一排火柴盒式的楼房，这便是"新村"。吴先生家住六楼顶层，拾级而上，见其过道走廊都被充分利用。客厅兼饭厅，饭桌兼茶桌。我们主客都坐那颇有历史痕迹的小方凳，围着饭桌说话。他的书房兼卧室的门开着，侧身望去，不仅空间狭小，而且房顶的斜面占去了相当空间。除了客厅傍窗的一角有台不到20寸的电视，几乎见不到一件像样的摆设。"斯是陋室"，刘禹锡的《陋室铭》在我脑海播放。吴先生非常客气地用带托的一次性茶杯为我们倒茶。我们将方孝标文集中说《易》部分的复印件交给吴先生，略作说明，就恭敬地告退了。

大约过了一个多月时间，吴先生打电话给我，他没说给我点好了方孝标文，而说"过了一遍"供我参考；又郑重地说："听说你最近出了本《文人陈独秀》，很想拜读。"语气谦和，令我起敬。

## 二、再访陶谷新村

第二天正好没有课，我赶快给吴先生送上拙著《文人陈独秀》，并取回方孝标文。于是再访了陶谷新村。

落座后，吴先生兴味盎然地与我讲起他帮自己的老师魏建功整理文集的故事，那种完成一项神圣使命的喜悦之情溢于言表。说话间，吴先生起身从书房捧出一册魏建功手书《毛主席诗词》的影印本。吴先生1965年毕业于北大古典文献专业，也是这个专业的首届毕业生。离校前持一黑色硬皮封面的道林纸笔记本请魏先生题字，没想到魏先生手书《毛主席诗词》37首相赠，令之大喜过望。他说："毕业一年多后'文化大革命'祸起，我远窜西北，僻居西南，糊口四方，损失书物无算，然先生赠我的法书，珍逾拱璧，视同性命，造次必藏之，颠沛必携之，终于保存下来。"魏先生1980年春节魂归道山，他一直寻思如何刊布其先师遗墨。终于在1995年10月由江苏教育出版社影印出版。《毛主席诗词》长卷之外，还附有魏先生关于"兔园册"的答疑签、为钱玄同篆刻的两枚藤印及祝辞、手书老舍《和赠胡絜青》等手迹的影印件,显示了魏先生的多才多艺。长卷上有顾廷龙的题封、吴小如的题扉、张中行的序、俞叔迟的跋,都是吴先生一一拜求而得的。

魏先生的精美法书,令我大饱眼福;吴先生的尊师美德,则令我感叹。在师道尊严荡然无存的今天,吴先生对其先师的那份敬仰之情,已成"稀有金属"了。我深知正是在这份情谊的驱使下,吴先生不计功利地辛劳数年整理了《魏建功文集》。

魏先生当年是陈独秀在北大任教时的学生,所以吴先生尊陈独秀为"太老师"。正是这份情缘,使吴先生对"陈研会"的工作真是又"顾"又"问",倾心倾力。不过,吴先生虽尊师却并不为尊者讳,如对魏先生"文化大革命"中迫于无奈参与"梁效"写作班,陈先生对"章黄之徒"的偏见,他也能提出有分寸的评说。

临别,吴先生不无遗憾地说,魏书《毛主席诗词》仅存一册,不能送我。承诺有暇找出原件复印一册送我,令我十分感动。

两个礼拜后的一个傍晚,吴先生打电话给我。他在电话那头大声喊我"老石",说:"大著我花两周时间一字不漏地拜读了,很好,很好,真的很好。"我连连说:"不客气,请先生批评。"吴先生爽朗地笑了一阵,说:"批评谈不上,但我为你当了回校对工,有些错字,你拿笔记一下,我来逐页报。"我立即铺纸振笔,打开书对着页码记下吴先生发现的错字。他边报边解释,足有半个小时,他发现的字、词、标点之误竟有47处。说实话我已出拙著数部,热心的读者也有若干,如此细心地为我纠谬还是第一次碰到。这哪里是纠谬,这是实实在在地给我上课。吴先生接着安抚我说:"我知道多为手民之误,不完全是你的失误,如有处写沈尹默'幼从祖父、家父学书'(第234页)显然是引文失去引号,'家父'就错位了。"这让我真正领教了什么叫治学严谨,什么叫善解人意。著作有一个这样的读者,夫复何求。诚如莎翁笔下的哈姆雷特所言:"无论是演得过火或是太瘟,虽然那些没有修养的观众也许会笑,可是真正内行的却只有说不出的苦了;这么一个人的评价,你们应该看得比整个剧院的观众还要重要。"

我在书的空白处写下:"2005.6.26下午6时左右,吴永坤先生电话纠谬47处,尽管有若干处未必是谬,但多有校勘意义。估计没有几个人如此认真地读了拙著。"第二天我就打电话给责编,转告了吴先生的发现。事后我与责编一直谋求着拙著的再版,以求有实际纠谬机会,以谢吴先生。

2006年从春天到秋天,吴先生耗了10个月时间审校了《陈独秀先生遗稿》(包括陈著《甲戌随笔》《以右旁之声分部计划》《读〈四裔编年表〉有感》《刘鋆与刘鋆塑街》及三篇附录。这些珍贵文献均由北京方继孝先生收藏与点校,2006年11月由北京图书馆出版社影印并释文出版,定价近500元一册。吴先生写的"阅后絮语",是迄今唯一的一篇从学理上准确描绘了"学养深厚的语言文字学家陈独秀"形象的文字,而绝非只言陈文字学著作的写作过程与出版命运的泛泛掌故,为深入研究陈独秀的文字学作了示范。

样书没到吴先生就打电话给我,说书到一定送我一套。他说出版社承诺送他十套样书。不久他又打电话说,出版社只送了他两套书，不知哪个环节出了问题。这样一套送南大中文系资料室，就不能送我了。但他那里一套可借我长期使用，用好再还不限期。我说，书太贵，即使有也不用送，我先借来看吧。

有次茶会，吴先生真的把书给我带来了。我将释文部分全复印了，手迹则择几页复印，如此装订成册，也像模像样。

## 三、三访陶谷新村

三访陶谷新村，是2008年的春季。安大的沈寂教授寄来两册新出的大著《陈独秀传论》与两册他主编的《陈独秀研究》第三辑，附信要我转一套给吴永坤先生，并代他为《陈独秀研究》第四辑向吴先生约稿。我奉命去了陶谷新村，顺便去还《陈独秀先生遗稿》，并带上新近出版的《方孝标文集》。待我刚刚交差完毕，吴先生就匆匆地从书房取出一部皇皇巨著：卞孝萱主编的《国学四十讲》，其中"音韵学"一讲出自吴先生之手。卞老在序言中特别提出，"绝学"（如音韵学）的撰稿，尤为难能可贵。我不敢接受这份重礼，吴先生却不由分说，挥笔就在书的扉页写上："钟扬吾兄把玩。吴永坤持奉，2008年2月下旬。"先生爱我之心，跃然纸上，我却之不恭，受之有愧。吴先生却念念不忘未送我《陈独秀先生遗稿》的遗憾。

我见吴先生年届七十还能立如松，坐如钟，即使在室内走动也是昂首挺胸，他头扎黑色帽圈，方头方脸，俨似武士，好一副强健体魄。于是转移话题，讨教养生之道。他曾患严重的腰椎间盘突出症，坐卧不安，硬是靠坐硬板凳睡硬板床再加锻炼挺过来了。他伏案之余也打牌也钓鱼,赶场时近则步行,远则骑"电驴",很少挤公交。时而与几个老伙计到五台山体育馆游泳。我有次到南大边淘书,骑车经过陶谷新村,一眼望见吴先生在路边与人打牌,以钥匙为注押在面前的桌面上。看他玩得正开心,我不敢打招呼就溜了。我把这故事告诉他,他哈哈大笑,连说有此事,有此事。

谈心真的令人身心畅快。吴先生与我很投缘,无所不谈。以副教授退休应该是个敏感的话题,吴先生毫不在意地谈起其中过节,然后说副教授就副教授,既不影响他的治学,也不影响朋友对他的评价。说话间,吴先生引我到他书房。没想到他书桌上竟有部电脑。他知道我不会电脑,就劝我学。他说这玩艺写作是小事,最方便是改文章。他以前手写稿有一字不要就会将一页甩掉重来,现在就不用那么费事,在电脑上想怎么改都可以。接着他向我展示,他已存录一份《吴永坤文录》,是他多年文字的汇编。我问何时出版,他说只为好玩,做打牌之余的调剂,没有具体的出版计划。原来吴先生晚年是将治学当作他养生的一个组成部分。将游艺学术化,将学术养生化,正是吴先生处世的精彩处。但一说到学界、政界的不良倾向,尤其是某些"作秀大师",吴先生的态度立即冷峻起来,显得不"好玩"了。他嫉恶如仇,一旦与丑劣相遇,立即形之于色,或见诸于文,毫不留情。他甚至说:"老石,我告诉你,对某些人只有骂,当面骂才痛快,才解恨!"还举了若干"骂典",令我捧腹。

至于沈先生的约稿,吴先生先是再三推辞,但安庆会议前我知道他还是认认真真写了篇《我涉足陈仲甫先生语言文字学若干领域的始末》如期寄交沈先生。没想到这竟成了吴先生的绝笔！我在听到吴先生去世的消息时，怎么也不相信，如此健康豁达的吴先生，怎么会突然去世？但现实就是那么残酷，不容你不直面。

赖"陈研会"名誉会长杨克平先生的资助，2008年11月12日，研究会借南大图书馆一角为吴先生开了个极为简陋的追思会。我在会上以9月20日拟的挽联为题说了吴永坤先生在我心中的印象。那挽联为：

著述最谨严，非徒中国音韵学；
遗言太潇洒，不顶空头教授衔。

2008年11月22日于南京秦淮河畔

## 哀哉三人行

对于中国小说研究界来说，今年似乎是流年不利，仅暑期就连续走掉三位别具才情的老人。先是何满子，继而是舒芜，刚刚是卞孝萱。

三位先生，都不以小说研究为专务，偶一出手，却不同凡响。何满子是个资深的编辑家、杂文家，涉足明清小说研究甚早，20世纪50年代就有关于《儒林外史》与金圣叹研究的著作行世。60年代、70年代以众所周知的原因，他沉寂了二十多年。到"文化大革命"刚一结束，他连连发表了《现实主义的小说和非现实主义的评论——近年来〈红楼梦〉研究现象一瞥》《吴敬梓是对时代和对他自己的战胜者》《〈西游记〉研究的不协和音》等著名论文，在当时都是发人所未发的谠论，显示了他厚积多年的功力，未因二十多年的尘封而稍减，字里行间恰恰闪烁着由灾难激发出来的智慧之光，一经发表，即令学人刮目相看。你可以不同意他的观点，却不能不佩服他才惊四座。

舒芜是个另类的红学家，深厚的理论功底使他的《说梦录》举重若轻。他从来是以随笔的叙事谋略，写出宛若《世说新语》般气韵生动的红学文字。即使在50年代那场以批判开路的"评红"运动中，舒芜的红学文字也写得有滋有味，而矛头直指封建主义，巧妙地回避了批胡（胡适）批俞（俞平伯），成为那场运动缝隙中少数几篇有学术生命的文字，足见其智慧之过人。"文化大革命"后，他借上海《文汇月刊》的一角阵地，循其既定的叙事谋略，发表了《说梦录》的系列文字。结集出版立即成为红学界有数的经典之作，屡屡再版，长传不衰。

孝萱是跨越文史两界的学者（其他两位亦然，但卞先生更明显）。于史他著有《刘禹锡年谱》《元稹年谱》《刘禹锡评传》等多种专著，且曾协助范文澜著《中国通史简编》，章士钊校《柳文指要》，匡亚明编"中国思想家评传丛书"。于文其自云，50岁以前偏重于唐诗，50岁以后偏重于唐人传奇小说。于唐诗他是诗史互证，于唐人传奇他是以小说证史。《唐人小说与政治》《唐传奇新探》两部力作，不同于红学索隐派之"猜笨谜"，而是言之凿凿，发掘出"作书之人是何心胸"，"帮助读者理解作者为什么要这样写，绝不意味着用来代替对作品的赏析"。

这三位先生的关系颇为微妙，放在一起来写似乎犯忌。何满子先生是著名的"胡风分子"，与舒芜有"私怨"。其实两人都恪守五四传统，向往民主自由，是不同形式的受害者。满子先生对舒芜鞭挞甚厉，舒芜无言承受，甚至背着"犹大"的恶谥，尽管他曾有过沉痛的忏悔，也未获得满子先生的谅解。

卞老与舒芜之间的则似乎是公怨。卞老晚年力挺国学，先后编著了《国学四十讲》《现代国学大师学记》等；而舒芜曾对"国学热"大泼冷水，曾撰有《"国学"质疑》，指出"所谓'国学'，并不是传统文化的概念。如果'国学'指的是传统文化，那么中国的传统文化都应该是'国学'，墨子是不是'国学'啊？还有诸子百家好像又不包括在内"。舒芜强调说，

"我是最反对一些人提出所谓'尊孔读经'这些东西的,这些人就不明白中国历史上究竟发生过什么,尤其是近现代思想史、文化史、文学史","搞噱头、吸引眼球,也不能这么个搞法,不能开历史的玩笑"。当然舒芜的话并不是针对卞老的,他俩并未交过火,但卞老对舒芜之说却不以为然。人各有志,不必强求。

舒芜是站在五四的角度来言"国学"的,他的"回归五四"的呼唤,唤起了不少人对于五四精神的怀念与追索。他说:"所谓'国学',实质上是清朝末年一直到五四以来,有些保守的人抵制西方'科学'与'民主'文化的一种借口,是一个保守笼统、含糊而且顽固透顶的口号,于是就提出一个含糊其辞的概念:国学。"从五四精神出发,舒芜指出:"现在居然搞出一大堆所谓'国学名人',真是荒谬!"他最看不惯一些人在电视上大言不惭地谈"国学","有的一张口就错误百出,有些所谓'国学大师',我是看着他们混过来的,根本就不是做学问的人,坑蒙拐骗,说起谎来脸都不红"。舒芜之学问如果有体系的话,窃以为是"回归五四"主旋律下的三部曲:一鸣惊人的《论主观》、"世说新语"式的《说梦录》、大彻大悟的《周作人概观》。舒芜挨了大半辈子的棍子,到晚年仍有如此激情,仍如此执着地坚守五四精神,也堪称奇迹。

我与此三位有过程度不同的交往。早在80年代初,在安徽全椒首届全国《儒林外史》研讨会上就见过满子先生,会议期间,他和范宁先生与我合影留念。此后又多次在全国《水浒》《西游》会议上见面,聆听他的高见,惊佩他的酒量,蒙他不弃,曾挥毫为我写过条幅，我装裱好挂在书房，顿觉蓬荜生辉。

舒芜先生之名我虽早有所闻，也曾听过他一二次讲学（1979年之红学、1985年之桐城派），直到1990年方有"一序之缘"。1990年底我在北京呆了十来天，与舒芜先生多有交谈（我视汪国真诗为"美丽的谎言、浅薄的哲理"，说王蒙《红楼启示录》"有作家的机敏，无学者的深沉；有精彩片断，无完整体系"，得其首肯而推掉了相关书评的写作），他为拙著《性格的命运：中国古典小说审美论》写了篇佳序。其中最令我感动的是他说，"文化大革命"中，鲁迅仅以一个空名被利用了一番，而那场运动实际上正是反鲁迅的。

卞孝萱先生20世纪末曾到安庆师范学院讲学，我当时执教于那里，我们相逢甚欢，他的热情、爽朗、平易近人给我印象极深。21世纪初，我调南京。与卞老再度相逢是在南图古籍部。不期而遇，我悄悄地跟正在埋头看书的卞老打个招呼，他的注意力在书上，没认出我，待我轻声介绍是从安庆来的，他马上说："哦，我在安庆有个朋友石钟扬。"我笑着说："您看我是谁？"这时他才抬起头来定睛一看，然后忘情地笑起来："对，你就是石钟扬，什么时候来的？"语惊四座。我迅速地将自己的调动情况写了个纸条给他，他看了连声说好，说以后可以多来往。后来我屡屡到冬青书屋向他请教，整理范当世诗文集时，他又慨然为我提供了他收藏数十年的民国十八年版《范当世文集》供校勘用。这些年每有新作问世，他都送我。今年暑假之初，他还在电话中说，近来出了两本书，要送我，嘱我天稍凉去他家取。整个暑假我都在忙着赶书稿，没来得及去他家。开学之初，正准备造访冬青书屋，不料竟传来噩耗，卞老，健康得像壮年的卞老，竟于9月5日驾鹤西去了，令我无论如何也不敢相信。我不愿承认这残酷的现实，11日那天的追悼会我也没敢去参加。直到今日才提起笔，恍恍惚惚写下这篇短文，遥祭卞老，兼及舒芜与满子先生。

2009年9月25日于秦淮河畔

## 生命的开花

2013年夏,经陈铁健先生推荐,我才读到褚钰泉先生主编之《悦读MOOK》,并开始为之撰稿,有相见恨晚之感。

我给的第一篇稿子为《陈独秀脱帽记》,是由旧稿改写的。2010年7月陕西人民出版社出了我一本《"五四"三人行——一个时代的路标》,原稿有上篇《"五四"现场:思想启蒙的境界》、下篇《"五四"后劲:再造文明的努力》、外篇《"五四"情结:民主进程的史鉴》。全书主体写蔡元培、陈独秀、胡适三个人,外篇乃推论他们如果身在1949年后的中国大陆所可能的命运,寻求五四传统流失的历史原因。出版时外篇删掉了。阅读几卷从铁健那里获得的《悦读Mook》,冥冥之中觉得可与之结缘。于是我将外篇冒昧寄给了褚钰泉先生。

没想到不久就接到褚先生电话,先解释稿子从南昌的编辑部转到上海的他手中,耽搁了点时间,表示歉意;再建议从几万字的外篇中抽出关于陈独秀部分整理一下给他。文章先说毛泽东的"独秀观"(从仰观到鄙视,且给了他"九顶桂冠"),然后说几十年来民间与官方的互动,艰难地还独秀一个本来面貌。文章刚改毕,恰逢习近平主席10月22日发表《在庆祝欧美同学会成立一百周年大会上的讲话》,说"历史不会忘记陈独秀","陈独秀"之前未加任何定语,我立即将之收入文章,并改此文标题为"陈独秀脱帽记"。拙稿在《悦读Mook》与《文汇读书周报》同时刊发,立即引起不少媒体的关注。

在处理拙稿过程中,褚先生不仅有多次电话、短信与我沟通,还给我写了第一封信。

钟扬兄:

你好!

很高兴能与你建立联系。你的文章我打算下卷刊登,因此请在十月底前,将稿件寄我。因要送南昌打字,因此时间能充裕些,更好!

给你寄上一册最近的《悦读》,因邮局规定,书中不能夹字条,此信只能另寄。

我的地址是[略],盼多联系!祝

好!

钰泉 九月二十一日

我乃"科盲",不玩电脑,文皆手写,害得主编先生为拙稿之敲打与核对,反复劳神费力。更何况杂志在上海编,南昌印,他每卷要去南昌拼版。主编几乎事事亲力亲为,原以为他还是个少壮派,自打知道他乃七十老翁,不觉有负罪之心。

从2013年底,到2016年元月,两年多时间,钰泉先生连续以显著位置发了我四篇万字文。每篇文章,他都倾注了大量心血。2016年元旦后出版的《悦读Mook》第44卷以"特稿"头条发了一万六千多字的拙稿《寻真无悔仗铁肩》。他电话中与我说,文章反复看了三遍,略动棱角,没有伤筋动骨。为此,他反复征求铁健先生与我的意见。达成共识后,他加上热情洋溢且富哲理的"卷首语",高调推出。元月8日,他以快递寄来样刊,让我先睹为快。有信致我。

钟扬先生:

你好!

送上样书,请收。铁健先生处我也已快递送上,让他也能先睹为快!海南的刊物要转载,可和我联系,我可请出版社将电子文本交给他们。

谢谢你的支持!祝

好!

钰泉 元月8日

元月8日,星期五,本是个晴朗的日子,不料竟成了《悦读Mook》之末日。这天,钰泉先生除了书信,还有电话,还有短信,向我问候,并询问近日在写什么。他之约稿,与改稿一样总是以商量的口吻与作者作心灵沟通。诚如铁健先生所言,主编非常尊重作者。《悦读Mook》的特色与魅力,就是主编与作者商量出来的。我手上正在为即将出版之《中国小说读者学片面观》写特殊的一章"毛泽东与中国小说",准备农历年后送之先发,而且我还憧憬着往后为《悦读Mook》多写点什么好玩的"劳什子"。不料,次日(元月9日)那黑色的清晨,褚君钰泉先生竟以心脏病发作而逝世……我与他曾是素昧平生,成了他作者之一员也未曾谋过面,从此又阴阳两隔,天道何等无常!

从他的弟子虞非子在微信上发布的图片与文字,我才第一次凝视他的形象,照片上的褚先生右手握一老式手机,手臂上挽件半旧的春秋衫,似在下班的归途,是大忙人难得的休闲形象,国字形的脸上有着儒雅的正气与坚毅的智慧。我也是第一次知道他七十有二了,是退休之后在二十一世纪出版社社长张秋林的支持下,独自主编了这"一本关于书的书,阅读趣味尽在其中"的《悦读Mook》。他坚守了十年,不仅创办了一个天下"悦读"之杂志,而且创造了一个雅俗共赏的热词:"悦读"。可是,作为"后台老板"的张秋林社长也要退休了,《悦读Mook》将何以生存?何况总有些不三不四之徒在挤兑着他和他的事业,不由得视读书事业为生命的钰泉先生不揪心。他是累死的也是愁死的,这是我从虞非子文字中获得的第一印象。

铁健先生也跟帖说:"天下最好的主编走了。"我知道这句话里有着多少比较与故事,更是对褚主编的崇高评价与深切缅怀。铁健还将他老师李新先生1988年悼黎澍、陈旭麓、李宗一的诗,移祭钰泉主编,代表了多少读书人的心声:

世间多少不平事,最痛好人命不长。

我欲问天天不语,从来天道最荒唐。

近两个月,我在微信上发了几则悼褚文字。前两天到我原居住的清江花苑(那房去年卖了,仍有师友书信寄往那里),打开信箱,赫然惊现钰泉先生给我的一封信,多么熟悉的笔迹、多么熟悉的信封。回到寄居地翻检,发现褚先生两年多来给我的信竟有七封之多。先生往矣,遗札犹存,情不自禁,再发微信:手捧遗札思主编。众多师友叹惜。先生遗札(包括短信)串连起来,或可成文。从虞非子的微信得知,各方悼褚之文60余篇计16万多字之"生命的开花"(借用巴金名言)已编就。

于是我决定借用先生创造的"悦读"一词,把即将出版的拙著命名为"悦读的艺术",寄托我对"天下最好的主编"的哀思。当我将小跋挂上朋友圈,虞非子却命我改成小文,以插进纪念文集。于是连夜改成此文。

愿先生开创的悦读时代,延绵不断。若然,则正是先生"生命的开花",也是对先生最好的纪念。

2016年3月8日风雨夜,于褚钰泉先生逝世两周月之际

# 人生哪能日日作庄语（代跋）

前些日子意外获得华艺国际的朋友慨然所赠影印版的《胡适留学日记》，于是纵横颠倒地读。某夜读到胡适1916年10月23日日记，他说："打油诗何足记乎？曰以记友朋之乐，一也；以写吾辈性情之轻率一方面，二也。人生哪能日日作庄语？其日日作庄语者，非大奸则至愚耳！"深得我心。当年胡适以打油诗作白话诗尝试，成为五四新文化运动实绩之一。《胡适留学日记》多为其专业之外的札记，既是其"思想之草稿"，亦为其真实之传记，更为其日后与陈独秀发起新文化运动之学术资源。这些札记实即随笔，它的社会影响可能远远超过他的某些学术著作。

而随笔作为打油诗之延伸，在胡适这则留学日记中也获得了其存在之依据。"人生哪能日日作庄语？"我早就时时告诫自己，不要将文学作品的解读写成"学报体"或"项目体"，面目可憎，令人难以卒读。同时有意识地写点随笔，激活自己的文笔，防其僵化。边写边发，日积月累，竟已盈筐。今从中抽出一束，首次结集，曰"我的石头记"。

"我的石头记"，顾名思义，当写我对石头的酷爱与收藏。这些年我在各地走动时捡了不少奇石，朋友也送了我若干石头，每块石头都有它可书写的故事，但此集未收此类文字。要么写我的成长或治学历程，如有宝黛卿卿我我的故事更佳。我出身贫寒，父母赐小名石头、石头壳，乡俗以为名字越贱越好养，鬼都嫌贱不来勾你，就能平安地活着。文集也并没收此类文字。

我大学时代走红的电影《闪闪的红星》中有个配角叫小石头，与我八竿子打不上边，没想到师生都起哄喊我小石头。2016 年我们班大学毕业四十年首次集会，当年教我们文艺理论的刘秉书老师塞给我一本他的文集，笑嘻嘻地用淮上普通话拿我开玩笑："小石头好。"我回答："已是老石头了。"刘老师笑着说："还是小石头好。"但此集中也没此类文字。

人是社会关系的总和。此集只选了若干阅人笔记，述师友与怀师友的文字（这些文字曾在《光明日报》《中华读书报》《人物》《悦读 Mook》《细读》等刊物上发表，在读者中有过些许反响），恰显现了我所身处的生态环境。有什么样的师友就有什么样的你。有道是典型环境中的典型性格，这些文字正反映了"小石头"生存、成长的典型环境。

不过欲知"小石头"是怎么成为"老石头"的？且听下回分解。

感谢主编谭徐锋兄的果断敲定，感谢为此书出版付出辛劳的沈宗宇等朋友，当然也包括帮我将书稿转为电子版的蝈老师。

2021 年元月 20 日（腊月初八）夜指书于仙林大学城
2021 年 8 月 22 日校讫于岳西鹞落坪民居
2022 年 2 月 14 至 28 日再校于仙林大学城
2023 年 5 月 28 日三校毕于金陵宝华山房